Königreich
der Zeit

Stefanie Peisker

Königreich der Zeit

Roman

1. Auflage 2021

Bibliographische Information der Deutschen Nationalbibliothek:
Die Deutsche Nationalbibliothek verzeichnet diese Publikation in der Deutschen
Nationalbibliographie; detaillierte bibliographische Daten sind im Internet über
http://dnb.dnb.de abrufbar.

Herstellung und Verlag:
BoD – Books on Demand, Norderstedt
ISBN: 9783754331088

Über die Autorin

Stefanie Peisker ist im März 2002 geboren und lebt mit ihrer Familie in der Nähe von München.

Sie hat im Sommer 2020 die Schule beendet und beginnt im Oktober 2021 eine Ausbildung in Heidelberg.

Mit zwölf Jahren hat sie ihre Leidenschaft fürs Schreiben entdeckt. Wenn sie nicht schreibt, widmet sie sich ihrem Lieblingssport, dem Rhönradturnen und tritt bei nationalen und internationalen Meisterschaften an.

„Oceanblue – Tochter der Sirenen" war ihr erster Roman.

Prolog

Albert Einstein sagte einst: „Ich bin nicht sicher, mit welchen Waffen der dritte Weltkrieg ausgetragen wird, aber im vierten Weltkrieg werden sie mit Stöcken und Steinen kämpfen."

Die Leute vor hundert Jahren haben über dieses Zitat gelacht, denn die Technologie boomte, Kriege wurden mit immer neueren Techniken ausgetragen und die Weltmächte wurden stärker und stärker.

Hätten sie damals gewusst, in was für eine Krise sie die Menschheit stürzen werden, hätten sie vielleicht einiges anders gemacht. Vielleicht hätten sie die fossilen Brennstoffe nicht so schnell aufgebraucht und nicht all das Geld in immer modernere Waffen statt in erneuerbare Energiesysteme gesteckt.

Schlussendlich hätte wahrscheinlich nichts davon etwas genützt - die Bomben hätten sowieso alles zerstört.

Bomben, die alles zunichtemachen, ohne das Gebiet für Hunderte von Jahren zu verstrahlen.

Einige Jahrzehnte nach dem dritten Weltkrieg ist Technik immer noch ausschließlich den Königsfamilien vorbehalten. Genauso wie Demokratie nur etwas für Tagträumer ist.

Die Welt hat sich zum ersten Mal in der Geschichte durch zu viel Fortschritt zurückentwickelt.

Einen vierten Weltkrieg mit Stöcken und Steinen findet heute keiner mehr zum Lachen.

Die Realität ist nicht lachhaft, sie ist grausam.

Kapitel 1

Der Mann neben mir wird in einer Woche sterben, wenn er sich nicht sofort auf den Weg ins Krankenhaus macht.

Die Frau vor mir wird bald von ihrem gewalttätigen Ehemann geschwängert werden, wenn sie sich nicht von ihm trennt, ehe das passiert.

Die Frau hinter mir wird ihr Kind verlieren, wenn sie es weiterhin allein zur Schule laufen lässt.

„Erde an Ayla, was träumst du denn schon wieder vor dich hin?", reißt mich mein kleiner Bruder Jaxon aus meinen Visionen.

„Ich träume gar nicht, ich denke nur darüber nach, welches Gemüse wir wohl heute brauchen könnten", erwidere ich schnell und versuche, mir nichts anmerken zu lassen.

„Ja ja", winkt er ab. „Ich verstehe einfach nicht, wie du so viel Tagträumen kannst, wenn so viele Leute um uns herum sind."

Genau das ist ja das Problem, denke ich, aber ich spreche es nicht aus. Jaxon darf – genauso wie meine anderen Geschwister – niemals erfahren, welche Gabe in mir schlummert.

„Glaubst du, deine Mama würde sich über einen Sack Kartoffel und einen Bund Karotten freuen?", frage ich ihn stattdessen und steure auf einen Gemüsestand zu.

Jaxon will mir gerade antworten, als ein Schrei in der Marktstraße ertönt. Nicht nur wir, sondern auch die Leute um uns herum schauen sich fragend um und versuchen das Mädchen zu finden, dessen Schrei wir gerade alle gehört haben.

Auf dem Markt herrscht reges Treiben, deshalb ist es schwer, jemanden auszumachen.

Schließlich sehe ich an einer Haustür, ein Stück die Straße herunter, ein Mädchen in meinem Alter stehen, das von zwei Palastwachen festgehalten wird.

„Lasst mich los! Ich bin nicht die, nach der ihr sucht!", schreit sie die Wachen an, doch diese lassen sich nicht beirren und schieben das Mädchen die Treppen hinunter.

„Was ist da los? Ich sehe nichts!", fragt mich Jaxon aufgeregt und hüpft auf und ab, obwohl er niemals hoch genug springen könnte, um über die Köpfe der Leute zu sehen. Er ist erst sechs Jahre alt und sieht somit noch weniger als ich. Denn obwohl ich achtzehn und schon ausgewachsen bin, sind die Menschen um uns herum fast alle größer als ich.

„Ich weiß es auch nicht", antworte ich ihm und greife reflexartig nach seiner Hand. Die ganze Situation ist mir nicht geheuer und ich spüre die Spannung nur zu deutlich in der Luft liegen. Die Menschen bewegen sich in Richtung der Stände und schieben mich dabei unsanft nach hinten.

Ich bin so verwirrt, dass ich stolpere und mich gerade noch rechtzeitig an einer Schulter festhalten kann, bevor ich falle.

Ich erwarte einen Strom Bilder, denn meine Hand liegt auf der Schulter des jungen Mannes vor mir, aber es kommt nichts.

Kein einziges Bild. Keine Vision, die mir seine Zukunft zeigt.

Nichts zu sehen, irritiert mich noch mehr, als alles zu sehen und unterdrücken zu müssen.

Blitzartig ziehe ich meine Hand weg, als hätte ich mich verbrannt.

Der Mann dreht seinen Kopf zu mir und unsere Augen treffen sich. Nun, da ich sein Gesicht sehe, bin ich mir sicher, dass er nur ein paar Jahre älter ist als ich, aber das ist nicht der Grund, weswegen ich nicht wegschauen kann.

Auch seine klaren schönen Augen und die kantigen Gesichtszüge sind nicht der Grund, weshalb ich ihn anstarre und den Blick nicht von ihm abwenden kann.

Einzig und allein die Tatsache, dass ich nichts sehe, wenn ich ihn berühre, lässt mich so erstarrt hier stehen.

Er sagt nichts, sondern hält einfach nur meinem Blick stand, bis ich schließlich wegschaue, da Jaxon meine Aufmerksamkeit auf sich zieht.

„Ich kann sie sehen", höre ich seine Stimme und plötzlich wird mir klar, dass ich beim Stolpern seine Hand losgelassen habe und er nun nicht mehr neben mir steht.

Panisch schaue ich mich um und finde ihn schließlich einige Meter vor mir zwischen zwei Frauen kniend.

Die Menschen, die eben noch die ganze Straße gefüllt haben, haben sich an die Seiten gedrängt, um den Palastwachen den Durchgang zu gewähren. Jaxon hat sich wohl aus Neugierde bis in die zweite Reihe durchgedrängelt und kniet dort, um zwischen den Beinen der Menschen in der ersten Reihe hindurchschauen zu können.

„Jaxon", rufe ich aufgebracht und schiebe mich, ungeachtet der bösen Blicke, die ich ernte, durch die Menschen zu ihm.

„Du weißt doch, dass du nicht weglaufen darfst", herrsche ich ihn an, als ich neben ihm stehe.

„Ich bin nicht weggelaufen, ich wollte nur besser sehen können!", verteidigt er sich. Ich will ihm gerade widersprechen, als erneut das Geschrei des Mädchens ertönt.

„Ihr werdet in mir nicht finden, was ihr sucht, also lasst mich zurück zu meiner Familie! Sie brauchen mich!" Dieses Mal klingt sie sehr viel verzweifelter und ich kann ihrer Stimme anhören, dass sie Tränen in den Augen hat.

Ihre Stimme klingt sehr viel näher als beim letzten Schrei. Ich schaue auf.

Tatsächlich schieben die beiden Soldaten das Mädchen einige Sekunden später an uns vorbei und ich kann einen Blick auf ihr Gesicht erhaschen. Völlige Verzweiflung gepaart mit unbändiger Hoffnungslosigkeit stehen darin geschrieben.

Das ungute Gefühl in meiner Brust weitet sich aus und ich wende meinen Blick von dem Mädchen ab und wieder zu Jaxon.

„Komm, Jaxon, wir gehen", sage ich bestimmt und ziehe ihn an seinem Arm hoch.

„Aber ich will doch wissen, warum sie das arme Mädchen mitgenommen haben", quengelt er.

„Das würden wir wohl alle gerne wissen", meint die Frau vor mir und dreht sich zu Jaxon um. „Aber unser lieber König wird es uns nicht verraten. Seine Taten sind unergründlich und damit wirst du leben lernen, Kleiner", fügt sie noch eine kleine Lebensweisheit hinzu.

Sie hat recht. Die Monarchie, in der wir leben, hat nichts mit Volksnähe zu tun. Unserem König sind wir egal und das lässt er uns nicht nur durch seine willkürlichen Festnahmen, sondern auch durch die viel zu hohen Steuerabgaben und Armeeeinzüge spüren. Dass hungernde Familien auch noch ihren Vater an die Armee verlieren oder die Hälfte ihrer Ernte ans Königshaus abgeben müssen, ist völlig normal.

„Aber das ist doch total blöd, wenn man seine Fragen nicht beantwortet bekommt", erwidert Jaxon, der noch zu jung ist, um die paradoxe Welt zu verstehen, in der er aufwachsen muss.

Bildung zu besitzen und Fragen zu stellen sind zwar geschätzte Werte, aber den König darf man niemals hinterfragen. Eine Familie zu gründen, ist das höchste Privileg auf Erden, aber wenn der König sein Land vergrößern will, muss man seine Familie Hunger leiden lassen, um in den Krieg zu ziehen und wahrscheinlich niemals wiederzukehren.

„Wir müssen los, Jaxon", sage ich bestimmt, um weitere Fragen abzuschneiden, und ziehe an seiner Hand.

Ich kenne meinen Bruder zu gut und weiß, dass er dazu neigt, sich in Dinge hineinzusteigern, wenn sie ihm nicht gefallen. Öfter als uns lieb ist, hat er Wutanfälle in der Schule oder zuhause und dabei kommt es auch vor, dass er anfängt, über das System zu schimpfen.

Er ist zwar erst sechs und weiß nicht, wovon er redet, aber es ist trotzdem besser, wenn niemand mitbekommt, wie mein Bruder über den König spricht. Das würde wahrscheinlich auf seine Mutter zurückfallen, die ihn ‚besser hätte erziehen müssen' und ihm die ‚Werte des Königsreichs beibringen sollte'. Und dabei ist es nicht so, dass Jaxons Mutter Lisa nicht immer wieder versuchen würde, Jaxon mit Lügen zu füllen, um ihn von den positiven Seiten des Systems zu überzeugen, aber Jaxon ist nicht dumm. Er merkt, dass Lisa es nicht ehrlich meint, und er hört, wie sie abends oft weint oder sich fragt, wie sie unsere Familie weiter durchbringen soll.

Lisa trägt eine große Last, die ich zwar versuche, ihr ein bisschen abzunehmen, aber es ist nicht einfach, ihr ein gutes Gefühl zu geben, wenn ich genauso gut wie sie weiß, dass es schlimm um uns steht. Seit ihr Mann vor vier Jahren erneut eingezogen worden ist, um am Königshaus zu dienen, trägt Lisa die Aufgabe, uns alle allein durchzufüttern. Anfangs ist alles gut gegangen, denn die

Entschädigungszahlungen des Königshauses reichten aus und das Land war allgemein in einer guten Verfassung, so dass Lebensmittelpreise und Mieten bezahlbar waren. Doch seit wir vor zwei Jahren den Krieg gegen unser Nachbarland verloren haben, geht es stetig bergab.

Ich ziehe Jaxon durch die aufgebrachte Menge und versuche, all die Stimmen um mich herum auszublenden. Alle fragen sich, was wohl dieses Mal angeblich passiert sein soll und weshalb man dieses Mädchen mitgenommen hat. All diese Stimmen und dazu noch die rasche Abfolge an Bildern vor meinem inneren Auge machen es mir fast unmöglich, mich zu konzentrieren.

In solchen Situationen ist meine Gabe ein wirklicher Fluch. Jedes Mal, wenn ich eine Person berühre und kurz blinzle, sehe ich die Zukunft der jeweiligen Person. Normalerweise kann ich das gut ausblenden, aber bei so vielen Bildern ist es wirklich schwer.

„Aber du wolltest doch noch Zucker kaufen!", protestiert Jaxon schließlich und bleibt abrupt stehen. Ich schaue ihn an und brauche einen Moment, um zu verstehen, was er zu sagen versucht.

„Ich wollte Gemüse kaufen, keinen Zucker, Jaxon", sage ich und ziehe eine Augenbraue hoch. „Dachtest du wirklich, du kriegst mich so leicht dazu, Zucker zu kaufen?"

„Hätte ja klappen können", meint er resigniert und schaut zu Boden.

Zucker ist in den letzten Jahren hier im Land zu einem Luxus geworden, denn seit dem Krieg verweigert unser

Nachbarland uns dessen Import. Ich würde es Jaxon wirklich gönnen, mal wieder einen selbstgebackenen Kuchen mit echtem Zucker darin zu essen, aber dafür reicht unser Geld hinten und vorne nicht. Solch einen Luxus können sich inzwischen nur noch die wirklich reichen Menschen leisten.

„Netter Versuch, Kleiner", lacht ein Mann neben uns und schaut auf Jaxon herab, „Ich habe früher auch immer versucht, meine Mama zu überreden, mir Süßigkeiten zu kaufen."

Er scheint sich wirklich lustig zu finden, aber Jaxon ist nicht mehr zum Lachen zumute. Er schaut nur einmal kurz zu dem Mann hoch und sagt: „Sie ist nicht meine Mama, sondern meine Schwester."

Dann zieht er an meiner Hand, um mich zum Gehen zu bewegen.

„Verzeihen Sie, er hat keinen guten Tag", entschuldige ich mich noch schnell bei dem Mann, bevor ich von Jaxon weitergezogen werde.

Es ist nichts Neues für uns, für Mutter und Sohn gehalten zu werden. Auch wenn ich erst achtzehn und Jaxon schon sechs ist, würden wir auch als zwanzig und fünf durchgehen, was hierzulande eine völlig normale Alterskombination ist. Zwar sind außereheliche Kinder nicht wünschenswert, aber über die Jahre hinweg haben sie ihren schlechten Ruf verloren. Inzwischen sind sie zur Normalität geworden. Viele Teenager werden viel zu früh schwanger, weil sie nicht aufpassen und sich von ihrer elenden Situation in die Arme irgendwelcher Kerle locken lassen.

Und tatsächlich wird es sehr viel lieber gesehen, schon als Teenager Kinder zu bekommen, als kinderlos zu bleiben. Eine Familie zu gründen und dem Königreich starke Nachkommen zu schenken, wird als große Gunst angesehen. Das ist auch – zumindest glaube ich das – der einzige Grund, warum die Bevölkerungszahl trotz dem Krieg und der Armut immer weiter steigt. Wären diese Werte nicht so tief in den Köpfen der Menschen verankert, hätten wahrscheinlich die meisten längst eingesehen, dass man in so einem zerrütteten Land kein Kind bekommen sollte.

Die Menschenmasse um uns herum beginnt sich langsam zu lichten und als ich mich umsehe, bemerke ich, dass wir fast am Ende der Marktstraße angekommen sind. Rechts neben uns entdecke ich einen Gemüsestand und obwohl es nicht der ist, zu dem wir sonst immer gehen, schiebe ich Jaxon in diese Richtung.

Ein paar Minuten später sind wir mit einem Sack Kartoffeln und einem Netz Karotten wieder auf dem Weg nach Hause. Bevor wir um die Ecke biegen, um die Marktstraße zu verlassen, schaue ich mich noch einmal um, wobei mein Blick von einem leuchtenden Augenpaar aufgefangen wird.

Der junge Mann von vorhin, bei dem ich keine Vision hatte.

Ich mustere ihn einen Augenblick und versuche, etwas an ihm zu finden, das außergewöhnlich ist und mir erklären könnte, weshalb ich bei ihm nichts sehe, aber mir fällt nichts auf.

Natürlich bemerke ich, wie gut er aussieht, schließlich bin ich nicht blind und bei diesen breiten Schultern und den verwuschelten braunen Haaren kann ich nicht bestreiten, dass er wirklich hübsch anzusehen ist. Trotzdem erklärt mir das nicht, weshalb er anders ist als alle anderen – hohe Attraktivität hat, soweit ich weiß, keinen Einfluss auf meine Gabe.

Eigentlich sind die einzigen Menschen, bei denen ich nichts sehe, kleine Kinder, die noch nicht für sich selbst entscheiden können, und sehr nahe Familienangehörige.

Im Gegensatz zu nahen Blutsverwandten wie meiner Mutter oder meiner Tante, bei denen meine Gabe gar nicht funktioniert, ist es bei fernen Verwandten jedoch durchaus möglich, etwas zu sehen.

So habe ich bei meinen Cousinen und Cousins jedes Mal Visionen, wenn ich sie berühre, auch wenn sie für mich wie Geschwister sind und ich sie deswegen auch so bezeichne. Jaxon, mein jüngster Cousin, zusammen mit seiner Zwillingsschwester Jessica und deren älterer Schwester Maya sind für mich über die letzten acht Jahre zu meiner neuen Familie geworden. Durch sie und meine Tante Lisa konnte ich, nachdem meine Mutter mich verlassen musste, ein halbwegs normales Leben führen. Sie hat mich damals zu Lisa, der Schwester meines biologischen Vaters, gebracht und diese hat mich mit offenen Armen aufgenommen.

Ich bin ihnen allen bis heute unendlich dankbar, dass ich ein Teil ihrer Familie werden durfte, vor allem, weil sie dadurch noch ein Kind mehr verpflegen mussten und das wenige Gesparte, das meine Mum mir mitgegeben hat, wahrscheinlich nicht einmal für ein Jahr gereicht hat.

Ohne Lisa und ihre Familie wäre ich wohl wie viele andere als Straßenkind geendet. Meine Mutter hatte mich nicht mitnehmen können, auch wenn es ihr damals das Herz gebrochen hat, mich zurückzulassen.

„Mama, du wirst nicht glauben, was wir gerade gesehen haben!", ruft Jaxon in dem Moment, in dem ich die Haustür aufschließe.

Er will sofort durch den Flur in die Küche rennen, um mit Lisa zu sprechen, aber ich stoppe ihn, indem ich die Kapuze seiner Jacke festhalte.

„Zieh deine schmutzigen Schuhe aus, bevor du durchs Haus läuft", weise ich ihn an, während ich selbst Schuhe und Jacke ablege und dann Richtung Küche gehe.

„Er wollte mal wieder seinen Schmutz im ganzen Haus verteilen", sage ich belustigt, während ich die Küche betrete. Ich bin davon ausgegangen, Lisa kochend am Herd stehend anzutreffen, aber sie steht mit dem Rücken gegen den Herd gelehnt und schaut mich aus großen Augen an. Ihr Mund zeigt keine Regung und ich vermisse das Funkeln, das ich sonst in ihren Augen finde.

„Ist alles in Ordnung bei dir?", frage ich verwirrt und lege den Sack Kartoffeln und die Karotten auf die Anrichte. Bevor Lisa mir antworten kann, stürmt Jaxon in die Küche. „In der Stadt wurde ein Mädchen festgenommen. So richtig mit Palastwachen und Geschrei und so", platzt es aus ihm heraus.

Lisa reagiert nicht sofort, sondern mustert eine Sekunde ihren aufgeweckten Sohn und schaut dann zu mir.

Irgendetwas stimmt nicht.

„Du hast Palastwachen gesehen", kommt plötzlich Jessicas Stimme aus dem Wohnzimmer. Eine Sekunde später stürmt Jaxons Zwillingsschwester in die Küche und schaut uns mit großen Augen an. Ihre blonden Haare, die sie in zwei geflochtenen Zöpfen trägt, wackeln hin und her, während sie zwischen mir und Jaxon hin- und herschaut. Ich antworte ihr nicht, denn meine Aufmerksamkeit liegt auf Lisa, doch Jaxon genießt diesen Moment natürlich sehr. Sofort beginnt er damit, seiner Schwester zu erzählen, was er erlebt hat, wobei er einige Details hinzufügt oder übertreibt, um Jessica noch neidischer zu machen.

Jaxon ist gerade mitten im Satz, als Lisa ihre Stimme plötzlich wiederfindet. „Geht bitte in euer Zimmer, Kinder", sagt sie so bestimmt, dass sofort klar ist, dass Widerspruch zwecklos ist. Jaxon sieht seine Mutter kurz irritiert an, weil diese ihn so unsanft in seiner Geschichte unterbrochen hat, doch dann wendet er sich mit Jessica zum Gehen.

Wir lauschen dem Poltern auf der Treppe und den Schritten über uns, als die beiden in ihrem Zimmer ankommen.

Ich schweige, denn ehrlich gesagt weiß ich nicht, was ich sagen soll. Etwas stimmt nicht und offensichtlich ist es so schlimm, dass es Lisa sehr schwerfällt, es überhaupt auszusprechen.

„Was ist los? Langsam machst du mir Angst", sage ich schließlich, denn die gespannte Stille zwischen uns zerreißt mich.

Lisa atmet zischend aus und öffnet schließlich den Mund.

Vier Worte verlassen ihren Mund. Vier kleine Worte.

Worte, die auf jeden anderen völlig nichtssagend wirken würden.

Vier Worte, die mein Leben verändern werden.

„Es gibt wieder Gerüchte."

Ich wende meinen Blick von ihr ab, denn der Ausdruck in ihren Augen bricht mir das Herz.

Wir beide wissen, was es bedeutet, wenn die Gerüchte zurück sind.

„Deswegen ist das Mädchen heute verhaftet worden", sage ich leise und erinnere mich zurück an das Mädchen. Es sah so hoffnungslos aus und ihre Schreie waren von blanker Panik getrieben.

Ich hatte schon die ganze Zeit eine böse Vorahnung, doch es von Lisa bestätigt zu bekommen, trifft mich trotzdem wie ein Schlag ins Gesicht.

„Wie schlimm ist es?", frage ich mit zitternder Stimme und will die Antwort eigentlich gar nicht hören.

Anstatt mir zu antworten, greift sie neben sich und nimmt ein Papier von der Anrichte. Sie reicht es mir und ich sehe, dass es ein Brief von Henry ist. Henry ist Lisas Mann. Er ist eingezogen worden, um am Hof zu dienen und schickt seiner Frau und seinen Kindern regelmäßig Briefe nach Hause.

Meine liebe Lisa,

ich weiß, du hast noch gar nicht so bald mit einem Brief von mir gerechnet, aber ich musste dich so schnell wie möglich über die neusten Geschehnisse hier am Hof informieren.

Die Gerüchte sind zurück. Und dieses Mal ist es ihnen viel ernster als vor drei Jahren.

Ich weiß, wir haben immer gehofft, dass es nicht passiert und ich weiß, dass du Ayla liebst wie deine eigene Tochter, aber wir haben uns damals geschworen, das Wohl unserer Familie immer an erste Stelle zu stellen. Ayla muss gehen, sonst seid ihr alle in Gefahr.

Ich weiß, wie schwer das für dich ist und ich wäre gerne bei euch, um euch zu unterstützen, aber ich bin mir sicher, dass ihr das schafft und den richtigen Weg wählt. Die Palastwachen sind schon ausgeschwärmt und es ist nur noch eine Frage der Zeit, bis sie euch finden. Also solltet ihr sofort handeln.

Die anderen Leute im Dorf müssen möglichst schnell davon überzeugt sein, dass wir als Familie Ayla ausgestoßen haben. Es bricht dir das Herz, so etwas zu behaupten, das weiß ich, aber wir

haben keine andere Wahl. Wir müssen an die Zukunft unserer Kinder
denken.

Grüße Jaxon, Jessica und Maya von mir und sorge dafür, dass
deine Nichte möglichst schnell unser Haus verlässt.

Ich hoffe, euch bald wiedersehen zu können und habe bereits
Heimaturlaub beantragt.

In Liebe
Henry

Erstarrt blicke ich noch einige Sekunden länger auf den
Brief.

Ich lese ihn erneut und schaue dann hoch.

Tränen stehen in Lisas Augen. Sie hat schon ein bisschen
Zeit gehabt zu verdauen, was dieser Brief bedeutet, und
schafft es nicht mehr länger, ihre Tränen aufzuhalten.

Ich hingegen weine nicht. Ich habe nicht mehr geweint,
seit meine Mum mich verlassen musste, und dies würde sich
auch ganz sicher nicht heute ändern. Ich habe gelernt, dass
weinen nichts nützt. Man kann nicht schneller denken,
keine besseren Entscheidungen treffen und es rettet auch
niemanden.

„Ich kann dich nicht gehen lassen. Ich kann dich nicht
auch noch verlieren", sagt Lisa und ich höre deutlich die
Verzweiflung in ihrer Stimme. Sie bezieht sich darauf, dass
sie schon ihren Bruder, meinen Vater, und dann meine
Mum verloren hat. Mein Vater ist im Krieg gefallen, als ich
drei war. Meine Mum musste uns für immer verlassen, als
ich zehn war.

„Ich muss gehen und das weißt du. Mach es mir nicht noch schwerer, als es ohnehin schon ist. Ich bin euch unendlich dankbar, dass ihr mir die letzten Jahre zu einer Familie geworden seid. Ich werde nie vergessen, was ihr für mich getan habt", erwidere ich mit fester Stimme. Ich muss stark bleiben, denn ich weiß, dass Lisa es gerade nicht kann.

„Ich habe schon Sarah an diese Leute verloren, jetzt kannst du nicht auch noch gehen", wimmert sie und unwillkürlich bildet sich ein Kloß in meinem Hals. Sie spricht von meiner Mutter, die damals fliehen musste und von der wir seitdem nichts mehr gehört haben.

Damals gab es ebenfalls Gerüchte – Gerüchte, dass es eine Zukunftsseherin in unserem Dorf gebe. Solchen Gerüchten geht das Königshaus immer nach, denn Menschen mit meiner Gabe, sind extrem wertvoll für sie.

„Ich werde packen gehen", sage ich mit mechanischer Stimme. Ich darf die Gefühle, die in mir aufsteigen wollen, nicht hochkochen lassen. Ich muss so ruhig bleiben wie meine Mutter damals. Sie war so gelassen, als sie unsere Sachen packte und mit mir loslief, dass ich die Situation gar nicht verstand. Ich war erst zehn und dachte, dass wir einfach nur meine Tante besuchen würden, aber ich begriff rasch, dass ich mich gehörig getäuscht hatte.

„Ich werde dir Proviant einpacken", sagt Lisa mit zittriger Stimme.

Ich schaue sie nicht an, sondern wende mich zur Treppe.

Ich kann den Blick in ihren Augen gerade nicht ertragen. Mit genau diesem Blick hat sie meine Mum angesehen, als

24

diese gegangen ist. Ich schließe für einen Moment die Augen und sofort ist die Erinnerung wieder klar vor meinen Augen.

Acht Jahre vorher:

Heute Nachmittag sind wir angekommen und meine Mum hat mich direkt zu meiner Cousine Maya geschickt, damit ich mit ihr spiele und sie sich mit Lisa unterhalten kann. Alles kam mir normal vor, bis ich schließlich vom Spielen kurz ins Haus kam, um etwas zu trinken und plötzlich das vom Weinen verzerrte Gesicht meiner Tante sah. Auch meiner Mum rannen stille Tränen die Wangen hinunter.

Ich habe meine Mutter noch nie weinen sehen und diese Tatsache erschrickt mich so sehr, dass ich ein Wimmern ausstoße. „Mama?"

Beide Frauen drehen sich zu mir um und versuchen, schnell so zu tun, als wäre nichts. Aber ich bin nicht dumm. Ich habe die Ausdrücke in ihren Gesichtern gesehen und lasse mich nicht von den plötzlich auf ihren Lippen erscheinenden Lächeln täuschen.

„Alles in Ordnung, mein Schatz, geh wieder raus spielen", sagt meine Mum.

„Aber Mama, warum weinst du?", stoße ich verwirrt aus.

Sie wischt sich über die nassen Wangen und meint dann: „Ich bin einfach nur ein bisschen traurig, aber das muss dich gar nicht kümmern."

Ich mustere sie einen weiteren Moment, aber traue mich nicht, weiter nachzufragen.

Den Rest des Nachmittags kann ich an nichts anderes mehr denken und auch beim Abendessen ist mir die bedrückte Stimmung nur allzu bewusst. Etwas liegt in der Luft, aber ich begreife einfach nicht, was es ist.

Lisa schickt uns Kinder schließlich ins Bett und als ich meiner Mum einen Gute-Nacht-Kuss geben will, zieht sie mich an sich. Sie drückt mich fest und streicht über meine Haare.

„Ich liebe dich wirklich sehr, mein kleiner Engel. Vergiss das nie", flüstert sie mir ins Ohr und küsst mich auf den Scheitel.

Dann lässt sie mich los und schiebt mich in Richtung Treppe.

Hilflos folge ich Maya, denn ich weiß nicht, was ich tun soll.

Am nächsten Morgen ist meine Mum weg.

Tante Lisa erklärt mir, dass sie gehen musste und dass ich erst einmal bei ihnen bleiben würde, aber ich höre ihr gar nicht zu.

Meine Mum hat mich verlassen.

Sie ist einfach weggegangen.

Ich kann nicht anders als zu weinen und von Tante Lisa wegzurennen. Sie hat gewusst, dass meine Mum gehen wird, deswegen hat sie gestern geweint! Sie hat es gewusst und mir nichts gesagt!

Ich renne aus der Tür und obwohl Lisa mir hinterherruft, dass ich stehenbleiben soll, laufe ich immer weiter. Hinter dem Haus geht es über ein Feld zum Wald und genau dorthin laufe ich. Ich will nicht tief in den Wald hineingehen, denn der Wald ist unheimlich, also bleibe ich am Waldrand, setze mich auf einen Baumstumpf und vergrabe mein Gesicht in meinen Händen.

Heute:

Ich schüttle leicht den Kopf, als könne ich damit die Erinnerung verwerfen und öffne die Augen wieder.

Ich habe damals einige Zeit gebraucht, um zu verstehen, warum meine Mum gehen musste und schließlich konnte ich ihr verzeihen.

Doch erst in diesem Moment verstehe ich wirklich, was meine Mum damals durchlebt hat. Die Gefühle, die von Angst über Verzweiflung bis hin zu Wut und Hoffnungslosigkeit reichen, steigen immer weiter in mir auf.

Ich werde mein Leben hier verlassen müssen – ohne mich zu verabschieden, ohne eine Erklärung zu hinterlassen, ohne eine Sicherheit zu haben, wie meine Zukunft aussehen wird.

Mit zehn Jahren dachte ich, dass ich das Opfer der Situation war, doch nun begreife ich, dass meine Mutter diejenige war, die viel mehr leiden musste als ich.

Schnell steige ich die Treppen hinauf, um mich von meinen Gedanken abzulenken. Ich will nicht weiter über meine Mum und die furchtbaren Dinge, die sie wahrscheinlich durchleben musste, nachdenken.

Stattdessen gehe ich schnell in das Zimmer, das Maya und ich bewohnen, und krame meine kleine Reisetasche unter dem Bett hervor.

„Was machst du?", fragt Maya, die auf ihrem Bett liegt und bis gerade eben noch ein Buch gelesen hat. Sie legt das Buch auf ihren Nachttisch und setzt sich auf.

Ich antworte ihr nicht, sondern beginne wahllos, ein paar Hosen, Pullis und Unterwäsche in die Tasche zu schmeißen. Viel werde ich nicht mitnehmen, jedes Kilo ist ein Kilo mehr, das ich durch den Wald schleppen muss.

„Ayla, was machst du? Warum packst du?", fragt Maya erneut und ich höre die Verwirrung in ihrer Stimme.

„Ich muss gehen", sage ich mit möglichst ruhiger Stimme und hole ein paar Sachen aus dem Bad. Ein Handtuch, um mich vielleicht in einem See waschen zu können, meine Zahnbürste und Zahnpasta, mehr nicht. Ich werde versuchen, auf meiner langen Reise nicht völlig zu verwahrlosen, denn so bleibe ich unauffällig, wenn ich irgendwo ankomme.

„Und wohin gehst du?"

„Das kann ich dir nicht sagen", erwidere ich und spüre plötzlich Mayas Hand auf meiner Schulter. Sie versucht, mich zu sich zu drehen, doch ich schüttle ihre Hand ab, verschließe meine Tasche und nehme sie auf den Rücken.

„Auf Wiedersehen, Maya, sag deinen Geschwistern, dass ich sie liebe", sage ich und verlasse das Zimmer.

In diesem Moment verstehe ich, weshalb meine Mum gehen musste, ohne sich von mir zu verabschieden. Sie hätte es mir nicht erklären können, denn die Wahrscheinlichkeit, dass ich als kleines Mädchen das Geheimnis nicht für mich behalten könnte, war zu hoch. Sie musste so schnell und unauffällig wie möglich verschwinden. Genauso wie ich jetzt. Ich kann es Jaxon und Jessica nicht erklären – nicht einmal Maya kann ich eine anständige Erklärung bieten.

Ich stehe noch einen Moment im Flur und blicke zu der Tür, hinter der Jaxon und Jessica gerade spielen. Sie ahnen nichts und es wird sie treffen wie eine kalte Dusche, wenn sie erfahren, dass ich weg bin.

Eine Träne fällt auf meine Wange. Schnell wische ich sie weg. Ich kann jetzt nicht emotional werden, auch wenn ich das Gefühl habe, meinen Geschwistern genau das anzutun, was meine Mum mir damals angetan hat.

Ich verlasse sie. Für immer.

Ohne es zu merken, habe ich einen Schritt in Richtung der Tür gemacht, doch als es mir auffällt, reiße ich mich schnell wieder zusammen und gehe stattdessen zur Treppe.

Am unteren Treppenabsatz angekommen, sehe ich meine Tante in der Küche. Sie hat eine Tasche mit Essen auf den Tresen gestellt.

„Ich würde dir gerne mehr mitgeben, aber dann wird dein Gepäck zu schwer", sagt sie, als ich die Tasche nehme.

„Vielen Dank", antworte ich, ohne auf ihre Bemerkung einzugehen.

„In der Tasche ist auch ein Beutel mit den wichtigsten Medikamenten und etwas Geld, damit du dir auf dem Weg neuen Proviant kaufen kannst. Ich habe alles zusammengekratzt und hoffe, dass es reicht", spricht sie weiter und erneut steigen Tränen in ihre Augen.

„Wenn es irgendwann sicher ist, werde ich dir einen Brief schreiben", sage ich, während ich die Haustüre öffne.

„Das wäre schön", erwidert sie und dreht mich noch einmal zu sich.

Ich weiß, dass es ihr viel bedeuten würde, denn ich kann mich noch ganz genau daran erinnern wie sie vor Freude geweint hat, als sie, drei Monate nachdem meine Mum uns verlassen hat, einen Brief von ihr bekam, in dem Mum schrieb, dass es ihr gut gehe und sie uns bald wieder schreiben würde.

Doch das ist nie passiert. Nach diesem einen Brief, den ich seitdem unter meiner Matratze aufbewahrt und auch jetzt mitgenommen habe, haben wir nichts mehr von ihr gehört. Komplette Funkstille.

Wir haben nie wieder darüber gesprochen und nie ausgesprochen, dass ihr wahrscheinlich etwas zugestoßen ist. Wir wollten es beide nicht wahrhaben.

Lieber haben wir an der unrealistischen Idee festgehalten, dass sie noch lebt und sich unter falscher Identität ein neues Leben aufgebaut hat.

Lisa schließt mich fest in ihre Arme und hält mich einige Sekunden an sich gedrückt.

„Ich hoffe, du schaffst es. Du hast es mehr als verdient, ein großartiges Leben zu führen."

„Ich habe dich lieb, Lisa. Du bist für mich wie eine zweite Mutter geworden", erwidere ich und gebe ihr zum Abschied einen Kuss auf die Wange.

Mit den zwei Taschen, meiner dicken Winterjacke, Mütze und Handschuhen gehe ich los. Es ist zwar erst Ende Oktober, aber der Winter ist schon im Anmarsch. Ich werde mich darauf einstellen müssen, mehrere Wochen unterwegs zu sein und die meiste Zeit im Freien schlafen zu müssen.

Die Kälte der Nacht macht mir jetzt schon Angst, aber ich schiebe sie weg und gehe geradewegs auf den Waldrand zu. Mit Absicht nehme ich den kürzesten Weg in den Wald hinein, um möglichst wenig Menschen zu begegnen.

Zum Glück liegt unser Haus am Stadtrand, denn für ein Haus näher an der Innenstadt hätte das Geld niemals gereicht, sodass ich quasi unbemerkt die Stadt verlassen und in den Wald vordringen kann.

Mein Plan ist es, immer weiter dem Weg zu folgen, bis ich ins nächste Dorf komme. Dort würde ich mich mit neuem Essen eindecken und vielleicht für eine Nacht Obdach in einem Kloster suchen, um mich aufzuwärmen. Dann werde ich weiterziehen und ein Dorf nach dem anderen hinter mir lassen, bis ich die Grenze unseres Königreichs erreiche.

Wirklich sicher kann ich mich nirgendwo fühlen, aber wenn ich es in ein anderes Königreich schaffen würde, stünden meine Chancen zumindest etwas besser.

Zumindest solange, bis es in jenem Reich dieselben Gerüchte gäbe und ich erneut fliehen müsste.

Am Waldrand angekommen, blicke ich noch ein letztes Mal zurück auf die Stadt. In den Jahren, die ich hier verbracht habe, ist sie zu meinem Zuhause geworden und ich spüre einen Stich im Herzen, als ich mich abwende und den Wald betrete.

Kapitel 2

„Ein kleines Mädchen, ganz allein im Wald unterwegs", ertönt eine höhnische Stimme hinter mir.

Die ersten zwei Tage meiner Reise habe ich ohne besondere Vorkommnisse überstanden, doch ich weiß, dass ich jederzeit auf Wegelagerer treffen kann. Seitdem unser Königreich die Kriege begonnen hat, haben viele junge Männer ihr Zuhause verlassen, um nicht eingezogen zu werden. Ein Leben im Wald erscheint ihnen immer noch besser, als an der Front zu sterben.

Doch im Wald finden nicht einmal genug Nahrung zum Leben und so müssen sie sich durch Überfälle auf Reisende mit dem Nötigsten versorgen.

„Bleib mal stehen, Kleines", höre ich die Stimme erneut, doch ich drehe mich nicht zu ihm um. Ich tue so, als hätte ich ihn nicht gehört und gehe schnellen Schrittes weiter.

Dem Mann muss klar sein, dass es bei mir nichts zu holen gibt, schließlich habe ich nur wenig bei mir. Hätte er sich etwas erhofft, hätte er sich wahrscheinlich einfach an mich herangeschlichen, hätte mich niedergeschlagen und wäre mit meinen Sachen verschwunden.

„Das ist aber nicht sehr höflich, dass du nicht einmal stehenbleibst", sagt er und dieses Mal ist seine Stimme lauter. Er scheint zu mir aufzuschließen.

Es ist schon nach Einbruch der Dunkelheit und ich hatte eigentlich vor, mir möglichst bald einen Ort zum Schlafen auszusuchen, doch das plötzliche Auftreten dieses Mannes macht meinen Plan zunichte.

Ganz offensichtlich lässt er nicht locker. Wahrscheinlich erhofft er sich ein nächtliches Vergnügen von mir, schließlich bin ich eine schutzlose junge Frau und er ein einsamer Waldbewohner.

Genau wegen dieser Typen wird uns als Kindern immer gesagt, dass wir den Wald meiden sollen.

Ich zucke zusammen, als ich plötzlich seine Hand an meiner Schulter spüre. Bilder, die mir seine Zukunft zeigen, strömen auf mich ein, doch ich schiebe sie weg. Dafür habe ich jetzt keine Zeit. Schwungvoll dreht er mich zu sich um und ich habe keine andere Wahl mehr, als meinem Gegner in die Augen zu sehen.

Wie erwartet ist es ein junger, hochgewachsener, starker Mann, der sich perfekt in der Armee machen würde, wenn er nicht im Wald leben würde.

„Und so hübsch auch noch. Heute scheint wirklich mein Glückstag zu sein", sagt er und ein Funkeln blitzt in seinen hellblauen Augen auf.

„Könntest du mich bitte loslassen, ich muss weiter", sage ich bestimmt. Er darf nicht spüren, wie sehr mir schon durch seine bloße Anwesenheit die Knie zittern. Ich weiß, was im schlimmsten Fall auf mich zukommen kann und ich weiß auch, dass ich ihm körperlich zu sehr unterlegen bin, um mir irgendwelche Chancen auszurechnen, mich gegen ihn wehren zu können. Ich werde es mit Worten versuchen müssen.

„Aber warum denn? Wir können doch so viel Spaß zusammen haben", erwidert er und macht einen Schritt auf mich zu, sodass ich jetzt seinen Atem auf meinem Gesicht spüre. Ich weiche einen Schritt zurück, was er höhnisch kommentiert: „Warum denn so scheu? Du musst doch gewusst haben, was auf dich zukommt, wenn du nachts in den Wald gehst."

„Natürlich bin ich mir dessen bewusst gewesen, schließlich bin ich kein naives Dummchen. Im Gegensatz zu dir, mein Lieber", stoße ich aus und versuche dabei, so selbstsicher wie möglich zu klingen.

Erneut kommt er einen Schritt auf mich zu und wieder weiche ich einen Schritt zurück. Ich spüre an meinen Hacken, dass ich am Rand des Weges angekommen bin und jeder weitere Schritt mich zu Fall bringen würde, denn der Weg verläuft direkt an einem steilen Abhang.

„Warum sollte ich naiv sein?", fragt er mit einem kalten Lächeln. Man sieht ihm deutlich an, wie ihn das Leben im Wald abgestumpft hat. Es hat das Leben aus seinen Augen getrieben

„Weil du nicht wissen kannst, welche Krankheiten ich dir hinterlasse, wenn du mich nicht gehen lässt. Krankheiten, an denen du stirbst, wenn du keine Medikamente bekommst, und so wie ich das sehe, wirst du hier im Wald keine finden", erwidere ich mit stahlhartem Blick.

Diese Andeutung ist meine einzige Chance, ihn abzuschrecken.

Er mustert mich einen Moment und ein Knurren entfährt seinen Lippen. Dann tritt er einen weiteren Schritt nach vorne und schaut mir tief in die Augen.

Und dann ... lacht er. Ein tiefes, leises Lachen kommt zwischen seinen Lippen hervor und ich schlucke schwer.

„Du lügst. Du bist eine Jungfrau durch und durch, das kann ich sehen", sagt er und ich schließe kurz die Augen, um mich seelisch auf den folgenden Angriff vorzubereiten.

Doch anstatt seine Hände zu spüren, höre ich plötzlich einen lauten Knall. Vor Schreck reiße ich die Augen wieder auf und alles geht ganz schnell.

Mein Angreifer stößt einen Fluch aus und stößt mich von sich weg. Er scheint nicht bedacht zu haben, dass hinter mir der Abhang liegt, denn er rennt los, ohne zu bemerken, dass mein Schritt nach hinten ins Leere geht.

Ich knicke mit dem Fuß weg, falle unsanft auf meinem Rücken und rolle den Abhang hinunter. Ein Schrei entfährt mir und ich verliere die Orientierung. Meine Augen habe ich zugekniffen und meine Arme schützend um meinen Kopf gelegt, sodass ich nur spüre, wie ich immer weiter rutsche und rolle und sich immer mehr Äste durch meine Kleidung in meine Haut bohren.

Unsanft werde ich abgebremst, als ich mit meinem Brustkorb an einen Baum pralle. Alle Luft entweicht meinen Lungen und mein verzweifeltes Ringen nach Sauerstoff erfüllt die Stille.

Langsam kann ich wieder atmen und die Panik ebbt etwas ab.

So ein Mist! Musste das jetzt auch noch passieren?

Aber sehen wir es positiv. Ich habe den Fall überstanden, ohne mir den Kopf an einem Baum zu zertrümmern und elendig hier zu sterben.

Mit der ruhigeren Atmung stellt sich auch der Schmerz ein. An meinem ganzen Körper spüre ich die Schrammen und blauen Flecken, doch zwei Stellen übertönen alles. Meine Rippen schmerzen bei jedem tiefen Atemzug, als würde ein Pferd auf ihnen herumtrampeln und mein rechter Knöchel sticht bei jeder kleinen Bewegung. Ich bin weggeknickt, als ich nach hinten gestolpert bin. Mein Knöchel scheint das nicht ganz so gut überstanden zu haben.

Überrollt von einer Flut an Emotionen, schließe ich die Augen und fluche vor mich hin. „Verdammt! So ein Mist! Warum muss das ausgerechnet mir passieren!"

„Vielleicht, weil du zu nah am Wegesrand gelaufen bist", bekomme ich eine unerwartete Antwort.

Sofort reiße ich die Augen auf und rapple mich so schnell wie möglich auf. Mein Fuß und meine Rippen erschweren die Situation erheblich, aber ich werde nicht am Boden liegen bleiben, wenn ein Fremder plötzlich neben mir steht. Um meinen Fuß zu entlasten, halte ich mich am Baum fest.

Zu meiner Erleichterung stelle ich fest, dass es nicht der Mann von vorhin ist. Und wenn mich nicht alles täuscht, dann ist es nicht einmal ein Waldbewohner. Dafür ist seine Kleidung zu sauber.

„Was willst du von mir?", stoße ich unvermittelt aus, denn ich bin zu durcheinander, um höflich zu sein.

„Ich wollte sehen, ob du Hilfe brauchst. Ich war im Wald jagen und habe plötzlich einen Schrei gehört. Als ich dich neben dem Baum liegen sah, dachte ich mir, ich sehe mal nach, ob du noch lebst", antwortet er lässig.

Erst jetzt fällt mir das Gewehr auf, das über seinen breiten Schultern hängt.

„Von dir kam also der laute Knall", stelle ich fest und irritiere ihn damit sichtlich.

„Der laute Knall hat ... mich erschreckt, sodass ich hier heruntergefallen bin", erkläre ich und lasse absichtlich den Teil mit dem Waldbewohner weg.

Der junge Mann, der höchstens ein paar Jahre älter als ich zu sein scheint, wirkt wie jemand mit einem Beschützer-Komplex. Einer von denen, die einem Mädchen anbieten, es zu begleiten, wenn es ihm erzählt, dass es grade erst mit einem Waldbewohner Bekanntschaft gemacht hat.

Doch ich brauche keine Begleitung. Ich muss ihn so schnell wie möglich loswerden.

Für die meisten mag sich das seltsam anhören, denn jedes Mädchen freut sich über eine Begleitung, wenn es nachts unterwegs ist. Doch an mich darf sich niemand erinnern. Wenn die Gerüchte sich weiterverbreiten und irgendwer –

vielleicht unsere Nachbarn, vielleicht meine Freunde – mich anschwärzt, wenn jemand erzählt, dass ich erst im Dorf bin, seit ich zehn war, und nun schon wieder verschwunden bin, wenn ich auf dem Radar des Königshauses lande wie das Mädchen, das durch die Marktstraße getrieben wurde, dann werden sie mich suchen. Und jeder, der sich dann an mich erinnern kann, ist einer zu viel.

Die Suche nach Zukunftsseherinnen ist dem König so wichtig, dass es für Informationen und Spitzelei hohe Summen als Entlohnung gibt. Und für genug Geld wird jeder zum Verräter.

„Du siehst gar nicht so schreckhaft aus", merkt der Junge an und ich spüre, dass er mich durchschaut. Schnell wende ich den Blick ab.

„Na dann. War nett, dich kennenzulernen, ich muss wieder weiter", sage ich und mache einen Schritt nach vorne. Ich wollte eigentlich den Hang wieder hinaufklettern, doch stattdessen sitze ich einen Moment später schon wieder auf dem Waldboden. Mein Fuß, den ich beim Anblick des Mannes kurz vergessen hatte, hat unter mir nachgegeben und straft mich nun mit beißenden Schmerzen.

„Dieser Fluchtversuch ging wohl nach hinten los", kommentiert er belustigt und streckt mir eine Hand entgegen, um mir hoch zu helfen.

Ich rapple mich, ohne seine Hilfe anzunehmen, wieder hoch und schaue den Hang hinauf, um eine Möglichkeit zu finden, wieder hinaufzukommen.

„Das wird nicht klappen."

„Ich habe dich nicht nach deiner Meinung gefragt. Danke, dass du hierher geklettert bist, um mir zu helfen, aber du kannst jetzt wieder gehen. Von hier aus schaffe ich es allein", entgegne ich und hoffe, ihn nun endlich loszuwerden.

Inzwischen habe ich eingesehen, dass ich zunächst einmal nicht wegkommen würde. Mir bleibt nichts anderes übrig, als die Nacht hier zu verbringen. Ich werde mich an den Baum lehnen und versuchen, zumindest ein bisschen zu schlafen.

„Ich bezweifle, dass du es von hier aus allein schaffst. Wenn du möchtest, kann ich dir einen Unterschlupf für die Nacht zeigen, denn mit dem verletzten Fuß wirst du es heute wohl in kein Dorf mehr schaffen."

Ich antworte ihm nicht, denn ich hoffe einfach, dass er geht, wenn ich ihn ignoriere. Ich muss meine Kontakte reduzieren, damit sich möglichst wenig Menschen an mich erinnern.

„Meine Familie hat eine Jagdhütte hier im Wald. Wir könnten am Abhang entlang gehen. Es ist nicht weit von hier", sagt er und deutet den Hang hinunter.

„Wir haben dort auch etwas Essen gelagert", fügt er schließlich hinzu, als ich ihm wieder nicht antworte.

Schon die Erwähnung von Essen lässt mir das Wasser im Mund zusammenlaufen. In den letzten Tagen habe ich nur so viel von meinem Proviant gegessen, wie ich unbedingt brauchte, um möglichst lange damit durchzukommen.

„Komm, ich bring dich hin", stellt er fest und greift wie selbstverständlich um meine Taille, um mich zu stützen. Einen weiteren Moment erwäge ich, Widerstand zu leisten, doch dann gebe ich auf. Zu diesem Zeitpunkt würde er mehr Verdacht schöpfen, wenn ich ihn weiter abwimmeln würde. Nur Menschen, die etwas zu verbergen haben, schlafen lieber draußen, als ein sicheres Nachtlager anzunehmen. Er geht los, doch ich bleibe abrupt stehen.

Wo sind die Bilder? Wo sind meine Zukunftsvisionen von ihm?

Ich starre ihn kurz an, doch die zunehmende Dunkelheit macht es mir unmöglich, ihn genauer zu erkennen.

„Ist etwas?", fragt er verwirrt.

„Nein, gar nichts", sage ich und wende den Blick ab.

Warum sehe ich nichts bei ihm?

Hat meine Gabe irgendwie Schäden erlitten?

„Lädst du immer fremde Menschen in eure Hütte ein?", frage ich, als ich die Behausung endlich sehen kann. Er hatte recht, es ist nicht weit gewesen, aber humpelnd ist es mir trotzdem wie eine Ewigkeit vorgekommen. Er hat mir angeboten, mich zu tragen, aber ich habe entschieden abgelehnt.

„Naja, immer wenn ich ein verletztes Mädchen im dunklen Wald sehe, habe ich Mitleid und lade es ein", erwidert er sarkastisch und öffnet die Tür. Es ist nur eine kleine Holzhütte, aber ich kann sofort sehen, dass sie wärmegedämmt ist und sogar einen Ofen besitzt. Auch eine kleine Küche und ein Sofa gegenüber dem Ofen kann ich sofort erblicken.

„Ganz hübsch hier", sage ich und humple einen Schritt ins Innere der Hütte.

„Setz dich mal auf die Couch, ich will mir deinen Knöchel ansehen", erwidert er und deutet auf das Sofa, während er in Richtung Küche geht.

Meine Reisetaschen stellt er neben dem kleinen Esstisch ab. Ich bin heilfroh, dass wir nach meinem Sturz die Taschen nur einige Meter von uns entfernt wiedergefunden haben.

„Ach, da ist doch nichts", winke ich ab, setze mich aber dennoch nieder. Ich bin schon den ganzen Tag auf den Beinen, habe die letzte Nacht nur wenig und unbequem geschlafen und bin jetzt auch noch einen Hang heruntergerutscht, nachdem ich von einem Waldbewohner angegriffen worden bin – ich finde, es ist mein gutes Recht, auf dieser Couch zu kollabieren und mich zu freuen, ein bisschen Ruhe zu bekommen.

„Wir haben keine Dusche hier, aber damit kannst du dir wenigstens das Gesicht und die Arme waschen", sagt er und stellt eine Schüssel mit Wasser und einem Lappen darin auf den Tisch neben der Couch.

Ich warte darauf, dass er wissen will, was ich im Wald gemacht habe, aber er fragt nicht, sondern kniet sich vor mich und nimmt meinen Fuß in die Hand.

Er scheint zu wissen, dass ich ihm nicht erzählen werde, warum ich allein unterwegs bin.

Er zieht mir vorsichtig meinen Schuh aus und ich versuche, mir nichts von dem Schmerz ansehen zu lassen, der mein Bein hinaufschießt.

„Es tut schon weniger weh als am Anfang", sage ich und lüge damit nicht völlig. Der Schmerz hat tatsächlich etwas abgenommen.

„Das wäre ein gutes Zeichen. Wenn der Schmerz schnell nachlässt, dann ist meistens nicht so viel kaputt. Hoffen wir mal, dass deine Knochen und Bänder noch heil sind."

Er schiebt mein Hosenbein hoch und betrachtet meinen Knöchel. Als er wieder zu mir hochsieht, fällt es mir wie Schuppen von den Augen.

„Ich kenne dich", stoße ich hervor und beiße mir sofort auf die Zunge.

„Was?", fragt er überrascht und ich sehe, wie sich seine Mundwinkel heben.

„Ich habe dich in der Stadt gesehen, als das Mädchen abgeführt wurde", erkläre ich und plötzlich steht mir alles klar vor Augen. Genau dieser junge Mann stand vor ein paar Tagen vor mir auf der Marktstraße, aber in der Zwischenzeit ist so viel passiert, dass ich es völlig vergessen habe. Er ist der Junge, bei dem ich keine Visionen habe. Auch jetzt gerade muss ich keine Bilder verdrängen, obwohl er noch immer meinen Fuß berührt.

„Du warst mit deinem kleinen Bruder unterwegs", sagt er, als würde er sich auch gerade wieder daran erinnern.

Sofort wende ich den Blick ab. Warum habe ich ihm unsere Begegnung wieder ins Gedächtnis gerufen? Ich wollte doch, dass er mich sofort wieder vergisst, wenn ich morgen diese Hütte verlasse! Jetzt weiß er, dass wir aus demselben Dorf kommen und zu welcher Familie ich gehöre.

„Du kommst aus einer Jägerfamilie?", frage ich die erste Frage, die mir einfällt, um möglichst schnell das Thema zu wechseln.

„Ja, die Männer aus der Familie meines Vaters sind schon seit Generationen Jäger", antwortet er und lässt meinen Fuß langsam zu Boden sinken.

Er steht auf und geht zurück zur Küche.

„Sag mal, wie heißt du eigentlich?", frage ich, woraufhin er sich zu mir umdreht.

„Rate doch mal", meint er und zwinkert mir zu.

Ich verdrehe die Augen, doch er lässt sich nicht beirren, sondern öffnet nacheinander mehrere Schränke in der Küche. Aus einem Schrank zieht er eine Tüte Nudeln und ein Glas Tomatensoße hervor, wirft die beiden Sachen hoch und fängt sie geschickt wieder.

„Hast du Hunger?", fragt er und ich bin so irritiert von seiner kurzen Jongliereinlage, dass ich einfach nur nicke.

„Ich würde dir ja gerne etwas Frisches anbieten, aber Nudeln mit Tomatensoße muss reichen", erwidert er und zieht einen Kochtopf hervor.

„Du könntest mir auch einfach nur trockenen, ungekochten Reis vor die Nase stellen und ich würde ihn essen", gebe ich zurück und stehe von der Couch auf.

Ich weiß nicht, was ich hier mache, warum ich mich mit ihm unterhalte oder warum ich tatsächlich beginne, ihm zu vertrauen, aber ich werde es auch nicht hinterfragen. Es fühlt sich sicher an in dieser Hütte und sein Lächeln wirkt so ehrlich, dass ich gar nicht darüber nachdenken kann, wie naiv ich mich verhalte.

„Du hast Glück, dass man bei Nudeln und fertiger Tomatensoße nichts falsch machen kann. Meine Kochkünste lassen nämlich eher zu wünschen übrig", meint er, während ich auf ihn zu gehumpelt komme.

Er füllt etwas Wasser in einen Topf und stellt ihn auf den Herd.

„Du hast mir immer noch nicht deinen Namen verraten", merke ich an.

„Du hast ja auch immer noch nicht versucht, ihn zu erraten", meint er und holt einen Salzstreuer aus dem Schrank.

„Wie wäre es mit... Wilhelm, so wie unser König", sage ich spitzbübisch und ernte von ihm einen Blick über die Schulter.

„Nicht ganz."

„Dann vielleicht ... Siegfried, so wie mein Uropa", rate ich weiter. Er dreht sich zu mir um und mustert mich einige Sekunden.

„Du bist wirklich schlecht in diesem Spiel", sagt er dann. „Wie wäre es damit: Du sagst mir deinen Namen und dann sage ich dir meinen."

Ich reagiere nicht sofort darauf, denn ich habe gehofft, ihm meinen Namen verschweigen zu können.

Aber warum eigentlich? Ich habe mich doch vorhin sowieso schon verplappert, sodass er jetzt weiß, zu welcher Familie in welchem Dorf ich gehöre. Er kommt ebenfalls von dort, also könnte er es auch so ganz einfach herausfinden.

„Na gut. Mein Name ist Ayla", sage ich.

„Freut mich, dich kennenzulernen, Ayla", erwidert er und streckt mir eine Hand hin. Ich ergreife sie und er fährt fort: „Ich bin Leon."

Ich kann nicht sagen warum, aber irgendwie gefällt es mir, dass er so tut, als würden wir uns gerade ganz normal kennenlernen und uns vorstellen – fast so, als hätte er mich nicht von einem Hang gerettet und in seine Hütte gebracht.

„Die Freude ist ganz meinerseits", entgegne ich und tue nur zu gerne so, als würden wir uns nicht in einer völlig absurden Situation befinden.

Er lässt meine Hand wieder los und wendet sich den Nudeln zu.

„Kann ich irgendwie helfen?"

„Wenn du möchtest, kannst du den Tisch decken. Das Geschirr ist dort neben dem Tisch", meint er und deutet auf einen Schrank neben dem Esstisch.

Ich bin ihm dankbar, dass er mir nicht sagt, ich solle mich lieber auf die Couch setzen, um meinen Fuß zu schonen. Ich mag es nicht, mich nutzlos oder bedürftig zu fühlen.

Ich decke den Tisch und kurz darauf ist das Essen fertig und er lädt mir eine extra große Portion auf meinen Teller. Unsere Unterhaltung beim Essen ist sehr angenehm, denn wir reden über ganz banale Dinge wie Lieblingsbücher und ich kann ein wenige durchatmen.

Nach dem Essen bin ich so müde, dass ich einfach nur so schnell wie möglich schlafen möchte.

Als ich am nächsten Tag die Augen wieder öffne, kann ich mich gar nicht mehr daran erinnern, eingeschlafen zu sein. Ich war so müde, dass ich einfach aufs Bett gefallen und auf der Stelle eingeschlafen bin. Und wahrscheinlich würde ich das auch immer noch tun, wenn mich nicht das Geräusch der Tür geweckt hätte.

„Schläfst du noch?", kommt Leons bekannte Stimme von der Tür und ich sitze auf der Stelle kerzengerade im Bett. Es gibt kein extra Schlafzimmer. Das Bett steht einfach in einer der Ecken des Raumes.

„Was machst du denn hier?", entfährt es mir, woraufhin er laut lachen muss.

„Also eigentlich ist das hier meine Hütte, also sollte ich mich wohl nicht rechtfertigen müssen, wenn ich hier bin", erwidert er immer noch belustigt und ich sehe, wie er zwei Beutel in der Küche abstellt.

Ich weiß, dass er heute Nacht hier auf der Couch geschlafen hat, aber ich bin davon ausgegangen, dass er ganz früh morgens wieder aufbricht. Er hat schließlich ein gewaltiges Stück Fußmarsch vor sich, wenn er es zurück ins Dorf schaffen möchte.

„Entschuldigung, du hast mich einfach überrascht."

Der Blick nach draußen zeigt mir, dass es schon hell ist und der Tag wahrscheinlich schon weiter fortgeschritten, als mir lieb ist. Ich bin bestimmt schon mindestens eine halbe Tagesreise hinter meinem eigentlichen Ziel und würde den Rückstand wohl auch nicht so schnell wieder aufholen. Das wird mir klar, als ich aufstehe. Zwar kann ich inzwischen wieder ganz leicht Gewicht auf den verletzten Fuß geben, aber von Laufen bin ich definitiv noch weit entfernt. Dazu kommen meine Rippen, die bei jedem Atemzug wehtun. Ich habe mich gestern Abend nicht dazu durchringen können, in den Spiegel zu sehen, denn ich wollte gar nicht wissen, wie blau und wund meine verletzte Körperseite ist.

Ich versuche, mir möglichst wenig anmerken zu lassen, schließlich weiß Leon nichts von meiner Rippenverletzung und das soll auch so bleiben.

„Wo warst du eigentlich?", frage ich, als mir wieder einfällt, dass er ja gerade von draußen hereingekommen ist.

„Ich war bei einem Händler, der jeden Morgen über einen Weg hier in der Nähe fährt. Ich habe etwas Brot und Käse mitgebracht, weil ich dachte, dass du wahrscheinlich Hunger hast", sagt er und holt das Essen aus dem einen Beutel heraus.

Ich starre darauf und es fühlt sich an wie Weihnachten und Geburtstag an einem Tag. Ich hätte nie gedacht, dass mich Brot und Käse mal so glücklich machen würden, aber in den letzten Tagen habe ich noch intensiver gefühlt, wie schlimm Hunger ist. Er zerrt an deinen Nerven, er macht dich schwach, er frisst dich von innen auf.

Leon reicht mir die Nahrungsmittel und wartet geduldig, bis ich ein Brot gegessen und mir ein weiteres vorbereitet habe.

„Diese Salbe habe ich für deinen Fuß mitgebracht", sagt er dann und ich lasse sofort mein Brot sinken, um meine Aufmerksamkeit voll auf ihn zu richten.

„Du hast mir Medizin mitgebracht?", frage ich ungläubig.

Er tut so, als hätte ich gar nichts gesagt und holt eine weitere Tube aus dem zweiten Beutel. „Und diese Salbe habe ich für deine Rippen mitgenommen."

„Warum bringst du mir Medizin mit?", frage ich erneut.

„Weil du sie brauchst und ich mir ziemlich sicher bin, dass du in nächster Zeit keine bekommen wirst, wenn ich dir keine bringe. Ich weiß nicht, warum du hier im Wald bist, aber ich weiß, dass die Versorgung im Wald nicht unbedingt die beste ist", erwidert er und schaut mir dabei tief in die Augen.

„Aber warum bist du so nett zu mir?", frage ich immer noch ungläubig.

„Ich kann nicht anders. Ich könnte dich nicht einfach dir selbst überlassen, das würde ich mir nie verzeihen", sagt er ernst und greift nach den Tuben.

Ich bin sprachlos und starre ihn einige Sekunden lang einfach nur an.

„Trage die Salben direkt auf und schmiere neue drauf, sobald sie eingezogen sind", weist er mich an und schiebt mir die Tuben zu.

Ich schaue zu seiner Hand und erst jetzt realisiere ich, dass er nicht nur Salbe für meinen Knöchel, sondern auch für meine Rippen mitgebracht hat.

„Danke", kommt mir, einige Sekunden zu spät, über die Lippen. „Aber ich brauche nur Salbe für meinen Fuß. Sonst fehlt mir nichts."

Er mustert mich, als wolle er mir ohne Worte etwas zu verstehen geben, aber ich halte seinem Blick einfach nur stand.

„Du willst mir sagen, dass deine Rippen nicht geprellt sind?"

„Nein, wie kommst du darauf, dass sie verletzt sind?", erwidere ich störrisch. Es ist mir unheimlich, dass er es so gut erraten hat und ich will ihm nicht die Genugtuung geben, ihm recht zu geben.

„Und warum bist du dann gestern zusammengezuckt, als ich dich gestützt habe und deine Rippen berührt habe? Und warum hast du dich gestern so vorsichtig hingesetzt, als würdest du zerbrechen, wenn du es zu schwungvoll tust?", fragt er mit wissendem Blick.

„Das hast du falsch gedeutet", winke ich erneut ab. Natürlich weiß ich, dass ich einfach einlenken sollte, denn er hat ja recht, aber ich kann einfach nicht. Ich will nicht, dass er denkt, er könne mich so einfach durchschauen. Ich bin schon viel zu abhängig von ihm und ihm diese

Verletzung einzugestehen, würde sich anfühlen wie noch mehr Kontrollverlust.

Außerdem ist es mir schon immer schwergefallen, Schwäche zu zeigen. Nachdem meine Mum mich verlassen hatte und ich mit so vielen Dingen klarkommen musste, habe ich mir eine harte Schale zugelegt. Ich mag es nicht, wenn Menschen wissen, dass es mir schlecht geht oder dass ich verletzt bin. Lieber schlucke ich alles hinunter und sorge dafür, dass mich die Menschen in meinem Leben als stark und unabhängig wahrnehmen.

„Dann zeig mir doch einfach mal deine Rippen und wenn sie nicht blau sind, lasse ich dich in Ruhe", erwidert er neckisch.

Er scheint fest davon auszugehen, dass ich nun einlenke und ihm sagen werde, dass ich bestimmt nicht vor ihm mein T-Shirt ausziehe.

Meine nächste Handlung kann ich im Nachhinein nur als unbedachte Kurzschlussreaktion abtun, denn ich greife nach dem Saum meines Shirts und ziehe es über meinen Kopf.

Obwohl ich einen Sport-BH darunter trage, der mit Sicherheit mehr bedeckt als jeder Bikini, den ich besitze, könnte man, wenn man sein Gesicht betrachtet, denken, ich würde nackt vor ihm stehen.

„Das kam unerwartet", meint er und kann den Blick nicht sofort wieder auf meine Augen richten - eigentlich gar nicht, denn nach einer Sekunde neigt er den Kopf noch etwas tiefer, sodass er nun meinen Bauch fixiert.

Seine Kiefermuskeln spannen sich an und er kommt einen Schritt auf mich zu. Er streckt die Hand aus und ich weiche erschrocken zurück. „Was soll das denn werden?", stoße ich verwirrt hervor.

„Entschuldige, ich wollte nicht ... ich wollte nur deine Prellungen begutachten. Es sieht schlimmer aus, als ich erwartet habe", sagt er und ich brauche einen Moment, um zu verstehen, wovon er redet.

Plötzlich komme ich mir unglaublich dumm vor, weil ich ganz vergessen habe, dass es in unserem kleinen Machtkampf ja ursprünglich um meine Rippen ging.

Ein kleines Lachen entkommt meinen Lippen und ich sage: „Und ich dachte, meine Ausziehaktion hat dich so geschockt."

Seine Kiefermuskeln entspannen sich etwas und er meint: „Etwas überrascht hast du mich auf jeden Fall, aber ich könnte den Anblick noch mehr genießen, wenn die blauen Flecken nicht da wären."

Mir steigt die Röte in die Wangen, denn der leicht verschmitzte Tonfall in seiner Stimme lässt seine Worte zu einem unterschwelligen Kompliment werden.

„Soll ich dir damit helfen?", fragt er dann und hält mir die Creme hin.

„Ist das der Versuch, eine Ausrede zu haben, mich anzufassen?", witzle ich ironisch und nehme die Creme.

„Man kann es ja versuchen", erwidert er im gleichen Ton und deutet dann aufs Bad. „Mit Spiegel dürfte es einfacher sein."

Ich drehe mich von ihm weg und laufe zum Bad. Auf dem Weg kann ich das Grinsen nicht von meinen Lippen wischen. Ich hätte nie gedacht, dass ich in einer solch schlimmen Situation jemanden treffen könnte, der mich trotzdem zum Lachen bringt.

Im Badezimmer angekommen, vergeht mir das gute Gefühl schnell wieder, denn mein Blick fällt auf das Spiegelbild meines oberen Bauchbereichs.

Blaugrüne Flecken säumen die ganze obere Hälfte und ich ziehe scharf die Luft ein, als mir das Ausmaß bewusst wird.

Ich schlucke und mache mich schnell daran, die verletzten Bereiche einzuschmieren. Darauf zu starren und sich zu ärgern, macht es auch nicht besser.

Nachdem ich die Creme einmassiert habe, verlasse ich das Bad wieder.

„Läufst du immer noch in Unterwäsche rum, um mich zu provozieren?", fragt Leon neckisch über die Schulter. Er steht mit dem Rücken zu mir und macht irgendetwas in der Küche.

„Nein. Mein T-Shirt liegt einfach nur hier draußen", erwidere ich und muss lachen. Das versetzt mir einen Stich in den Rippen und ich zucke kurz zusammen.

„Dein Humor ist nicht gut für meine Gesundheit", meine ich und streife mein Shirt über den Kopf.

„Soll ich dir mit dem Knöchel helfen?", fragt er, aber ich winke ab und setze mich auf die Couch.

„Was machst du da eigentlich?", frage ich stattdessen und beginne, meinen Knöchel einzucremen.

„Ich koche etwas Kleines, damit wir beide zusätzlich zu Brot und Käse etwas Warmes in den Bauch bekommen. Es ist schließlich schon nach Mittag", sagt er und ich erschrecke. Habe ich so lange geschlafen?

Diese Frage wird schnell von der Erkenntnis abgelöst, dass er gesagt hat, wir beide sollten etwas Warmes in den Bauch kriegen und dabei höchstwahrscheinlich nur mich meint. Er kann sich wahrscheinlich zusammenreimen, dass ich lange nichts Richtiges mehr gegessen habe.

„Danke."

„Danke mir nicht. Ich bin mir sicher, deine Situation ist schlimmer, als dass ich sie mit einem warmen Essen ausgleichen könnte", erwidert er ernst und wendet sich wieder dem Kochen zu.

Kapitel 3

„Wie alt bist du?", frage ich Leon, während wir zusammen am Tisch sitzen und einen Teller Suppe löffeln. Als er vor einer Stunde mit dem Topf im Gepäck hier ankam, hat mich das fast in Panik versetzt, weil ich dachte, er hätte jemandem von mir erzählt, doch er konnte mich schnell beschwichtigen. Seine Mutter gibt ihm wohl oft die Reste vom Vortag mit auf die Jagd, damit er am Abend in der Hütte etwas essen kann. Schließlich ist er immer zwei ganze Tage unterwegs.

Ich bin nun schon den dritten Tag hier, denn ich musste mir eingestehen, dass ich mit meinen Verletzungen an Fuß und Rippen keine nennenswerten Strecken schaffen würden. Gestern ist Leon früh aufgebrochen, um am frühen Abend wieder zu Hause zu sein. Ihn heute am späten Nachmittag schon wieder hier zu sehen, hat mich zwar überrascht, aber mehr gefreut, als ich zugeben würde. Er füllt diese Hütte einfach mit Leben und wenn er hier ist, fühle ich mich sicher.

„Zwanzig, und du?", fragt er zurück.

„Achtzehn", antworte ich wahrheitsgemäß. „Wenn du erst zwanzig bist, warum bist du dann überhaupt hier?

Müsstest du nicht beim Militär sein?", frage ich weiter. Diese Frage hatte ich mir gestellt, seit ich ihn das erste Mal gesehen habe. Junge Männer sind eine Rarität in unserem Dorf geworden, denn sie stehen entweder im Krieg oder sie sind geflüchtet und im Wald untergekommen. „Ich war im Krieg. Mit siebzehn wurde ich eingezogen und habe zwei Jahre an der Front gedient", erwidert er. Er macht einen Moment Pause und schließt die Augen, bevor er weiterspricht. „Letztes Jahr ist meine Einheit von unerwarteten Mienenfeldern überrascht worden. Bevor wir wussten, worauf wir da liefen, explodierte eine Miene. Viele sind gestorben, alle anderen verletzt worden. Ich war ein paar Monate im Lazarett und wurde schließlich vom Frontdienst abgezogen, so wie die anderen Überlebenden meiner Einheit."

Wieder macht er eine kleine Pause, aber ich unterbreche ihn nicht. Ich habe schon Dutzende solcher Geschichten aus dem Krieg gehört, doch seine berührt mich besonders. Obwohl er es nur so kurz zusammenfasst und versucht, seine Emotionen zu verbergen, lässt mich der Ausdruck in seinem Gesicht genau zuhören.

„Einige meiner Freunde wurden als Palastwachen in den Dienst am Hof berufen. Ich wurde zurückgeschickt, denn ich stamme aus einer Jägersfamilie. Ein Metzgerjunge und zwei Bauernjungen wurden ebenfalls zurückgeschickt. Man erhoffte sich, dass die Versorgung in unserem Dorf wieder etwas besser werden würde. Die hohe Kindersterblichkeit macht dem Hof Sorgen, denn man befürchtet, eine

Generation an Soldaten zu verlieren." Im letzten Satz kann ich seine Missbilligung dem Hof und der Königsfamilie gegenüber durchhören. Für sie ist jeder Junge nur ein weiterer Soldat und jedes Mädchen eine Chance, weitere Soldaten zu gebären.

„Wie Schachfiguren", murmle ich und schaue auf meine Suppe. Gedanken an die Königsfamilie machen mich immer wütend. Ich kann einfach nicht verstehen, wie sie all das zulassen kann.

„Wie Schachfiguren", wiederholt er zustimmend.

Einige Momente essen wir still vor uns hin, jeder in seinen Gedanken versunken. Schließlich breche ich das Schweigen und frage vorsichtig: „Was ist bei der Mienenexplosion bei dir passiert? Ich habe keine Verletzung bemerkt, als du mich hierhergebracht hast."

Statt einer Antwort steht er auf und kommt um den Tisch herum, sodass ich ihn komplett sehen kann. Er zieht sein linkes Hosenbein hoch und legt eine Prothese frei. „Ich habe meinen linken Unterschenkel verloren. Beim Gehen merke ich es kaum, doch so schnell zu rennen wie früher, ist nicht mehr drin. Du hast es nicht gemerkt, weil ich die ganze Zeit neben dir gelaufen bin."

Ich betrachte ein paar Sekunden sein künstliches Bein und erhebe mich schließlich von meinem Stuhl. Ohne es bewusst gewollt zu haben, gehe ich in die Hocke, um die Prothese näher betrachten zu können. Ich strecke gerade die Hand aus, um sie zu berühren, als mir klar wird, wie unhöflich ich mich verhalte, und weiche schnell zurück. „Entschuldige!", stammle ich und stehe schnell wieder auf. „Warum entschuldigst du dich? Du kannst sie ruhig anfassen, davon geht sie nicht kaputt", erwidert er lächelnd. „Aber ich hätte dich erst gar nicht danach fragen dürfen", werfe ich schnell ein und schaue schuldbewusst zu Boden. Er tritt einen Schritt näher und legt einen Finger an mein Kinn, um mich dazu zu bringen, ihn anzusehen. „Warum solltest du mich das nicht fragen? Warum solltest du meine Prothese nicht berühren? Sie gehört schließlich zu mir, genauso wie die Mienenexplosion zu meiner Geschichte gehört", sagt er bestimmt.

Ich bin unfähig, etwas zu sagen, doch er ist sowieso noch nicht fertig. „Kannst du dir vorstellen, wie viele Leute mich schon gefragt haben, warum ich nicht mehr im Krieg bin? Jedes Mal erzähle ich von der Miene, doch nie traut sich jemand zu fragen, was mir dabei passiert ist. Die Leute im Dorf wollen es nicht wissen, denn sie wollen den Krieg und die Verletzungen weiter ignorieren. Ich verstehe, dass es leichter ist, wenn man sich einredet, dass Soldaten unversehrt wieder nach Hause kommen, aber real wird es dadurch trotzdem nicht. Der Krieg ist brutal und wird noch lange dauern und jeder einzelne Soldat, der wiederkommen wird, wird unheilbare Verletzungen haben."

„Gut, dass ich zu neugierig bin, um mir nur den Teil der Wahrheit anzuhören, den ich gerne hören möchte", flüstere ich, denn ich bin unfähig, lauter zu sprechen.

„Nicht einmal meine eigene Mutter hat die Prothese bis jetzt gesehen. Ich lebe seit sechs Monaten wieder zu Hause und sie hat sie trotzdem noch nie gesehen. Sie weiß davon und sie behandelt mich gerne, als wäre ich aus Glas, obwohl mich die Prothese kaum einschränkt. Doch sehen will sie sie nicht."

„Wenigstens hast du eine Mutter", murmle ich und bereue es sofort.

Er sieht mir einen Moment scharf in die Augen und fragt dann: „Was ist mit deiner Mum?"

Ich weiß, ich sollte abwiegeln. Ich weiß, ich sollte endlich einen Schritt zurückweichen, um Abstand zwischen uns zu bringen. Ich weiß, ich sollte nicht so viel Sympathie für ihn hegen und mich nicht so wohl fühlen in seiner Nähe.

Doch ich kann nicht anders.

„Sie musste uns verlassen, als ich zehn war. Ich weiß nicht, wo sie ist oder ob sie überhaupt noch lebt", sage ich und stelle mich auf eine Gegenfrage ein, die ich nicht beantworten kann.

Er scheint jedoch zu spüren, dass das alles ist, was ich sagen werde. Stattdessen greift er nach meiner Hand und zieht mich zu sich. Er legt die Arme um mich und legt sein Kinn auf meinen Kopf. Die Umarmung kommt so unerwartet, dass ich meine Gefühle nicht im Griff behalten kann.

Eine Träne läuft meine Wange hinunter.

Mich hat noch nie ein Junge umarmt, dessen Zukunftsbilder ich durch die Berührung nicht unaufhörlich vor Augen hatte. Normalerweise sind Umarmungen anstrengend für mich, denn die vielen Bilder, die mich dabei überfluten, bereiten mir auf Dauer Kopfschmerzen, doch bei ihm ist es anders. Ich sehe keine Bilder, sondern kann einfach die Augen schließen und einen Moment weinen. Ich habe kein einziges Mal geweint, seit meine Mum mich damals verlassen hat. Auch nicht, als ich vor ein paar Tagen in den Wald fliehen musste. Nur die einzelne Träne, die mir entwischt ist, als ich feststellen musste, dass ich Jaxon und Jessica verlassen muss ohne mich zu verabschieden – sonst keine einzige weitere Träne. Ich hatte keine Zeit dafür und vor allem habe ich es mir nicht erlaubt.

Während der ganzen Zeit lag so viel Anspannung auf mir, dass ich gar nicht auf die Idee gekommen bin, meine Gefühle zu beachten. Ich musste einfach funktionieren.

Doch in diesem Moment fällt für ein paar Sekunden die Anspannung von mir ab, denn ich weiß, dass mich nicht jeden Moment ein Waldbewohner angreift, eine Wache zufällig den Weg entlangläuft oder ich vom Hunger gequält werde.

Ich kann nicht sagen, wie lange wir so stehen, doch als ich mich schließlich von ihm löse, flüstere ich ein leises: „Danke."

Er hat mir diesen Moment der Ruhe geschenkt, den ich wahrscheinlich für eine lange Zeit nicht mehr haben werde, sobald ich dieses Haus wieder verlasse. Mein Fuß ist schon besser geworden, doch ich denke, ich werde noch ein paar

Tage brauchen, bis ich wieder fit genug bin, um tagelang schnell zu gehen.

„So, jetzt wird aber aufgehört mit dem sentimentalen Zeug. Ich habe doch extra etwas mitgebracht für uns", meint er und wischt mir die letzte Träne von der Wange. Ich bin ihm dankbar für diesen Themenwechsel. Neugierde erfasst mich.

„Was denn?", frage ich.

Er greift nach seinem Rucksack, aus dem er vorhin den Topf Suppe gezogen hat, und holt einen Becher und einen Block hervor.

„Eine Runde Kniffel für den Zeitvertreib?", fragt er mich mit einem verschmitzten Grinsen und die Situation ist so absurd, dass auch ich lächeln muss.

„Kniffel? Dein Ernst?", stoße ich lachend aus.

„Was denn? Ich dachte, dir ist bestimmt langweilig hier", meint er und legt das Spiel auf den Esstisch. Er schiebt unsere Suppenteller zur Seite und setzt sich.

Ich stehe noch immer etwas verdutzt da und frage: „Musst du nicht eigentlich jagen gehen?"

„Ja, muss ich", erwidert er, macht jedoch keine Anstalten aufzustehen. Als er mich vor ein paar Tagen hierhergebracht hat, war ich von seiner Freundlichkeit schon völlig überfordert gewesen, doch habe ich gedacht, dass das alles gewesen sei. Ich dachte, er würde ein paar Mal hier schlafen, weil es zu seiner Arbeitsroutine gehört, doch dann kam er erst mit Brot und Käse und dann mit einem Topf Suppe hier an.

Und jetzt möchte er mich auch noch unterhalten und von meiner Situation ablenken?

Sein Tun macht keinen Sinn für mich, doch ich ergebe mich und setze mich zu ihm an den Tisch.

„Ich werde dich aber nicht gewinnen lassen, nur weil du ein Mädchen bist", sagt er und beginnt den Becher zu schütteln.

Die erste zwei Runden gewinnt er, die nächsten zwei gewinne ich.

„Schläfst du heute Nacht wieder hier?", frage ich, als er gerade die nächste Runde einläutet.

„Ja. Morgen früh werde ich wieder nach Hause zurückkehren und auf dem Weg hoffentlich genug erjagen, dass niemandem auffällt, dass ich am ersten Tag nichts getan habe, außer Kniffel zu spielen", antwortet er und zwinkert mir zu.

„Du meinst wohl: Bei Kniffel zu verlieren", korrigiere ich und freue mich innerlich, dass er heute Nacht hier sein wird.

Letzte Nacht war ich allein und ich fühlte mich sehr verloren. Das ist seltsam, denn in der Nacht, ehe ich ihn getroffen habe, habe ich allein draußen geschlafen. Es war nicht angenehm, aber ich habe mich nicht wirklich einsam oder verloren gefühlt.

„Brichst du schon auf, bevor ich wach bin?"

„Wahrscheinlich schon, so lange, wie du immer schläfst", erwidert er neckend.

Normalerweise würde ich jetzt sofort auf seine Neckereien eingehen, doch meine Gedanken sind ganz woanders.

Ich spiele grad mit einer Idee, die unglaublich dumm ist, mich aber trotzdem nicht loslässt.

„Du hast mich doch damals auf der Marktstraße mit meinem kleinen Bruder gesehen. Glaubst du, du würdest ihn wiedererkennen?", frage ich.

„Ja, natürlich. Ich habe ihn auch danach noch einmal gesehen. Er war mit einer Frau unterwegs", antwortet er. „Warum fragst du?"

Ich frage, weil ich ernsthaft in Erwägung ziehe, ihm einen Brief für meine Tante mitzugeben. Dann jedoch wüsste er noch viel mehr über mich, denn er wüsste meine alte Adresse und wüsste, wer meine Tante ist.

Doch wenn er Jaxon sowieso wiedererkennt, ist es auch so ein Leichtes für ihn, mehr über mich zu erfahren. Außerdem kann er es früher oder später sowieso herausfinden, also warum sollte ich nicht jetzt schon Profit daraus schlagen?

„Hallo? Bist du noch da?", fragt er und reißt mich aus meinen Gedanken. Er hält mir den Kniffelbecher hin und ich nehme ihn schnell, um meine lange Denkpause zu überspielen.

„Hast du ihn dabei?", frage ich ohne Umschweife, als ich zwei Tage später höre, wie sich die Tür öffnet. Sofort laufe ich aus dem Bad heraus zur Haustüre und bin dabei schon fast wieder so schnell wie vor meinem Unfall. Ich habe jetzt insgesamt fünf Nächte hier geschlafen und fühle mich wieder fit genug, um meine Reise fortzusetzen.

„Dir auch erst einmal einen guten Nachmittag", erwidert er belustigt von meiner Aufregung.

„Ja ja, guten Nachmittag", sage ich schnell, „Jetzt sag, hast du ihn?"

Statt einer Antwort zieht Leon einen Briefumschlag aus seiner Jacke. Ich schnappe ihn aus seiner Hand und sehe, dass mein Name vorne auf dem Umschlag steht. Die Schrift erkenne ich sofort.

Nach langem Hadern hatte ich mich tatsächlich dazu entschlossen, Leon einen Brief für Lisa mitzugeben. Wenn er mich hätte verraten wollen, hätte er es längst getan und ein Brief an meine Tante würde daran nichts ändern. Morgen früh will ich wieder aufbrechen, weswegen gestern meine letzte Chance gewesen ist, ihm einen Brief mitzugeben und eine Antwort zu erhalten. Ich hatte ihm eingeschärft, dass er ihn ausschließlich ihr geben und niemand es mitbekommen dürfte.

Er hat nicht einmal verwundert geschaut, sondern meine seltsamen Forderungen einfach so hingenommen.

„Sie dachte zuerst, ich will sie veräppeln, als ich heute Morgen vor ihrer Haustür stand", erklärt er, aber ich höre ihm schon gar nicht mehr zu, sondern lasse mich mit dem Brief auf die Couch sinken.

Meine geliebte Ayla,

ich kann dir gar nicht sagen, wie sehr es mich gefreut hat, von dir zu hören und nun die Gewissheit zu haben, dass es dir bis jetzt gut geht.

Leider kann ich diesen Brief nicht nutzen, um dir von uns zu berichten, denn ich habe schlechte Nachrichten für dich. Gestern Abend erreichte mich ein Brief meines Mannes, in dem er mir erklärte, dass die Wachen nun ganz speziell nach dir suchen. Ich kann mir selbst nicht erklären, wie sie es herausgefunden haben – er muss dich verraten haben, eine andere Erklärung gibt es nicht.

Es tut mir so leid, dir das schreiben zu müssen, aber ich bin froh, dass ich überhaupt die Möglichkeit habe, mit dir zu kommunizieren.

Bitte lauf schnell und pass auf dich aus!

Ich liebe dich!

Lisa

Geschockt starre ich auf den Brief und ziehe scharf die Luft ein.

Ich stehe wieder vom Sofa auf, schaue hoch und sehe, dass Leon einen Schritt auf mich zumacht und dabei besorgt aussieht.

Unwillkürlich gehe ich weiter von ihm weg und als er noch einen Schritt auf mich zumacht, springe ich zurück und bedeute ihm mit der Hand, mir fernzubleiben.

„Du hast mich verraten?!", stoße ich aus und kann dabei die Abscheu in meiner Stimme nicht zurückhalten. „Ich habe dir vertraut und du hast mich verraten? Hast mir gesagt, ich soll mich erst ein paar Tage erholen, anstatt direkt weiterzureisen? Warum? Damit es leichter für die Wachen ist, mich zu finden?", keife ich weiter.

„Wovon redest du?", fragt er, aber ich höre ihm gar nicht mehr zu, sondern raffe so schnell wie möglich mein Zeug zusammen und stürme aus der Tür.

Jede Sekunde zählt. Jeder Meter, den ich zwischen mich und meine Heimat bringe, verschafft mir Zeit, um mich zu verstecken. Ich muss untertauchen und dafür muss ich viel weiter weg.

Wäre ich doch bloß gestern oder vorgestern schon wieder aufgebrochen! Ich wäre schon zwei Tagesreisen weiter!

„Ayla, bleib doch stehen!", höre ich seine Stimme hinter mir herrufen.

Was für ein Idiot! Damit macht er die Wachen, die wahrscheinlich den Wald durchkämmen, doch nur noch schneller auf mich aufmerksam!

„Sag mir, was los ist, dann kann ich dir helfen!", ruft er weiter und seine Stimme ist immer noch gleich laut. Er scheint mir hinterher zu rennen.

Reicht es ihm nicht, mich verraten zu haben? Muss er mir jetzt auch noch jegliche Chance zu fliehen rauben?

Weit bin ich nicht gekommen, als ich die ersten Geräusche höre. Stimmen und Schritte hallen durch den Wald und der Lautstärke nach müssen es die Soldaten sein. Ein paar Jäger oder Waldbewohner würden niemals so einen Lärm veranstalten.

Ich beschleunige meine Schritte, doch tief in meinem Herzen weiß ich, dass es zu spät ist. Ich weiß, dass sie mich fangen werden, aber ich werde nicht kampflos aufgeben.

Meine Lungen ächzen nach mehr Sauerstoff, doch ich werde nicht langsamer, sondern noch schneller.

„Da vorne läuft sie!", ertönt ein Schrei durch den Wald. Ich renne und renne, doch schließlich trifft mich etwas an der Schulter und ich stolpere nach vorne. Unwillkürlich fasse ich an die schmerzende Stelle an der Hinterseite meiner Schulter und spüre Blut.

So ein Mist!

Ich versuche mich aufzurappeln, doch da folgt ein Tritt in meinen Rücken, der mich wieder nach vorne fallen lässt.

„Da haben wir sie ja", meint eine Männerstimme und kurz darauf nimmt er meine Hände hinter meinen Rücken.

So einfach werde ich mich nicht geschlagen geben!

Der Mann zieht mich an meinen Händen wieder auf die Füße und als ich stehe, trete ich nach hinten aus. Sein Aufstöhnen verrät mir, dass ich ihn schmerzhaft getroffen haben muss und im nächsten Moment lässt er meine Hände kurz los.

Sofort stürme ich los und schaue nicht zurück.

„Bleib doch stehen, Ayla", ruft der Mann mir hinterher und die Tatsache, dass er meinen Namen kennt, gefällt mir gar nicht.

Ich höre hinter mir das Gestrüpp knacken und weiß, dass mein Verfolger dicht hinter mir ist. Er ist sicherlich viel größer und damit viel schneller als ich.

Noch immer bin ich nicht bereit aufzugeben, doch da falle ich zu Boden. Ein plötzlicher Tritt in meine Kniekehle hat mich zu Fall gebracht.

Ich schaffe es gerade noch, mich mit den Händen abzufangen und nicht mit voller Wucht auf meinem Gesicht zu landen.

„Ich hätte dir die Handschellen gerne erspart, aber du lässt mir keine Wahl", sagt der Mann und nimmt meine Hände erneut hinter meinen Rücken zusammen.

Kaltes Metall umschließt meine Handgelenke und als er mich dieses Mal mit deutlich mehr Bestimmtheit hochzieht, weiß ich, dass ich ihm nicht erneut entwischen kann.

Er dreht mich wieder zurück in die Richtung, aus der wir gekommen sind und schiebt mich los.

„Colin, lass sie!", höre ich plötzliche eine viel zu bekannte Stimme. Leon kennt diesen Typen? Natürlich kennt er ihn, er hat ihn wahrscheinlich beim Militär kennengelernt. Alle Palastwachen sind ehemalige Frontsoldaten.

Wahrscheinlich hat Leon diesem Colin verraten, wo ich bin. Mit Kontakten in der Palastwache ist es natürlich besonders einfach, jemanden anzuschwärzen.

Colin, wie der Mann, der hinter mir steht, zu heißen scheint, denkt gar nicht daran, mich loszulassen, sondern drängt mich unsanft weiter zu den anderen Palastwachen: „Wir müssen sie mitnehmen, Befehl von ganz oben."

Ich haben Colin immer noch nicht von vorne gesehen, doch ich sehe ein halbes Dutzend anderer Männer um mich herumstehen.

„Hier halte sie mal kurz, ich kümmere mich um ihn", sagt Colin und gibt mich an einen anderen Mann weiter.

Leon kann ich einige Meter von mir entfernt im Wald stehen sehen. Er wird von einem der Männer festgehalten und fixiert mich mit eindringlichen Blicken.

Ich wende den Blick nicht ab, sondern versuche so viel Abscheu in meinen Ausdruck zu legen, wie ich nur kann.

Ich habe ihm vertraut. Ich habe ihm sogar von meiner Mutter erzählt! Wie dumm und naiv bin ich eigentlich? Er hat es wahrscheinlich die ganze Zeit geahnt und als ich ihm dann auch noch erzählt habe, dass meine Mutter fliehen musste, war ich gefundenes Fressen für ihn.

Er brauchte nur nett zu mir zu sein, mir etwas Essen mitbringen und schon war ich davon überzeugt, in Sicherheit noch so lange dort bleiben zu können, bis es meinem Fuß wieder gut ginge.

Ich habe die ganze Zeit nicht verstanden, warum er so nett zu mir war, doch jetzt ergibt es alles Sinn. Er hat mich getäuscht und ich bin einfach darauf reingefallen ...

Colin, ein breitschultriger, braunhaariger Mann, dem, wie ich bei näherem Hinsehen erkenne, ein Ohr fehlt, ist inzwischen bei Leon angekommen und zieht ihn noch etwas weiter von uns weg.

Das Ohr hat Colin wahrscheinlich im Krieg verloren und ist deswegen zu Palastwache versetzt worden.

Die anderen Männer schweigen, doch ich kann die Unterhaltung zwischen Colin und Leon trotzdem nicht verstehen.

Schließlich kommen die beiden zurück und Colin sagt laut: „Er wird freiwillig mitkommen, wir müssen ihn nicht fesseln."

„Aber das dürfen wir nicht. Er hat ...", will ein anderer Mann protestieren, doch Colin schneidet ihm das Wort ab.

„Ich habe hier die Befehlsgewalt und ich sage: Er ist ein Freund."

„Ein Lügner und Verräter, meint er wohl", murmle ich vor mich hin.

„Jetzt lasst uns aufbrechen. Wir haben noch einen weiten Weg vor uns", sagt Colin bestimmt und geht los. Der Mann hinter mir beginnt mich vorwärts zu schieben und mir bleibt keine andere Wahl, als mich dem Druck zu beugen.

Ein letztes Mal versuche ich, mit meinen gefesselten Händen den Mann hinter mir loszuwerden, doch sein Griff ist stahlhart.

„Das wird nichts, auch wenn du dich noch so sehr anstrengst", zischt er mir zu und ich würde ihm am liebsten ins Gesicht spucken.

„Pass auf, sie hat einen verstauchten Knöchel", höre ich Leons Stimme hinter mir.

„Halt den Mund, du mieser Dreckskerl. Wage es ja nicht noch einmal, für mich oder mit mir zu sprechen. Du hast schon genug angerichtet", zische ich ihn an und werfe ihm einen vernichtenden Blick über die Schulter zu.

Schweigend durchqueren wir den Wald bis wir wieder auf einen Weg treffen. Nachdem wir ein Stück des Wegs entlang gegangen sind, sehe ich die Pferde.

Sie sind nicht angebunden, was die Vermutung nahelegt, dass die Wachen abgesprungen und losgerannt sind. Wahrscheinlich haben sie auf ihrem Weg Leons Schreie gehört und sind sofort losgestürmt.

Hätte Leon mich nicht gerufen, hätte ich es vielleicht geschafft, mich zu verstecken.

Gerade beginnen sich meine Gedanken wieder um Leons Verrat zu drehen, als Colin mich auffordert: „Du reitest mit mir. Steig auf."

Das große Pferd, vor das ich geschoben werde, macht mir Angst, doch ich überspiele es und steige möglichst lässig in einen der Steigbügel. Da meine Hände festgebunden sind, muss Colin mir helfen, doch schließlich sitze ich.

Deutlich eleganter steigt Colin ebenfalls auf und kommt vor mir zum Sitzen.

„Tom, komm mal kurz her", befiehlt er und ein anderer Mann kommt mit seinem Pferd zu uns geritten.

„Mach ihre Handschellen auf", fordert Colin und der Mann gehorcht.

Gerade will ich mich über meine neue Freiheit freuen, als er mir über die Schulter erklärt: „Du musst dich an mir festhalten können, deswegen habe ich deine Handschellen entfernen lassen. Um jedoch dafür zu sorgen, dass du nicht auf dumme Ideen kommst, bitte ich dich jetzt, deine Hände nach vorne zu strecken."

Ich denke daran, mich zu weigern, aber was würde das bringen?

Stattdessen strecke ich meine Arme zu ihm nach vorne.

Er nimmt meine linke Hand und bindet sie an einem Seil fest, das wiederum am Pferd befestigt ist. Ich kann meine Hände immer noch frei bewegen und mich somit auch an ihm festhalten.

„Wenn du dich, während wir reiten, seitlich vom Pferd wirfst, in der Hoffnung, dadurch fliehen zu können, wird das Pferd dich an deinem Arm weiterziehen. Ich denke, wir sind uns einig, dass wir das beide nicht erleben wollen", sagt er in einem Tonfall, der mir klar sagt, dass ich nicht antworten soll.

Noch ein Augenblick des Schweigens vergeht, dann weist Colin alle dazu an loszureiten.

Auf dem langen Weg zu Schloss überdenke ich jegliche Art einer Flucht, die mir einfällt, doch keine erscheint mir realistisch.

Mit jedem Meter muss ich mir mehr eingestehen, dass ich diesen Kampf verloren habe. Ich werde ihnen nicht entkommen, sondern werde wohl oder übel erst einmal im Schloss landen.

Ich bin noch nie im Schloss oder auch nur in der Nähe des Königshofes gewesen, doch da man es von unserem Dorf in der Ferne sehen kann, weiß ich, wie groß es ist. Der Königshof und das Schloss liegen auf einem Berg, um die erhabene Stellung unseres Monarchen zu unterstreichen.

Kapitel 4

Nach einem kurzen Arztbesuch, bei dem meine Schulterwunde versorgt wurde, führt mich Colin zum Schloss. Er hat mir erklärt, dass er nicht mit einer echten Kugel auf mich gezielt hat, sondern mit einer Schmerzpatrone.

Schmerzpatronen wurden vor vielen Jahren erfunden, um Gefangene in einem Maß zu verwunden, dass sie festgenommen werden können, aber nicht so schwer, dass sie lange medizinische Untersuchungen oder Behandlungen brauchen. Die Königfamilie hat – soweit ich weiß – viel Geld in die Weiterentwicklung dieser Technologie gesteckt, denn Infos von Gefangenen aus dem anderen Lager des Kriegs werden als besonders hilfreich angesehen.

Die Angestellten und auch die Hofärzte haben ihre Wirkstätten in Nebenhäusern, doch wie es scheint, werden wir nun das Haupthaus betreten.

„Im Haupthaus befinden sich die Gemächer der Königsfamilie, Räume für Gäste, zahlreiche Speise- und Tanzsäle sowie Küche und Vorratsräume. Ich werde dich zu den anderen Mädchen in das für euch vorgesehenen Gästezimmer bringen", erklärt mir Colin, während er mich die Stufen zum Schloss hochschiebt. Noch immer trage ich die Handschellen, die er mir in dem

Moment, in dem ich von dem Pferd abgestiegen bin, wieder angelegt hat. Doch auch wenn ich keine tragen würde, wüsste ich nicht wohin ich laufen sollte. Zwischen mir und der Freiheit liegen der riesige Hofgarten mit all seinen kunstvoll geschnittenen Hecken und Büschen und ein bewachtes Tor. Niemals würde ich an den Wachen vorbeikommen, selbst wenn ich es durch den Hofgarten schaffen würde. Dies ist jedoch ohnehin schon sehr unwahrscheinlich, denn zahlreiche Wachen patrouillieren hier und warten nur darauf, dass jemand eine falsche Bewegung macht.

Die Angestellten, die geschäftig zwischen den Nebenhäusern und Hintereingängen des Haupthauses hin- und hereilen, werden ebenfalls so streng überwacht, als würde man ihnen keinen Schritt über den Weg trauen.

Der König scheint sich der Missbilligung, mit der die Bevölkerung auf ihn und seine Familie schaut, sehr bewusst zu sein. Ein Attentat ist definitiv nicht unwahrscheinlich, doch bei dem Aufgebot an Wachpersonal könnte es niemals erfolgreich sein.

Colin nickt den beiden Wachposten neben dem großen Eingangstor zu und öffnet es dann. Ich blicke noch einmal zurück auf die grünen Wiesen, Sträucher und Bäume, die sorgfältig angelegt und gepflegt werden, bevor ich mich nach vorne richte und das Schloss betrete.

Ich habe oft über das Schloss nachgegrübelt, doch niemals hätte meine Vorstellungskraft ausgereicht für das, was ich jetzt vor mir sehe. Von außen habe ich schon geahnt, dass in so einem riesigen Gebäude unfassbarer Luxus schlummern würde, doch als ich mich umsehe, bleibt mir der Mund vor Staunen offenstehen.

Meterhohe Decken, Kronleuchter, Gold, wo man auch hinsieht, Samtmöbel und Angestellte in schwarzen Anzügen.

„Beeindruckend, nicht wahr?"

Ich drehe mich verdutzt zu Colin um.

„War das eine Regung von Menschlichkeit?", frage ich zurück und bemühe mich nicht einmal, meine Abscheu ihm gegenüber zu verstecken. Er hat mich hierhergebracht und schlimmer kann es sowieso nicht mehr werden, also warum falsche Freundlichkeit vortäuschen.

„Nur weil ich für diese Leute arbeiten muss, heißt es nicht, dass ich ihren Besitz nicht immer noch unglaublich überwältigend finde. Vergiss nicht, dass auch ich aus einer Dorffamilie komme und eingezogen wurde", erwidert er und überrascht mich damit erneut.

„Tja, da hast du wohl Glück gehabt", entgegne ich.

„Wie man es sieht. Ich habe mir das hier auch nicht ausgesucht. Genauso wenig wie ich mir ausgesucht habe, im Krieg mein Ohr zu verlieren oder junge Mädchen gegen ihren Willen und in Handschellen zum Schloss zu bringen", sagt er und mir stockt der Atem vor Überraschung.

Vielleicht habe ich ihm Unrecht getan. Meine Wut über Leon und die ganze Situation ist so groß gewesen, als Colin mich gefasst hat, dass ich gar nicht darüber nachgedacht habe, dass auch er nur seinen Befehlen folgt. Keiner sucht sich freiwillig aus, im Militär oder am Hof zu arbeiten. Doch wer sich nicht an die Befehle hält, ist schneller tot, als er um Gnade flehen kann.

„Das ist die Eingangshalle. Von hier aus geht es in die Speise- und Tanzsäle. Im Keller sind die Küche und die Vorratsräume", erklärt mir Colin und schiebt mich vorwärts. Ich merke, wie er bewusst das Thema wechselt und nicht möchte, dass ich ihn noch einmal auf seine vorherigen Worte anspreche. Solche Sachen darf er als Palastwache eigentlich nicht sagen.

Er schiebt mich eine breite, mit rotem Teppich ausgelegte Treppe hinauf. Einige Angestellte laufen an uns vorbei und beäugen mich neugierig. Einige flüstern sich gegenseitig etwas zu, ein paar bleiben sogar stehen.

„Ignoriere sie einfach. Sie sind einfach nur neugierig", flüstert Colin mir zu und wir kommen im ersten Stock an.

„Hier den Gang entlang", sagt er und schließlich bleibt er vor einer Tür stehen, vor der erneut zwei Wachen postiert sind.

„Sie ist die letzte", richtet sich Colin an einen der beiden und greift dann nach meinen Händen. Ich spüre, wie sich der Druck an meinen Handgelenken löst und höre schließlich ein Klirren, als die Handschellen aufeinandertreffen, nachdem sie von meinen Handgelenken abfallen.

Einer der Wachmänner öffnet die Tür und Colin schiebt mich hinein. Die Tür schließt sich direkt hinter mir und ich stehe plötzlich in einem königlich geschmückten Schlafzimmer. Ich bin mir sicher, dass die Schlafgemächer der Königsfamilie noch teurer und größer sein müssen, doch der Anblick, der sich mir bietet, lässt mich fragen, wie das überhaupt möglich ist.

In das Zimmer, das vor mir liegt, würde die ganze Wohnfläche unseres kleinen Hauses passen, doch anstatt Wohnzimmer, Küche und drei kleine Schlafzimmer sehe ich in diesem großen Raum nur zwei große Betten, ein paar dekorative Sofas und hohe Fenster. Alles ist in Türkistönen gehalten und auf den Betten liegen mehr Kissen, als ich in meinen Leben bis jetzt gesehen habe. Die hohe Decke ist geschmückt mit kunstvollem Stuck. Ein funkelnder Kronleuchter hängt in der Mitte.

Ich reiße meinen Blick von der Einrichtung los und fokussiere mich auf die drei Mädchen, die im Raum stehen.

Zwei von ihnen kommen sofort auf mich zugeeilt. „Du bist die Letzte?", fragt eine von ihnen, während sie mich einfach so umarmt. Ihr blondes Haar drückt sich in mein Gesicht, die Bilder zu ihrer Zukunft breiten sich in meinem Kopf aus und ich löse mich schnell wieder von ihr, nur um in die nächste Umarmung gezogen zu werden.

Als ich mich aus den Armen des Mädchens gelöst habe, schaue ich die beiden sprachlos an. Sie sehen so ... positiv aufgeregt aus. Was ist denn los mit ihnen? Wissen sie nicht, warum wir hier sind?

„Ich bin Kim. Ich wurde vorgestern hergebracht", stellt sich das blonde Mädchen vor.

„Ich bin Trixi. Ich bin schon seit fünf Tagen hier", fügt das Mädchen neben ihr hinzu.

Ich schweige die beiden weiter an, denn ich weiß nicht, ob sie mich auf den Arm nehmen wollen oder ob sie tatsächlich glücklich sind in dieser Situation.

„Und du bist?", fragt Kim schließlich.

„Ayla. Ich bin die Letzte, die hergebracht wird", antworte ich.

„Dann werden wir heute Abend den König treffen!", quiekt Trixi freudig auf.

„Ich kann es kaum erwarten", erwidere ich mit leiser und vor Sarkasmus triefender Stimme.

„Glaub mir, Ayla", beginnt Kim und legt ihre Hand auf meinen Oberarm, „dir wird es hier gefallen. Das Essen ist sehr gut und wir haben Bedienstete, die alles für uns machen!"

Sie schwärmt, als würde sie von einem Urlaub am Meer erzählen und nicht von einem erzwungenen Aufenthalt im Schloss.

„Euch ist aber schon bewusst, worum es hier geht, oder?", frage ich vorsichtig nach.

„Ja, klar. Sie wollen eine Zukunftsseherin finden, aber da wir keine sind, genießen wir es einfach, solange wir können. Wir können all diese teuren Gerichte essen, die schönen

Kleider anziehen, uns bedienen lassen und den König treffen. Und wenn sie herausgefunden haben, dass wir keine Zukunftsseherinnen sind, dann gehen wir wieder zurück."

Mir fällt beinahe die Kinnlade herunter. Durch meine Mum und mein eigenes Schicksal habe ich schon immer sehr kritisch auf das System und die Königsfamilie geblickt – ich wurde zum Hinterfragen erzogen. Doch viele andere werden das nicht und nehmen die Dinge einfach, wie sie sind. Sie himmeln die Königsfamilie an, weil sie Macht und Reichtum hat, und denken nicht daran, dass dies die Menschen sind, die für den Hunger in den Dörfern verantwortlich sind.

Diese beiden Mädchen sind offensichtlich so.

„Komm, ich zeige dir mal etwas", fordert mich Kim auf und zieht mich durch den Raum zu den hohen Fenstern.

Draußen ist es schon fast dunkel, schließlich wurde ich am Nachmittag gefangen genommen und inzwischen ist es schon früher Abend.

„All das, was hier vor uns beleuchtet ist", sie deutet auf die große, von Laternen erleuchtete Fläche des Hofgartens, „gehört zum Schloss. Und ganz, ganz weit dahinten", sie deutet in die Ferne, „liegen irgendwo die Dörfer, aus denen wir stammen."

Sie dreht sich zu mir und führt weiter: „Ist das nicht unvorstellbar? Es ist, als wäre man hier in einer ganz anderen Welt!"

Ich kann nicht anders, als das Mädchen anzustarren. Darüber denkt sie nach?

„Jetzt lasst Ayla doch erst einmal ankommen", ertönt plötzlich eine Stimme aus dem Hintergrund. Ich blicke mich um und erkenne das dritte Mädchen, das mit einem Buch auf einem der Betten liegt. Sie hat sich bis jetzt noch gar nicht geäußert, doch ihrem Gesichtsausdruck zufolge, ist sie ebenso verwirrt oder genervt von Kims und Trixis Art wie ich.

„Kim und Trixi teilen sich das unnötig übertriebene Doppelbett da drüben", erklärt das Mädchen mit dem Buch und deutet auf das andere Bett. „Wir beide teilen uns dieses hier."

Die Art, wie sie mit abfälligem Tonfall über die übertriebene Größe der Betten spricht, spricht Bände. Sie ist nicht beeindruckt von dem Luxus wie Kim und Trixi. Ganz im Gegenteil – sie empfindet ihn als Verschwendung.

Ich mag dieses Mädchen schon jetzt, auch wenn ich noch nicht einmal ihren Namen kenne.

Ohne auf die anderen beiden zu achten, gehe ich zu meinem zukünftigen Bett und setze mich neben das fremde Mädchen.

„Und du bist?", frage ich und imitiere dabei Kim, wie sie mich eben aufgeregt nach meinem Namen gefragt hat.

Das Mädchen lächelt kurz über meine kleine Parodie und legt dann ihr Buch zur Seite.

„Ich bin Mila", stellt sie sich vor.

Aus dem Augenwinkel sehe ich, wie Kim und Trixi zu ihrem Bett gegangen sind und nun die Köpfe zusammenstecken.

Mila lehnt sich zu mir vor und flüstert: „Mit den beiden muss ich es seit mehreren Tagen aushalten."

„Das muss schrecklich gewesen sein", flüstere ich amüsiert zurück.

Sie nickt theatralisch und lächelt dann. Ich glaube, wir sind in diesem Moment beide gleich froh, dass wir jemanden hier haben, der nicht so ist wie Kim und Trixi.

Mila lehnt sich wieder zurück und in dem Moment erkenne ich sie.

„Du kommst aus meinem Dorf", stelle ich fest.

Sie sieht mich verwirrt an, also erkläre ich: „Ich war auf der Marktstraße, als du festgenommen wurdest."

„Oh ... Ja, ich glaube, das hat tatsächlich das ganze Dorf mitbekommen. So, wie mich die Wachen durch die Menge geschoben haben", erwidert sie.

Ich denke zurück an den Tag, an dem ich mit Jaxon auf dem Markt war. Als ich damals sah, wie Mila abgeführt wurde, hatte ich schon eine böse Vorahnung und ein paar Stunden später war ich auf dem Weg in den Wald, um zu fliehen. An dem Tag habe ich auch Leon das erste Mal gesehen. Ich habe ihn in der Menschenmenge kurz berührt und war unendlich überrascht gewesen, keine Bilder von seiner Zukunft zu sehen.

Ob er es wohl damals schon geahnt hat? Oder hat er mich wirklich zufällig im Wald gefunden und hat daraus erst seine Schlüsse gezogen?

Was er wohl jetzt gerade macht? Er ist mit uns ins Schloss gekommen, wurde aber von mir getrennt, als ich ins

Ärztehaus kam. Vielleicht muss er berichten, wie er mich gefunden hat und warum er glaubt, dass ich die Zukunftsseherin bin.

„Alles gut bei dir?", fragt Mila.

„Äh ja, alles gut, ich war nur kurz in Gedanken. Ist alles bisschen viel auf einmal hier", erkläre ich schnell.

„Ja, ich war am Anfang auch überfordert."

„Du bist schon seit einer Woche hier, oder?", frage ich, denn mir wird bewusst, wie viele Tage schon zwischen dem Tag auf dem Markt und heute liegen.

„Ja, ich war die erste, die hergebracht wurde", bestätigt sie.

Ich will ihr gerade eine weitere Frage stellen, als sich die Tür erneut öffnet und vier Frauen das Zimmer betreten.

„Guten Abend, Mädchen", begrüßt uns eine von ihnen. „Da ihr nun vollzählig seid, sollt ihr heute noch vor den König treten. Ihr habt eine Audienz bei ihm um 21 Uhr, also haben wir zwei Stunden, um euch vorzubereiten."

„Zwei Stunden?", wiederhole ich verwirrt. Was soll man denn so lange vorbereiten?

Zwei Stunden später weiß ich, was man so lange vorbereiten kann.

Erst nach einer halben Stunde ist mir wirklich klar geworden, dass eine Audienz beim König nicht bedeutet, dass wir einfach dort hingehen und mit ihm reden.

Zuerst einmal hat man uns in dieser zweistündigen Prozedur ansehnlich gemacht und dafür gesorgt, dass man uns nicht mehr ganz so ansieht, woher wir kommen.

Keiner von uns ist es gewöhnt, schöne Kleider und Hochsteckfrisuren zu tragen, denn im Dorf sind Hosen und Pferdeschwänze die Realität. Wir alle mussten in irgendeiner Weise zuhause mithelfen und uns jeden Tag die Hände schmutzig machen. Doch genau das soll man nicht mehr sehen. Der König verschließt seine Augen vor den schrecklichen Bedingungen in den Dörfern, also müssen die Mädchen, die daher stammen, so aussehen, als würde ihnen nichts fehlen. Als wäre ihr Leben auch nur zu einem Bruchteil so angenehm und luxuriös wie das Leben der Mädchen, die ständig hier im Hof wohnen.

Man hat uns keine großen, ausgefallenen Ballkleider aufgezwungen, schließlich sollen wir unseren niederen Rang nicht vergessen und uns nicht mit dem Hofstaat vergleichen. Stattdessen haben wir schlichte, einfarbige Kleider bekommen. Obenherum eng geschnürt und ab der Hüfte elegant fallend bis zum Boden.

Ich habe ein blaugrünes Kleid bekommen, die anderen lila, rot und gelb. Ich könnte wetten, wir haben jeder eine andere Farbe bekommen, damit der König sich unsere Namen nicht merken muss. Er kann einfach sagen: „Die da im lilafarbenen Kleid" und kann weiter so tun, als wären wir nur Objekte, die keine Familien haben. Mittel zum Zweck, die man an einem Tag in Handschellen und am nächsten Tag in Kleider stecken kann.

„Folgt uns bitte", weist uns eine Wache an, die vor ein paar Sekunden den Raum betreten hat.

„Jawohl, Sir", flüstert Mila mir sarkastisch zu. Ich halte ein Lachen zurück und folge stattdessen den beiden anderen Mädchen durch die Tür hinaus.

Wir werden ins Erdgeschoss geführt, laufen durch die Eingangshalle und einen in Rosatönen gehaltenen Tanzsaal, bis wir zu einer großen Holztür kommen.

„Es wird ein Knicks erwartet, wenn ihr vor den König tretet. Ihr sprecht nur, wenn der König euch dazu auffordert", sagt der Mann mit ernster Miene und öffnet die Tür.

Hintereinander betreten wir den Raum. Palastwachen stehen aufgereiht mit dem Gesicht zueinander, sodass wir wie durch ein Spalier zum König gehen können. Als hätten wir es geprobt, stellen wir vier uns in eine Linie vor den König und knicksen.

Ich bin mir sicher, dass mein Knicks ziemlich unbeholfen aussehen muss, aber ich habe es zumindest versucht.

Der König sitzt erhöht auf einem Thron und seine langen braunen Haare fallen ihm locker ums Gesicht. Er trägt eine goldene Krone und ein rot-weiß-goldenes Gewand, das mit Edelsteinen und Fellen veredelt wurde. Seine Kleidung erinnert mich an die Abbildung von Königen im Mittelalter. In unserer heutigen Zeit müsste er sich nicht mehr so anziehen, doch er tut es gerne, um an die goldene Zeit der Monarchie zu erinnern. Von dem Geld, das in diesem

Gewand steckt, könnte meine Familie sicherlich ihr komplettes Leben lang leben.

Wut steigt in mir auf und wird mit jeder Sekunde, die ich den dicken, langhaarigen König mit seinem schmierigen Grinsen ansehen muss, größer.

Mein Blick fällt auf die beiden Personen neben dem König. Sowohl rechts als auch links von ihm befindet sich ein etwas kleinerer Thron, auf dem jeweils einer der Prinzen sitzt. Ich wusste schon vorher, dass der König zwei Söhne hat, doch die Prinzen zu sehen, ist noch einmal etwas ganz anderes. Im Gegensatz zu ihrem Vater sind sie schlichter gekleidet und wirken nicht so schmierig.

Im Gegenteil – beide sehen - das muss ich zugeben - außerordentlich attraktiv aus.

Wenn ich früher an die Königsfamilie gedacht habe, habe ich sie mir immer hässlich und eingebildet vorgestellt, doch diese Prinzen sehen erschreckend normal aus. Würde man ihre Gewänder austauschen und die Haare etwas weniger ordentlich legen, würden sie in einem Dorf nur noch durch ihre sauberen Fingernägel und die gesunde Körperverfassung auffallen.

„Ich freue mich, euch hier begrüßen zu dürfen. Ich hoffe, ihr hattet eine angenehme Anreise", beginnt der König zu sprechen.

Mir wird vor Wut speiübel. Fragt er gerade wirklich, ob unsere Entführung in Handschellen angenehm war? So, als wären wir freiwillig auf einen Spa-Urlaub vorbeigekommen?

„Ich bin mir sicher, euch ist bewusst, warum ihr hier seid. Wir wissen, dass sich eine Zukunftsseherin in einem der Dörfer, aus denen ihr kommt, versteckt gehalten hat. Erstaunlich, dass diejenige es all die Jahre geschafft hat, unentdeckt zu bleiben. So viele vergeudete Jahre, in denen sie dem Königreich hätte dienen können", führt er fort und der leicht giftige Tonfall entgeht mir nicht.

„Jede einzelne von euch wurde mir von einem treuen Untertanen als auffällig und somit als potenzielle Zukunftsseherin gemeldet. Zu diesem Zeitpunkt können wir leider noch nicht herausfinden, welche von euch die eine ist, die wir suchen, da ...", er unterbricht sich kurz, um sich zu räuspern, „da unsere helfende Hand gerade mit gesundheitlichen Schwierigkeiten zu kämpfen hat. Solange wir keine Gewissheit haben, werden wir euch vier hierbehalten", erklärt er, wobei ich nicht verstehe, was er meint.

Welche helfende Hand? Wer sollte ihnen denn helfen und wie haben sie überhaupt vor, herauszubekommen, wer die Gabe besitzt?

Als meine Mutter mich damals verlassen hat, war ich zu jung, um so weit zu denken. Ich habe sie nie gefragt, wie die Menschen im Schloss mit Sicherheit feststellen, dass sie eine Zukunftsseherin gefasst haben. Jetzt wünsche ich mir dafür umso mehr, dass ich sie damals gefragt hätte, denn diese Information wäre mir jetzt möglicherweise von großem Nutzen.

„Die einzig andere Lösung wäre natürlich, wenn sich diejenige nun einfach zu erkennen geben würde. Es würde uns allen viel Zeit ersparen", sagt er und mustert jede einzelne von uns ausgiebig.

Ich presse die Lippen zusammen, um mich nicht zu verraten. Noch habe ich Hoffnung, von hier zu fliehen, ehe sie entdecken, dass ich diejenige bin.

Kapitel 5

Auch wenn ich noch nie in einem Bett geschlafen habe, das auch nur annähernd so weich ist wie dieses, kann ich nicht schlafen. Ich liege ewig wach und versuche, eine Lösung für meine Situation zu finden. Keines dieser Mädchen ist eine Zukunftsseherin. Ich habe im Laufe des Abends jede mindestens einmal berührt und bei jeder hatte ich Bilder im Kopf. Hätten sie die gleichen Fähigkeiten wie ich, würde ich nichts sehen – zumindest glaube ich das. Die einzige andere Zukunftsseherin, die ich je berührt habe, ist meine Mum gewesen und bei ihr habe ich nie etwas gesehen.

Früher gab es viele Zukunftsseherinnen und die Gabe wurde in vielen Familien vererbt, doch über die Zeit wurden so viele verfolgt und starben ohne Kinder, dass es immer weniger wurden. Eine Linie nach der anderen wurde ausgelöscht und meine ist eine der wenigen, die es noch gibt.

Die bekanntesten Linien stammen aus dem heutigen Island. Der Sage nach ist eine Zukunftsseherin vor vielen Jahrhunderten dorthin geflohen, um einem Krieg in ihrer Heimat zu entkommen.

Aus ihren Nachfahren entstanden drei Linien, die im Laufe der Jahre wieder über die Kontinente verstreut wurden. Monarchen früherer Zeiten haben sie aus Island in andere Länder verschleppt.

In Gedenken an ihren gemeinsamen Ursprung wurden sie nachträglich nach isländischen Worten benannt: Tími-Linie, Vitrun-Linie und Spá-Linie. Übersetzt stehen diese Worte für „Zeit", „Vision" und „Vorhersage" – alles drei Worte, die man direkt mit unserer besonderen Gabe in Verbindung setzt.

Meine Familie ist Teil der Tími-Linie beziehungsweise der „Zeit"-Linie. Deswegen hat meine Mum unser Königreich auch oft als „Königreich der Tími" oder „Königreich der Zeit" bezeichnet, denn unsere Linie wurde damals in diese Breitengrade gebracht.

Für die normalen Menschen um uns herum sind die Bezeichnung der Linien nicht wichtig – viele wissen nicht einmal, dass die Linien Namen haben. Doch für mich stellt es einen Bezug zu meinen Vorfahren her. Ich habe quasi keine Verwandten, die ich kenne - der ewige Kreislauf von Flucht und Verfolgung hat das unmöglich gemacht. Das Wissen, das es dort draußen aber wahrscheinlich noch ein paar wenige Zukunftsseherinnen gibt, die ebenfalls Teil der Tími-Linie sind, geben mir ein Stück weit das Gefühl von Zugehörigkeit.

Die Wahrscheinlichkeit, dass jedoch unter den anderen Mädchen hier im Schloss noch eine weitere Zukunftsseherin aus meiner oder einer anderen Linie ist, liegt quasi bei null. Es gibt nur noch so wenige von uns, dass ich mir nicht vorstellen kann, dass das Königshaus nicht nur mich, sondern auch noch eine weitere Zukunftsseherin gefunden hat.

Die anderen Mädchen sind nur hier, weil keiner weiß, dass ich die eine bin, die sie alle suchen. Früher oder später werden sie es herausfinden und dann beginnt für mich die Hölle auf Erden. Zwar werde ich wahrscheinlich in einem dieser wunderschönen Zimmer leben, doch mein Leben wird trotzdem armseliger als je zuvor.

Meine Gedanken drehen sich immer schneller, bis ich reflexartig das Bett verlasse und mir eine Jacke überwerfe.

Ich muss raus an die frische Luft.

Möglichst leise schleiche ich durchs Zimmer und öffne die Tür. Ich presse mich durch einen winzigen Spalt, um nicht so viel Licht vom Gang ins Zimmer strahlen zu lassen und schließe die Tür dann sachte.

Plötzlich höre ich ein Räuspern neben mir und mache vor Schreck einen kleinen Satz zur Seite.

Im nächsten Moment haben meine Augen die Person gefunden, die sich da geräuspert hat.

„Hallo Colin", flüstere ich durch meine zusammengepressten Zähne.

Wie habe ich vergessen können, dass vor unseren Zimmer Wachposten stehen? Habe ich wirklich gedacht, ich könnte einfach in den Garten spazieren, ohne dass es jemand mitbekommt?

„Guten Abend, Ayla", erwidert er und zu meiner Überraschung sehe ich die Andeutung eines Lächelns um seine Lippen.

Ich habe eigentlich mit einem Haufen Ärger gerechnet, doch seine Augen mustern mich eher belustigt.

„Ich wollte nur kurz...", stammle ich los, doch mir fällt auf die Schnelle nichts ein, was ich sagen könnte. Ich habe keine Ahnung, was es in diesem Schloss alles gibt, also fällt mir auch kein plausibler Grund ein.

„... raus an die frische Luft?", beendet er meinen Satz und sieht mich fragend an. Ich schaue zu Boden, weil ich mir auf einmal so dumm vorkomme.

„Da mein Kollege eingeschlafen ist ...", beginnt Colin erneut zu sprechen und erst da wende ich den Blick hinter mich und sehe, dass auf dem Boden an der anderen Seite der Türe ein weiterer Wachposten sitzt. Sein Kopf ist nach vorne gefallen, er konnte wohl die Augen nicht mehr offenhalten.

„... könnte ich natürlich auch einmal kurz wegsehen und dann leider nicht mitbekommen haben, dass du das Zimmer verlassen hast."

Sofort schießen meine Augen wieder zu ihm hoch und ich starre ihn sprachlos an.

„Du müsstest mir aber versprechen, spätestens in einer halben Stunde wieder da zu sein und nichts anzustellen. Ich muss dafür geradestehen, wenn irgendwer mitbekommt, dass du außerhalb des Zimmers warst", sagt er und zwinkert mir aufmunternd zu.

„Warum? Warum hilfst du mir?", frage ich verblüfft.

„Weil ihr vier schon genug ertragen müsst, wenn euch andere ständig sagen, was ihr dürft und was nicht", antwortet er schlicht und wendet den Kopf ab, um zu sehen, ob jemand in Sichtweite ist.

„Nimm dich vor den Wachen im Hof in Acht und nimm den Dienstboteneingang, um raus- und wieder reinzugehen", sagt er noch, während ich mich schon zum Gehen wende. Ich drehe mich noch einmal kurz zu ihm um und nicke ihm dankbar zu.

„Wo ist denn der Dienstboteneingang?", frage ich dann und er erklärt mir, wie ich ihn finde.

Vielleicht hat mich ja mein erster Eindruck getäuscht und ich habe in ihm einen Freund gefunden. Als er mich gefangen genommen hat, hatte er schließlich keine Wahl.

Eine Minute später trete ich durch den Dienstboteneingang hinaus in die Nacht. Ein kalter Wind umweht mich, doch ich friere nicht. Zu sehr freue mich, diesen Moment geschenkt bekommen zu haben.

Ein kleiner Moment, in dem ich mich frei fühlen darf und so tun kann, als würde keine tonnenschwere Last auf mir liegen.

Nach kurzem Überlegen entscheide ich mich für das Labyrinth aus angelegten Büschen, denn dort wird die Wahrscheinlichkeit, auf Wachen zu stoßen, am geringsten sein. Die Wachen sind ja vor allem dazu da, unliebsame Eindringlinge zu erwischen, ehe sie das Schloss erreichen.

Sie werden sich also nicht in dem Labyrinth aufhalten, das keinesfalls als Verbindung zwischen Schlossmauer und Schloss dient.

Ich streife durch die Gänge, ohne viel zu sehen, die Schwärze der Nacht legt das Labyrinth in Dunkelheit. Laternen werfen ihr Licht nur auf die Hauptwege.

„Mitten in der Nacht ein Mädchen hier anzutreffen, damit habe ich nicht gerechnet", höre ich plötzlich eine männliche Stimme neben mir und erschrecke so sehr, dass ich einige Schritte zurückstolpere.

Panisch suche ich den Mann, dem die Stimme gehört, und erkenne schließlich, dass er auf einer Bank sitzt, die am Rand des Weges steht. Er ist so leise gewesen und so mit der Dunkelheit verschmolzen, dass ich ihn vollkommen übersehen habe.

„Ich ... ich ...", stammle ich los und bin einen Moment nicht fähig, einen klaren Gedanken zu fassen.

„... solltest nicht hier draußen sein", beendet er mein Gestammel. Ich antworte ihm nicht.

„Ich sollte auch nicht hier sein", sagt der Mann und diese Aussage entspannt mich etwas. Er muss einer der Bediensteten sein und somit nicht gefährlich für mich.

„Wohnst du hier?", frage ich.

„Ja, ich bin hier aufgewachsen", erklärt er.

„Deine Eltern arbeiten hier?"

„Ja, und ich auch immer mehr. Ich beginne langsam, die Aufgaben meines Vaters zu übernehmen", erwidert er. Ich frage nicht weiter, denn ich will nicht, dass er dann die gleichen Informationen von mir verlangt. Es darf ja eigentlich niemand wissen, dass ich hier draußen bin, also ist es besser, wenn er nicht erfährt, dass ich eines der vier Mädchen bin, die im Schloss eigesperrt werden. Das Licht ist so schlecht, dass er mich niemals erkennen würde, wenn er mich am Tag sehen würde. Die Wahrscheinlichkeit, dass er je erfährt, wem er hier begegnet ist, ist daher ziemlich gering.

„Was machst du hier im Hof? Arbeitest du hier?", fragt er, woraufhin ich die Wahrheit etwas umgehe und sage: „Ich bin erst seit gestern hier. Ich besuche jemanden."

„Und gefällt es dir?"

„Kommt drauf an. Willst du eine ehrliche Antwort oder die Antwort, die man von mir erwartet?", entgegne ich und entspanne mich langsam. Ich weiß, ich sollte wachsam bleiben, wenn ich bei einem verbotenen Ausflug einen fremden jungen Mann treffe, aber er strahlt eine solche Leichtigkeit aus, dass ich gar nicht anders kann.

„Die ehrliche Antwort", erwidert er und steht auf. Meine Augen haben sich zumindest soweit an die Dunkelheit gewöhnt, dass ich seine Konturen ausmachen kann. Ich bemerke, dass er sich von mir wegzubewegen beginnt. Ich brauche einen Moment, um zu verstehen, dass er wohl lieber spazieren gehen würde, als dort zu sitzen, während er sich mit mir unterhält. Ich hole ihn schnell ein und frage mich dabei immer wieder, warum ich nicht ganz schnell verschwinde.

Ist es, weil er wohl der einzige ist, mit dem ich in nächster Zeit reden werde, der nicht weiß, warum ich hier bin? Der einzige, der mich nicht anstarren und mit seinem Nachbarn rätseln wird, ob ich wohl „die Eine" bin?

„Bekomme ich meine Antwort heute noch?", fragt er in neckendem Tonfall.

„So neugierig", necke ich zurück, um zu überspielen, dass ich vergessen habe, seine Frage zu beantworten.

Er antwortet mir nicht, also sage ich: „Nein, es gefällt mir nicht. Ich weiß, dass ich begeistert sein sollte von dem, was ich hier sehe, aber eigentlich verspüre ich nur Ekel. Die Königsfamilie verbraucht an einem Tag so viel Geld wie alle Menschen in meinem Dorf zusammen und als Dank dafür, dass das Geld unserer Familie die Königsfamilie finanziert, müssen unsere Männer an der Front stehen."

Er antwortet nicht sofort und ich beginne, meine Ehrlichkeit zu bereuen.

„Es tut mir leid, das hätte ich nicht so sagen sollen. Für dich klingt das bestimmt sehr hart, weil du hier auf dem Hof aufgewachsen bist, aber für uns Dorfbewohner ... das Leben dort ist anders", versuche ich abzuwiegeln, um ihn nicht zu verschrecken.

„Du musst dich nicht entschuldigen, ich verstehe, was du sagen willst. Es hat mich nur überrascht, es ausgesprochen zu hören. Ich bin es gewöhnt, diese Einstellung in den Augen aller Bediensteten zu sehen, aber niemand hier würde wagen, es auszusprechen."

„Ich behalte das normalerweise auch für mich", gebe ich zu. „Ich weiß auch nicht, warum ich heute so bin. Ich glaube, ich bin einfach etwas überfordert mit der Situation hier am Hof."

Das ist nicht einmal gelogen. Ich kann mir meine Ehrlichkeit tatsächlich nur damit erklären, dass dies eine Ausnahmesituation ist für mich. Zwar in einem anderen Sinn, als dieser junge Mann jetzt denken wird, aber trotzdem. Er kann schließlich nicht wissen, dass ich kurz davorstehe, zur Sklavin der Königsfamilie zu werden.

Sobald sie herausgefunden haben, dass ich die Zukunftsseherin bin, werden sie mich zwingen, ihnen Weissagungen über ihre Zukunft zu offenbaren. Dies ermöglicht ihnen, ihren Widersachern innerhalb des Landes und ihren Feinden außerhalb des Landes einen Schritt voraus zu sein, denn ich kann ihnen nicht nur sagen, wie ihre Zukunft aussehen wird, sondern auch, was sie tun müssen, um diese zu verändern.

Der Haken ist nur, dass es eigentlich nie so gedacht war, dass die Menschen ihre Zukunft erfahren. Tatsächlich zerstöre ich mich selbst, sobald ich meine Gabe nutze.

Jedes Mal, wenn ich die Bilder der Zukunft, die ich bei jeglicher Berührung einer Person spüre, jemandem erzähle, verliere ich an Lebenskraft.

„Ist alles in Ordnung bei dir, du wirkst so niedergeschlagen?", fragt er plötzlich und ich bin kurz sprachlos, weil er mich trotz der Dunkelheit so gut zu lesen weiß.

„Ist es nicht irgendwie Voraussetzung, dass man niedergeschlagen ist, damit man mitten in der Nacht in einem dunklen Labyrinth mit einem Fremden spricht?", scherze ich, um ihn vom Thema abzulenken.

„Wie wäre es damit: Ich erzähle dir, warum ich lieber mit einer Fremden spazieren gehe, anstatt mich meinem Leben zu stellen, und dann erzählst du mir von dir?", schlägt er vor.

Ich antworte nicht, denn ich weiß nicht, was ich sagen soll. Aus irgendeinem Grund interessiert mich brennend, was ihn bedrückt, doch andererseits kann ich ihm nicht von mir erzählen. Er darf mich auf keinen Fall wiedererkennen können.

„Ich habe dir doch erzählt, dass meine Eltern hier arbeiten und ich immer mehr Aufgaben übernehme", beginnt er, ohne eine Antwort von mir zu erwarten. „Dadurch bekomme ich auch immer mehr von den Angelegenheiten meines Vaters mit. Leider bin ich in vielen Dingen nicht seiner Meinung und wir streiten uns oft. Der Haussegen bei uns hängt gehörig schief", erklärt er.

„Das wird schon wieder", versichere ich ihm und greife reflexartig nach seinem Arm, um ihm mein Mitgefühl zu symbolisieren.

Sofort entstehen Bilder vor meinem inneren Auge, doch sie sehen ganz anders aus, als ich erwartet hätte. Wenn ich die Zukunft einer Person wahrnehme, sehe ich sie aus den Augen der jeweiligen Person. Zu meiner Verblüffung finde ich mich in der Eingangshalle im Schloss wieder. Ein paar

Bedienstete stehen um mich herum und einer redet auf mich ein.

Das Bild verschwindet und im nächsten Bild betritt der König den Saal und kommt mit Wut im Gesicht auf mich zu. Im nächsten Moment schnellt seine Hand hoch und als die Handfläche meine Wange fast berührt, schlage ich die Augen wieder auf und bin zurück im Labyrinth.

Dieser junge Mann wird also in heftige Ungnade beim König fallen, wenn er in dessen Nähe käme. Dass er sich vom König fernhalten müsste, um seine Zukunft zu verändern, weiß ich einfach. Es ist, als würde die Person, in dessen zukünftiges Ich ich kurzzeitig eintrete, in dieser Situation wissen, was sie in der Vergangenheit anders hätte machen müssen. Diese Rücküberlegung wird ebenfalls an mich übertragen.

„Ich hoffe, ihr vertragt euch wieder", sage ich, ohne mir etwas anmerken zu lassen. Der komplette Bilderaustausch hat nur einen Wimpernschlag gedauert, das weiß ich, aber es ist trotzdem manchmal schwer, sich nichts anmerken zu lassen.

Er hat sich zu mir gedreht und ich kann schwach die Konturen seines Gesichts ausmachen. Er geht einen kleinen Schritt auf mich zu, sodass ich seinen Atem spüre. Ich kann es nicht erklären, aber obwohl ich diesen Menschen noch nie gesehen habe, habe ich das Gefühl, mich mit ihm verbundener zu fühlen als mit all meinen ehemaligen Schulkameraden, die ich tagtäglich sehen musste, als wir uns meinen Schulbesuch noch leisten konnten.

„Jetzt bist du dran", sagt er und ich atme tief durch, um mich etwas zu beruhigen.

Er ist mir so nah, dass ich mich nicht konzentrieren kann, doch gleichzeitig bringe ich nicht die Kraft auf, ihm auszuweichen, weil ich die Nähe auf seltsame Weise genieße.

„Ich wollte eigentlich nicht zu Besuch hierherkommen, aber die Umstände haben es nicht anders zugelassen. Mit den anderen Mädchen hier verstehe ich mich eigentlich ganz gut, aber meine Gastgeber sind nicht so toll", sage ich und achte erneut darauf, nicht direkt zu lügen.

Er wird es falsch interpretieren, denn er denkt, ich sei zu Besuch bei einer der Bedienstetenfamilien und die Mädchen, von denen ich spreche, seien die Mädchen, die hier in Küche und Hof arbeiten.

Wir schweigen uns einige Momente an.

„Halte dich besser vom König fern", flüstere ich, ohne es meinem Mund erlaubt zu haben.

Verdammt! Was war das denn?

Warum habe ich das gesagt?

Die letzten acht Jahre habe ich es geschafft, nichts je auszusprechen und jetzt versaue ich es einfach?

Mist! Mist! Mist!

„Der König ist im Moment wohl schlecht gelaunt, meinte ein Mädchen aus der Küche heute", schiebe ich schnell eine Lüge hinterher, um meinen Ausrutscher weniger seltsam auf ihn wirken zu lassen.

„Gut zu wissen", sagt er belustigt.

Diese Dämlichkeit werde ich wohl unter der Schlussfolgerung ‚Ohnehin gleichgültig, weil ich eh bald tot bin wegen der Zukunftsvorhersagen für die Königsfamilie' verbuchen müssen.

„Ich glaube, ich muss zurückgehen", sage ich schnell, denn ich traue mir selbst nicht mehr länger über den Weg. Er hat so etwas an sich, dass ich ehrlich zu ihm sein will, aber das darf ich auf keinen Fall.

„Dann wünsche ich dir eine gute Nacht", erwidert er, wendet sich ab und geht.

Ich brauche einige Sekunden, um mich wieder bewegen zu können. Als ich endlich meine Schockstarre verlassen kann, laufe ich, so schnell ich kann, zurück zum Haus.

Was ist nur los mit mir? Was genau habe ich an ‚nichtauffallen und nicht in Schwierigkeiten geraten' nicht verstanden? Ich hätte wegrennen sollen in dem Moment, in dem ich den Typen das erste Mal gesehen habe, stattdessen unterhalte ich mich mit ihm und sage ihm etwas über seine Zukunft. Ich raufe mir verärgert die Haare und komme zu dem Schluss, dass alles nur Leons Schuld ist. Ich mochte ihn wirklich gerne und sein Verrat hat mich tiefer getroffen, als ich bis jetzt realisiert habe. Mich nach den schönen Tagen mit ihm plötzlich wieder so allein zu fühlen, hat mich zu diesem Mann getrieben. Er war freundlich und hat sich für mich interessiert – in meinem Gefühlszustand reicht das wohl schon, um nicht mehr rational zu handeln.

Kapitel 6

„Was hast du eigentlich letzte Nacht gemacht? Du siehst aus, als hättest du kein Auge zu getan", meint Mila, während wir zum Frühstück gehen.

„Ich konnte nicht einschlafen und habe mich ewig hin und her gewälzt", erwidere ich möglichst beiläufig, schließlich darf niemand wissen, warum ich eigentlich so müde und erschöpft aussehe. Der durch meinen nächtlichen Ausflug verlorene Schlaf spielt da natürlich eine große Rolle, aber das würde man mir normalerweise gar nicht anmerken. Der eigentliche Grund für meine Kraftlosigkeit an diesem Morgen ist, dass ich gestern meine Gabe genutzt habe und einen Teil meiner Vision ausgesprochen habe. Ich kann immer noch nicht glauben, dass ich meinen Mund nicht halten konnte.

„Also ich habe geschlafen wie ein Stein. Man muss ja die tollen Betten ausnutzen, wenn man schon die Chance dazu hat", meint Mila und wir betreten zusammen den Saal, in dem unsere Mahlzeiten stattfinden. Gestern hat uns eine der Küchenfrauen gesagt, dass dies einer der Tanzsäle ist, aber für die paar Tage, in denen wir da sind, für unsere Mahlzeiten gedacht ist.

In der Mitte des Raumes steht eine lange Tafel, die mit allem bestückt ist, was man sich wünschen kann.

„Ich frage mich, wie das Essen der Königsfamilie aussieht, wenn unser Frühstück schon so übertrieben ist", murmle ich.

„Und ich frage mich, wie ich wieder zurück zu Schwarzbrot und Käse soll, wenn ich ein paar Tage lang dieses Essen bekommen habe", erwidert Mila.

Ich mustere sie einen Moment von der Seite und bin fasziniert von der Leichtigkeit, die sie sich behalten hat.

„Ich wäre auch gerne so gelassen wie du."

„Weißt du, ich versuche, es einfach zu genießen, so lange ich kann. Ich weiß, dass ich nicht diejenige bin, die sie suchen, also werde ich wahrscheinlich morgen oder übermorgen wieder gehen. Dann komme ich zurück nach Hause und mein Leben wird völliger Mist sein. Ich betrachte das gute Essen und die weichen Betten quasi wie den Luxus vor der Hinrichtung", erwidert sie und überrascht mich damit.

„Warum wird dein Leben Mist sein? Du kehrst doch einfach zurück und alles ist so wie früher", meine ich und bin ehrlich gespannt auf ihre Antwort.

„Das glaubst auch nur du. Ich wurde über die gesamte Marktstraße abgeführt. Das ganze Dorf weiß Bescheid und niemand wird mir mehr über den Weg trauen. Zwar müsste mit meiner Rückkehr klar sein, dass ich irrtümlich hier war, aber das interessiert die Dorfbewohner nicht", erklärt sie, während wir uns nebeneinander an die Tafel setzen.

„Warum bist du dir da so sicher?"

„Weil es bei meiner Mum dasselbe war."

Sie macht eine kurze Pause und ich sehe, dass auch Kim und Trixi hellhörig geworden sind.

„Ich weiß nicht, ob du es damals mitbekommen hast, aber vor ungefähr acht Jahren gab es das letzte Mal solche Gerüchte. Damals lebten wir noch in einem anderen Dorf. Meine Mutter wurde verdächtigt und kam ins Schloss. Als sie eine Woche später wiederkam, war sie bei den Dorfbewohnern zu einer Abtrünnigen geworden. Die Leute trauten ihr nicht mehr über den Weg und sie verlor ihre Arbeit. Kurz darauf sind wir umgezogen, um in einem anderen Dorf neu anzufangen", erzählt sie. Sofort habe ich einen Kloß im Hals. Vor acht Jahren hat mich meine Mutter zu meiner Tante gebracht, weil sie selbst fliehen musste.

„Aber was für ein interessanter Zufall, dass sowohl du als auch deine Mutter hierhergebracht wurden", merkt Trixi an.

Auch mir kommt die Wahrscheinlichkeit, dass es Mutter und Tochter trifft, unglaublich gering vor.

„Zufall, du bist witzig. Der Umzug hatte meiner Familie immer noch keinen Frieden gebracht. Unsere Nachbarn haben schnell eins und eins zusammengezählt, als wir genau in der Zeit der Gerüchte umgezogen sind. Sie haben uns immer verdächtigt und sich wahrscheinlich bis über beide Ohren gefreut, als sie uns endlich anschwärzen konnten."

Ich höre die Bitterkeit in ihrer Stimme und habe sofort ein schlechtes Gewissen.

Ich weiß, dass ich eigentlich nichts dafürkann, aber das Schicksal dieser Familie wurde nur zerstört, weil meine Mutter und ich existieren.

Sofort drängt sich mir die Frage auf, ob sie wohl damals auch meine Mum zu fassen bekommen haben oder ob sie es geschafft hat zu entkommen. Kurz erwäge ich zu fragen, was ihre Mum damals erzählt hat, aber ich entscheide mich dagegen. Ich habe Angst, mich zu verraten.

Mila will gerade noch etwas sagen, als die Tür erneut aufgeht. Außer den Wachen, die schon die ganze Zeit an der Wand entlang standen, um uns zu überwachen, betritt nun ein weiterer Herr den Raum. Seiner Kleidung nach würde ich ihn als Dienstboten einstufen.

„Nach dem Frühstück werdet ihr noch einmal vor den König treten. Es gibt erfreuliche Nachrichten", verkündet er und wendet sich schon wieder ab.

Ich verkneife mir ein Stöhnen, denn ich ahne, dass erneut eine solche Kleiderprozedur auf uns wartet, ehe wir vor den König treten dürfen.

Beim Frühstück esse ich sehr viel mehr als normalerweise, weil ich hoffe, dadurch meine Kräfte schneller wieder zu erlangen.

Nachdem wir alle fertig sind, werden wir aus dem Saal geführt und sind gerade auf der Treppe, als der laute Schrei eines Mannes unsere Aufmerksamkeit auf sich zieht.

Reflexartig drehen wir uns alle um. Ich versuche, den Verursacher des Schreis auszumachen, aber ich sehe nur einen der Prinzen. Er steht in der Eingangshalle und unterhält sich mit einem Bediensteten. Bei genauerem Hinsehen erkenne ich, dass es Prinz Konstantin ist.

Ein Blick in die andere Richtung zeigt mir, dass der König derjenige gewesen ist, der so laut geschrien hat. Oder zumindest gehe ich davon aus, denn er läuft mit wutentbranntem, hochrotem Gesicht auf seinen Sohn zu.

„Was fällt dir ein! Noch bin ich der König und es steht dir nicht zu, solche Anordnungen zu tätigen!", brüllt er, als er beim Prinzen ankommt.

Im nächsten Moment klatscht die Hand des Königs auf die Wange des Prinzen.

Mir entfährt ein unkontrolliertes Wimmern, als ich die Situation begreife. Das Schauspiel, das ich gerade beobachtet habe, habe ich nicht zum ersten Mal gesehen.

Ich verliere keine weitere Sekunde, sondern stürme die Treppe hoch. Ich versuche, vor der Wahrheit zu fliehen, auch wenn ich weiß, dass es nicht klappen wird.

Am oberen Treppenabsatz schaue ich mich noch einmal um. Die anderen Mädchen und die meisten Bediensteten stehen immer noch da wie erstarrt.

Der König hat sich wieder abgewandt und geht Richtung Ausgang. Der Prinz ... Der Prinz schaut zu mir. Unsere Blicke treffen sich und ich bin nicht fähig, sofort wieder wegzuschauen.

Wieso habe ich in der Nacht nicht gemerkt, dass ich mit dem Prinzen unterwegs war? Warum habe ich nicht sofort erkannt, wer er ist, als ich seine Zukunft gesehen habe?

Ich bin einfach davon ausgegangen, dass er einer der vielen Bediensteten ist, und diese Leichtsinnigkeit könnte mir jetzt zum Verhängnis werden. Endlich schaffe ich es, meinen Blick loszureißen und laufe weiter bis zu unserem Zimmer. Erst als ich die Tür hinter mir wieder zumache, wage ich es zu atmen.

Ich rutsche mit dem Rücken an der Wand herunter auf den Boden und möchte nichts anderes tun, als mich in Selbstmitleid zu suhlen, doch auch das ist mir nicht vergönnt. Wenige Minuten später öffnet sich die Tür und eine der Wachen kommt herein.

„Prinz Konstantin möchte mit dir sprechen", verkündet er und verzieht sichtlich verwirrt das Gesicht, als ich leise aufstöhne.

Es sollte mir eine große Ehre sein, mit einem Prinzen zu sprechen, doch die Tatsache, dass er hier ist, verrät mir, dass er zwei und zwei zusammengezählt hat.

Ich rapple mich auf, atme tief durch und mache mich bereit, alles abzustreiten, was da kommen könnte.

„Guten Morgen", begrüßt mich der Prinz, der vor der Tür steht. Spätestens jetzt bin ich mir zu hundert Prozent sicher, dass er es war, den ich gestern Nacht getroffen habe. Diese Stimme würde ich unter Hunderten erkennen.

„Ich würde gerne mit dir unter vier Augen sprechen", sagt er, als ich ihm nicht antworte. Ich habe vor, es erst einmal mit Schweigen zu versuchen, damit er meine Stimme nicht wiedererkennen kann.

„Dir ist bewusst, dass es nicht die beste Idee ist, einem Prinzen nicht zu antworten", meint er und bedeutet mir, in eine Richtung zu gehen. Wir gehen nur so weit, bis wir außer Hörweite sind, sodass ich trotzdem noch unsere Zimmertür sehe und im Augenwinkel beobachte, wie die anderen Mädchen zurück ins Zimmer gehen. Alle drei sehen sichtlich verwirrt aus, als sie mich und den Prinzen ein paar Meter weiter stehen sehen. Ich stelle mich jetzt schon einmal mental auf die Fragen ein, die da kommen werden.

„Du warst es also, die ich gestern Nacht getroffen habe", sagt er und ich schlucke schwer. Ich verstehe nicht, warum er sich so sicher ist.

„Du kannst dein Schweigen ruhig brechen, ich weiß, dass du es warst, auch ohne deine Stimme gehört zu haben. Ich habe sofort geahnt, dass es eine der vier potenziellen Zukunftsseherinnen ist, als ich gestern auf dich getroffen bin", erklärt er, woraufhin ich schnell zu Boden sehe. Warum hat er sofort den richtigen Riecher gehabt und warum bin ich blindlings ins offene Messer gelaufen?

„Hör mal, hätte ich meinem Vater sagen wollen, dass du gestern Nacht draußen warst, hätte ich es längst tun können. Aber ich habe nicht vor, etwas zu sagen."

Seine Augen sehen so ehrlich aus, dass mein Widerstand zu bröckeln beginnt. So sicher wie er sich seiner Entdeckung ist, nützt mein Schweigen sowieso nichts mehr.

„Und warum hast du mir nicht gesagt, dass du der Prinz bist?", frage ich, weil mir diese Frage wie Feuer auf der Seele brennt.

„Meinst du, bevor oder nachdem du mir eröffnet hast, wie abscheulich du das Verhalten meiner Familie findest?", erwidert er in neckendem Tonfall.

Erst jetzt fällt mir wieder ein, wie sehr ich mich über die Königsfamilie aufgeregt habe und mir schießt sofort die Röte ins Gesicht.

Ich schaue zu Boden und flehe ihn an, sich aufzutun und mich zu verschlucken.

„Außerdem hast du mir ja auch nicht die Wahrheit gesagt", führt er fort.

„Naja, so richtig gelogen waren meine Antworten aber auch nicht. Ich habe nur einen bedeutenden Teil weggelassen", murmle ich dem Boden entgegen.

„Ich weiß", meint er und legt seinen Finger an mein Kinn. Er hebt meinen Kopf an, bis ich wieder in sein Gesicht sehe. Seine Gesichtszüge sind immer noch weich.

„Du kannst mir glauben, ich fand deine Erzählungen, warum du hier bist, sehr amüsant, während ich wusste, dass ich wahrscheinlich eine von euch vieren vor mir habe. Und dementsprechend viel Spaß hat es mir auch gemacht, dir von mir zu erzählen, ohne zu erwähnen, dass ich der Sohn des Königs bin."

Langsam entspanne ich mich ein wenig und beginne, die Situation ebenfalls ein bisschen witzig zu finden. Wenn er kein großes Ding daraus macht und nicht vorhat, mich zu verraten, warum sollte ich mich dann noch verstellen?

„Warum warst du dir so sicher, dass es eine von uns Vieren war? Es hätte doch auch zum Beispiel eines der Küchenmädchen sein können?"

„Nein, eigentlich nicht. Unsere Bediensteten bleiben nachts lieber in ihren Häusern, weil sie wissen, dass die Wachen in der Dunkelheit keinen Spaß verstehen. In der Vergangenheit wurde so oft in unseren Hof eingebrochen, dass die Wachen gelernt haben, erst zu schießen und dann zu prüfen, ob sie denjenigen kennen. Dazu kommt, dass du mich nicht erkannt hast. Die meisten Bediensteten haben hier oder da schon einmal meine Stimme gehört und hätten mich sofort erkannt", erklärt er und es kommt mir erschreckend plausibel vor.

„Und warum warst du dir jetzt plötzlich so sicher, dass ich es war und nicht eine der anderen drei?", frage ich weiter.

Ich habe ihn schließlich durch meine Vision erkannt, aber von der weiß er ja nichts.

„Wegzurennen und mich anzustarren wie ein verschrecktes Reh, waren ganz gute Anhaltspunkte", meint er und zwinkert mir zu.

Da wird mir mein Fehler erst bewusst und am liebsten würde ich jetzt meinen Kopf gegen die Wand schlagen vor Ärger über mich selbst … Wäre ich einfach dort stehen geblieben und hätte mich so verhalten wie jeder andere im

Raum, wäre ich dem Prinzen gar nicht aufgefallen. Aber dafür ist es jetzt zu spät.

„Und warum bist du so nett zu mir, obwohl ich gestern so gemein über deine Familie gesprochen habe?", frage ich weiter, weil ich mir sein Verhalten immer noch nicht erklären kann.

„Warum sollte ich sauer sein, nur weil jemand die Wahrheit ausspricht? Ich bin vielleicht hier im Schloss aufgewachsen, aber das heißt nicht, dass ich nicht weiß, in welch schlimme Lage mein Vater seine Dörfer stürzt. Er ist so versessen auf die Ausbreitung unseres Königreichs, dass ihn nur der Sieg an der Front interessiert. Doch das gilt nicht für mich. Ich habe dir doch gestern erzählt, dass ich Streit mit meinem Vater habe."

Er wartet kurz, bis ich nicke, um ihm zu zeigen, dass ich mich noch daran erinnere, was er in der Nacht gesagt hat.

„In unseren Streitigkeiten geht es vor allem um den Krieg und die Dörfer. Ich bin nicht einverstanden mit den Entscheidungen meines Vaters, genauso wenig wie ich einverstanden bin mit dem, wie er mit den Zukunftsseherinnen umgeht", erklärt er.

Ich bin einen Moment sprachlos. Ich bin automatisch davon ausgegangen, dass die beiden Prinzen ihrem Vater bestimmt wie Schoßhündchen am Rockzipfel hängen und ihn anhimmeln, doch spätestens der handgreifliche Streit, den ich eben miterleben durfte, hat mir gezeigt, dass ich falsch liege.

„Na dann sind wir ja zumindest in ein paar Punkten einer Meinung", sage ich und entspanne mich ein bisschen mehr. Je länge ich mit ihm spreche, desto mehr verstehe ich, dass er nicht mein Feind ist. Er scheint wirklich anders zu sein und könnte mir vielleicht helfen, von hier zu fliehen.

„Und woher wusstest du plötzlich, dass ich der Fremde von heute Nacht war?", fragt der Prinz nun mich.

Unwillkürlich presse ich die Lippen aufeinander, denn ich werde mir ganz schnell eine Ausrede überlegen müssen.

„Als dein Vater ... also der König ... als er dich geschlagen hat ...", setze ich an und reime mir währenddessen eine Geschichte zusammen, „... als er dich geschlagen hat, hast du kurz geflucht und da habe ich deine Stimme erkannt."

„Habe ich das?", hakt er nach und ich nicke möglichst unschuldig.

Er betrachtet mich einige Sekunden lang und sagt schließlich: „Ich wünschte, mein Vater könnte nicht herausfinden, wer von euch die Zukunftsseherin ist und ihr könntet einfach zurück zu euren Familien, aber ich fürchte, dafür ist es zu spät."

Diese Worte lassen mich aufhorchen.

„Was meinst du damit?", frage ich sofort nach.

Er schaut sich erneut um, um sicherzustellen, dass uns niemand hören kann und erklärt dann: „Mein Vater wird es euch sowieso später mitteilen, also kann ich es dir auch schon jetzt erzählen. Unsere derzeitige Zukunftsseherin ist aus ihrem Koma erwacht und die Ärzte gehen davon aus, dass sie ab morgen wieder gesund genug ist, um Besuch zu empfangen."

Mein Herz bleibt einen Moment stehen und schlägt danach in noch rasanterem Tempo weiter.

„Eure derzeitige Zukunftsseherin?", wiederhole ich mit leichter Hysterie in der Stimme.

„Wir haben sie vor acht Jahren gefunden, damals gab es auch solche Gerüchte, wie es sie im Moment gibt, denn die damalige Zukunftsseherin war in schlechter Verfassung."

Mein Hals schnürt sich zu, ich weiß nicht, was ich tun soll, denn ich bin mir sicher, dass es meine Mutter ist. Ich habe immer gehofft, dass sie es geschafft hat zu entkommen, aber nun wird mir bewusst, dass ich mir all die Jahre nur etwas vorgemacht habe.

In meinem Kopf höre ich immer wieder seine Worte.

Sie ist aus dem Koma erwacht? So schlecht geht es ihr? Das heißt, sie musste über die letzten Jahre sehr viel Zukunft vorhersehen?

Der König hat sie wahrscheinlich über Jahre hinweg durchgehend für ihn arbeiten lassen und mit jedem Mal ist sie schwächer geworden. Unsere Gabe zerstört uns selbst, wenn wir unsere Bilder aussprechen – eigentlich ein Mechanismus der Natur, uns daran zu hindern, es zu tun. Doch ich bin mir sicher, dem König ist es egal gewesen, dass er Stück für Stück das Leben aus ihr gesaugt hat. Und es ging solange bis wahrscheinlich irgendwelche wichtigen Funktionen in ihrem Körper nicht mehr funktioniert haben und sie entweder ins Koma gefallen oder mit Absicht in ein künstliches Koma gelegt worden ist, um ihre Überlebenschancen zu maximieren.

Es fällt mir schwer, eine ausdruckslose Miene zu bewahren, also sage ich schnell: „Ich glaube, ich muss zurück zu den anderen." Mit diesen Worten wende ich mich zum Gehen und gebe ihm keine Chance, mir zu antworten. Ich weiß, dass dieses Verhalten ebenfalls auffällig ist, aber ich bin mir sicher, wenn ich dortbleiben würde, würde er es noch viel eher erfahren. Das Problem bei diesem netten Prinzen ist, dass es mir sehr schwerfällt, ihn anzulügen.

„Ayla?", frag Mila, als sie sieht, in welcher Verfassung ich ins Zimmer gestürmt komme.

Ich lasse mich mit dem Rücken aufs Bett fallen und versuche, meine Atmung zu kontrollieren. Warum schnaufe ich plötzlich, als wäre ich einen Marathon gelaufen?

„Ich habe gesehen, dass du mit dem Prinzen gesprochen hast. Über was habt ihr denn geredet?", fragt sie und ich höre die Neugier in ihre Stimme. Ich kann es ihr nicht verdenken, wir haben alle nicht damit gerechnet, die Prinzen kennenzulernen.

Mila setzt sich neben mich und sieht mich erwartungsvoll an, wobei sie meine schnelle Atmung gar nicht zu bemerken scheint. Mit aller mir verbleibenden Kraft setze ich ein Lächeln auf und wende mich ihr zu. „Der Prinz wollte sich einfach nur ein Bild von mir verschaffen. Ich bin ihm wohl aufgefallen und er wollte wissen, wer ich bin. Ich habe es selbst nicht ganz verstanden. Wir haben nur über Belangloses gesprochen. Könnte auch sein, dass sein Vater ihn auf mich angesetzt hat, um herauszufinden, ob ich die Zukunftsseherin bin."

Ich sehe ihr an, dass sie mir nicht glaubt, doch sie hat keinen Grund, um weiter nachzufragen und lässt es deswegen bleiben. Erst jetzt schaffe ich es, mich im Zimmer umzuschauen und sehe, dass nicht nur die drei Mädchen hier sind, sondern auch noch einige Bedienstete. Sie helfen den anderen zwei Mädchen in ihre Schuhe, ziehen ihnen Kleider an und machen sich an ihren Haaren zu schaffen. Auch Mila wird dazu aufgefordert wieder aufzustehen. Als sie der Anweisung folgt, landen zwei Hände in ihren Haaren und ein Make-up-Pinsel in ihrem Gesicht.

Ich will mich gerade wieder auf den Rücken sinken lassen, weil mich diese Unterhaltung so erschöpft hat und die Informationen, die ich erhalten habe, meinen Kopf zum Brummen bringen, als eine der Damen sagt: „Du brauchst dich gar nicht hinzulegen. Wir müssen unbedingt mit deinem Kleid und deinen Haaren anfangen. Wir haben schon genug Zeit verloren."

Ich verkneife mir ein Aufstöhnen und gehe stattdessen auf die Dame zu, die gerade zu mir gesprochen hat.

Ich weiß, dass es zwecklos ist, Widerstand zu leisten, auch wenn ich gerade alles lieber tun würde, als vor den König zu treten.

Der König, der meine Mutter die letzten Jahre gequält und so sehr für seine Zwecke benutzt hat, bis sie im Koma lag. Und genau das gleiche hat er nun mit mir vor, weil meine Mutter nicht mehr stark genug ist, um ihm weiterzuhelfen. Ich soll sie ersetzen, damit der König seinen sinnlosen Krieg weiterführen kann und weiter meine Freunde und alle Dorfbewohner nach und nach umbringen kann.

Ich muss irgendwie versuchen, dies abzuwenden. Es kann nicht so weitergehen. Vielleicht kann ich meine Mutter hier auf dem Gelände finden. Vielleicht liegt sie hier im Haus oder in einem der Nebenhäuser und wartet darauf, vom König für seine Zwecke missbraucht zu werden.

Ein Schauer läuft mir über den Rücken.

Ich muss mich zusammenreißen und herausfinden, wo sich meine Mum befindet. Dann sehe ich weiter und kann einen Plan machen.

„Schön, dass ihr hergefunden habt", sagt der König, als wir eine Stunde später vor ihn treten. Dieses Mal habe ich die Prozedur im Schnelldurchlauf bekommen, denn das Gespräch mit dem Prinzen hat Zeit gekostet. Trotzdem war es mir nicht vergönnt, ohne ein geeignetes Kleid, eine perfekte Frisur und sorgfältiges Make-up vor den König zu treten.

„Wie heute Morgen schon angekündigt, habe ich eine gute Nachricht für euch", beginnt der König und hat dabei ein Lächeln im Gesicht, das mir sagt, dass es eine gute Nachricht für ihn, aber keine gute Nachricht für mich ist.

„Mädchen, wir werden morgen herausfinden, wer von euch Vieren die Eine ist, die wir suchen."

Ich schaue neugierig zu den anderen drei Mädchen, um zu sehen, wie sie darauf reagieren. Kim und Trixi sehen so aus, als würden sie sich freuen, endlich des Rätsels Lösung zu erhalten.

Mila hingegen schaut ohne jegliche Gefühlsregung geradeaus und starrt den König förmlich an. Hätte sie Superkräfte, würde ich vermuten, dass sie ihn mit Laserstrahlen vernichten will.

Ihre ganze Familie wurde durch diesen König und seine Handlungen in Verruf gebracht und sowohl das Leben ihrer Mutter als auch ihr eigenes wurden durch ihn zerstört.

Ich schaue zurück zum König, der uns ebenfalls aufmerksam mustert. „Die einfachste Möglichkeit, eine Zukunftsseherin zu erkennen, ist, eine andere Zukunftsseherin zu fragen. Zukunftsseherinnen können sich gegenseitig erkennen und genau das werden wir uns zunutze machen. Eigentlich wäre der Plan gewesen, dass ihr kommt, der Zukunftsseherin in unserem Haus begegnet und dann direkt wieder geht. Doch leider mussten wir noch einige Tage warten, bis Sarah wieder in der Lage ist, um euch in Empfang zu nehmen."

Sarah, der Name meiner Mutter.

Jetzt weiß ich es sicher und kein Weg führt mehr an dieser Tatsache vorbei. Schon nach dem Gespräch mit dem Prinzen vermutete ich, dass sie es ist, die hier gefangen gehalten wird. Doch den Namen meiner Mutter aus dem Mund des Königs zu hören, versetzt mir einen Stich ins

Herz, ja, es fühlt sich an, als würde jemand in meinem Herzen herumstochern.

Aber ich muss mich zusammenreißen, mir nichts anmerken zu lassen, obwohl ich das Gefühl habe, gleich ohnmächtig zu werden. Mit jeder Minute stelle ich mir ausführlicher vor, wie furchtbar ihr Leben in den letzten acht Jahren hier gewesen sein muss.

Heute Morgen am eigenen Leib erfahren zu haben, wie erschöpft man sich fühlt, wenn man jemandem seine Zukunft vorhersagt, hat es mir noch deutlicher gemacht. Und das, obwohl es nur zufällig passiert ist. Es ist nämlich so, dass wir Zukunftsseherinnen, wenn wir jemanden berühren, einen unwillkürlichen Eindruck von dessen Zukunft bekommen, den wir nicht weitersagen dürfen. Dieser Moment kann eine Szene am nächsten Tag, im nächsten Monat oder auch erst im nächsten Jahr sein.

Jedoch haben wir auch die Fähigkeit, unsere Gabe gezielt einzusetzen. Wir können jemanden berühren und gezielt nach einer bestimmten Sache fragen und dessen Zukunft in Bezug auf diese Frage sehen. Die Eindrücke, die wir dann bekommen, sind noch viel zukunftsverändernder als die zufälligen Eindrücke und die Weitergabe dieser Informationen schwächen unsere Kräfte noch weitaus mehr.

Ich bin mir sicher, dass der König meine Mutter immer wieder über den Krieg befragte hat und was er tun soll oder besser nicht. Er hat sie dann gezwungen, diese Bilder, die sie sah, preiszugeben.

Und über die Zukunft können wir nicht lügen. Es existiert nur Schweigen oder die Wahrheit sagen. Lügen ist bei diesen Visionen keine Option.

Meine Mutter hat sicherlich versucht, lange zu schweigen, doch ich kann mir gut vorstellen, wie sehr der König zu Folter und ähnlichen Mitteln bereit war, um sie dazu zu bringen, ihm seine Zukunft zu offenbaren.

„Inzwischen ist Sarah wieder gesund genug, um euch in Empfang zu nehmen und deswegen freue ich mich sehr, euch mitzuteilen, dass ihr morgen zu ihr gebracht werdet. Wir werden ihr den heutigen Tag noch geben, um sich zu erholen, damit sie morgen ganz sicher eine Entscheidung treffen kann. Dann werden wir endlich die Antwort haben, auf die wir alle gewartet haben. Drei von euch können dann wieder gehen und ihre normalen Leben weiterführen. Eure Familien werden sich sicherlich schon auf euch freuen. Die Zukunftsseherin unter euch wird dann ihr eigenes Gemach hier im Schloss bekommen und ihr wird es nie mehr an etwas fehlen.“

Ein Kloß bildet sich in meinem Hals. Wie kann er nur so darüber reden? Er spricht darüber, als wäre es eine Ehre, für ihn arbeiten zu dürfen. Er spricht darüber, als würde es mir hier gut gehen, wenn er mich hierbehielte. Natürlich werde ich ein eigenes Gemach bekommen, natürlich wird er es so aussehen lassen, als ginge es mir gut, doch Stück für Stück wird er mir alles nehmen, was ich in mir habe.

„Ihr dürft nun gehen“, weist er uns an und entlässt uns.

Ohne auch nur in Erwägung zu ziehen, Widerworte zu geben, verlassen wir in Reih und Glied den Raum und gehen zurück in unser Zimmer. Auf dem Weg dorthin spricht keiner von uns ein Wort, wir alle müssen erst einmal verdauen, was uns gerade offenbart wurde.

Doch als die Tür hinter uns ins Schloss fällt, hüpft Trixi vor Freude auf und ab. „Ich habe es ja wirklich genossen hier, aber ich freue mich schon so darauf, nach Hause zu kommen und meine Geschwister wiederzusehen. Das Essen hier werde ich aber auf jeden Fall vermissen", verkündet sie mit einem breiten Grinsen im Gesicht. „Aber ein Erlebnis war es definitiv, das Schloss mal von innen zu sehen", meint Kim und ich kann kaum glauben, das zu hören.

Sie benehmen sich, als wäre all das ein lustiger Ausflug gewesen, der keine Folgen nach sich zieht. Ein Ausflug, nachdem man sich wieder freut, nach Hause zu kommen.

„Euch ist schon bewusst, dass ihr nicht in ein normales Leben zurückkehren könnt, oder?", fragt Mila genervt.

„Warum bist du eigentlich immer so pessimistisch? Dass es deiner Mutter nicht gut ging, nachdem sie aus dem Schloss zurückgekommen ist, heißt ja nicht, dass das bei uns genauso sein wird", meint Kim und lässt sich ihre gute Laune nicht von Mila vermiesen.

„Glaubt doch, was ihr wollt", erwidert Mila und scheint es aufgegeben zu haben, die anderen beiden Mädchen zur Vernunft zu bringen.

„Auf was freust du dich am meisten, Ayla?", fragt Trixi und ich brauche eine Sekunde, um zu verstehen, dass die Frage tatsächlich an mich gerichtet ist. Wissen die anderen Mädchen, dass ich es bin, die hierbleiben wird? Fragt sie, auf was ich mich hier im Schloss freue, wenn ich hier ein Leben beginne?

„Auf deine Eltern, deine Geschwister ...", macht Kim einige Vorschläge, um mir auf die Sprünge zu helfen.

Sie sprechen davon, auf was ich mich freue, wenn ich nach Hause komme. Natürlich tun sie das.

Dass sie diese Frage so selbstverständlich an mich richten, sagt mir, dass sie mich nicht für die Zukunftsseherin halten.

Ich kann mir gut vorstellen, dass beide denken, dass es Mila ist, denn ihr Gerede über ihre Henkersmahlzeit hat sie in deren Augen sicher verdächtig gemacht.

„Ich freue mich schon auf meine Geschwister", lüge ich schnell, denn das ist das erste, was mir einfällt. Ich habe ehrlich gesagt nie darüber nachgedacht, auf was ich mich freuen würde, denn ich wusste von Anfang an, dass ich dieses Schloss nicht wieder verlassen würde, wenn ich es erst einmal betreten habe.

Vielleicht werde ich es schaffen zu fliehen, doch dann werde ich ebenfalls nicht wieder in mein altes Leben zurückkehren können, denn vor mir läge ein Leben auf der Flucht.

Ich müsste unter dem Radar bleiben und versuchen, in ein anderes Land zu fliehen. Dort müsste ich mir unter falschem Namen eine neue Identität aufbauen. Wirklich sicher wäre ich auch dort nicht. Ich würde wahrscheinlich alle paar Jahre meinen Standort wechseln müssen, um sicher zu sein, nicht gefunden zu werden.

Doch an eine Flucht ist erst einmal nicht zu denken, solange ich nicht weiß, wo meine Mum ist. Ich kann sie nicht hierlassen, denn ihre Peiniger werden sie weiter quälen, bis irgendwann all ihre Lebenskraft aus ihr gesaugt sein wird und sie stirbt.

Doch wie soll ich jemanden, der im Koma lag, mit auf meine Flucht nehmen? Sie ist wahrscheinlich zu schwach für jegliche Aktivität und wird niemals mit mir weglaufen können. Es wäre schon ein Wunder, wenn ich mit ihr das Gelände verlassen könnte, ohne bemerkt zu werden. Ein geschwächter Mensch kann schließlich nicht über eine Mauer klettern.

„Ich habe darüber nachgedacht, hier am Hof eine Stelle anzunehmen", meint Mila und reißt mich aus meinen Gedanken. „Das Leben, zu dem ich zurückkehren würde, wird nicht so sein wie es war, und dank der Gerüchte müsste ich wahrscheinlich bald umziehen. Vielleicht hätte ich hier am Hof bessere Chancen."

Mit diesen Worten überrascht sie uns alle. Kim und Trixi blicken Mila überrascht an und ich sehe ihren Augen an, wie sie sich fragen, warum Mila darüber nachdenkt, wenn sie doch die Zukunftsseherin ist. Sie scheinen sich wirklich sicher zu sein, dass Mila die Eine ist.

Auch ich schaue Mila überrascht an, denn diese Überlegungen hat sie zuvor noch nie geäußert.

„Als was würdest du hier denn gerne arbeiten?", frage ich neugierig.

„Ich weiß es nicht. Im Moment würde ich wahrscheinlich erst einmal jedes Angebot annehmen. Dann kann ich mich umsehen und herausfinden, was ich lieber machen würde."

„Interessanter Ansatz. Ich wäre einfach nur froh, wenn ich diesen Hof so schnell wie möglich wieder verlassen könnte", erwidere ich und meine damit etwas ganz anderes, als die anderen Mädchen gerade denken.

Kapitel 7

„Jede von euch wird einzeln zu ihr gehen. Der Arzt hat angeordnet, dass sie nur eine einzige Person als Besuch haben darf", erklärt uns Colin, während wir das Schloss verlassen. Heute Morgen habe ich beim Frühstück nichts essen können und auch jegliches Gespräch mit kurzen Antworten abgewendet.

Colin führt uns über den Hof zum Ärztehaus, in dem ich schon bei meiner Ankunft war. Sie ist die ganze Zeit dort gewesen? Hat quasi eine Tür weiter gelegen und ich habe es nicht gewusst?

Wir betreten das Haus und steigen die Treppen hoch bis in den zweiten Stock. Am Ende des Ganges sehe ich einen Mann mit einer Krankenschwester sprechen. Er sieht kurz zu uns herüber und verabschiedet sich dann scheinbar, denn im nächsten Moment kommt er auf uns zu gelaufen. Da erst erkenne ich, dass der Mann nicht irgendwer ist, sondern Prinz Erik.

Was macht denn Prinz Erik hier im Ärztehaus?

Colin weist uns an, ihm den Gang entlang zu folgen und ein paar Sekunden später kreuzen sich unsere Wege und

Prinz Erik sagt im Vorbeigehen zu Colin: „Im Moment ist sie stabil."

Colin nickt ihm zu und geht weiter.

Wir folgen ihm, doch ich kann nicht anders, als mich noch einmal zu dem Prinzen umzudrehen. Er geht zur Treppe und verlässt mein Sichtfeld.

Schließlich bleibt Colin vor einer Tür stehen und sagt: „Kim, mit dir fangen wir an. Ihr anderen wartet bitte hier vor der Tür."

Kim tritt vor und fragt: „Muss ich irgendetwas machen, wenn ich da rein gehe?"

Ich sehe, wie sich Colins Mundwinkel ein wenig hebt, als wäre er belustigt von dieser Frage. Er antwortet ihr nicht, sondern öffnet die Tür und betritt mit Kim im Schlepptau das Zimmer.

Die Tür fällt wieder zu, ehe ich einen Blick hineinwerfen kann, also werde ich wohl weiterhin warten müssen. Unruhig spiele ich mit meinen Händen herum.

„Warum so nervös?", fragt Trixi mit Blick auf meine Hände.

„Ich bin einfach nur gespannt, wie es wohl sein wird, eine Zukunftsseherin zu sehen", sage ich schnell und lasse meine Hände los. Ich ringe mich sogar zu einem Lächeln in ihre Richtung durch.

Die Tür öffnet sich erneut und Kim tritt wieder heraus. Colin bleibt im Türrahmen stehen. „Mila, kommst du bitte?"

„Und wie war es?", fragt Trixi aufgeregt, als die Tür wieder geschlossen ist.

„Ganz langweilig. Sie nimmt nur deine Hand und sagt nicht einmal etwas. Ich dachte irgendwie, sie wäre total die Erscheinung, aber eigentlich ist sie nur eine kranke, gebrechliche Frau", erwidert Kim und ich muss mich extrem zusammenreißen, um nicht aufzuschreien. Wie können diese beiden so über sie sprechen!

Die Tür öffnet sich wieder. „Ayla."

Ich schließe noch einmal kurz die Augen und atme durch.

Ich freue mich natürlich, meine Mum noch einmal zu sehen, aber gleichzeitig habe ich unendliche Angst vor dem, was mich jetzt erwartet.

Langsam gehe ich an Colin vorbei ins Zimmer und schaue dabei auf den Boden. Ich höre, wie die Tür hinter mir ins Schloss fällt und hebe den Kopf.

Völlig geschockt stehe ich einen Moment reglos da und weiß nicht, ob ich schreien oder weinen soll.

„Ayla?", haucht sie und in dem Moment fällt die Entscheidung. Tränen laufen über meine Wangen.

Ich erkenne ihre Stimme sofort wieder, obwohl ich sie acht Jahre nicht gehört habe. Gleichzeitig höre ich die große Schwäche darin.

Zu sprechen allein, scheint sie unendlich viel Kraft zu kosten.

Ihre Gesichtszüge erkenne ich sofort, auch wenn sie mir um dreißig Jahre gealtert vorkommen. Die Wangen sind eingefallen, die Augenlider nur halb geöffnet, die Haut blass wie ein Geist. Ihre Haare sind ausgedünnt und haben ihren Glanz verloren. Ihre Hände liegen auf der Decke und als ich ihre abgemagerten Finger sehe, muss ich schwer schlucken.

„Was haben sie mit dir gemacht?", entfährt es mir.

„Ich lasse euch mal kurz allein, ich bin mir sicher, ihr habt einiges zu besprechen", nehme ich Colins Stimme aus der Ferne wahr. Ich drehe mich zu ihm um und sehe, dass er durch eine Tür in das Überwachungszimmer nebenan geht. Er schließt die Tür und kann uns nun nur noch durch eine Scheibe sehen.

„Er weiß es", flüstert meine Mutter und ich schaue wieder zu ihr.

„Er hat geahnt, dass du meine Tochter bist, als er dich gefunden hat, und hat mir dann davon erzählt, als er mich hier besucht hat. Ich konnte es ihm nicht verschweigen, er ist der einzige Freund, den ich hier habe", erklärt sie weiter.

Ihre Worte brechen mir mein Herz.

Endlich schaffe ich es, meine Füße vom Boden zu lösen und nähere mich ihr. Ich beuge mich zu ihr herunter und umarme sie möglichst vorsichtig. Sie fühlt sich mehr an wie ein Knochengerüst als wie ein Mensch, doch noch nie hat mich eine Umarmung so berührt.

„Ich habe gehofft, dich nie wieder zu sehen", flüstert sie und legt ihre Arme um mich.

„Ich habe auch gehofft, dich nie wieder zu sehen", erwidere ich mit zittriger Stimme.

„Es tut mir so leid, ich habe getan, was ich konnte. Ich wollte dir dieses Leben nie aufbürden", sagt sie und mein in Scherben liegendes Herz bricht in noch mehr Teile.

„Entschuldige dich nicht. Du bist es schließlich, die hier liegt."

„Ach, sorg dich nicht um mich, mir geht's gut", winkt sie ab und bei diesen Worten löse ich mich wieder von ihr.

„Nein, es geht dir nicht gut", korrigiere ich sie und meine Stimme lässt keinen Widerspruch zu.

Sie schenkt mir ein trauriges Lächeln. „Aus dir ist so eine hübsche Frau geworden. Ich wünschte, ich hätte dir zusehen dürfen, wie du erwachsen wirst."

Ich wende den Blick ab, denn ich kann den Ausdruck in ihrem Gesicht nicht ertragen. Die Gebrochenheit in ihren Augen lässt sie noch zerbrechlicher wirken.

„Ich werde dich hier rausholen", verspreche ich ihr mit fester Stimme, „Ich weiß noch nicht, wie, aber ich werde das hier beenden."

„Nein, das wirst du nicht", meint sie mit einem traurigen Lächeln auf den Lippen, „Es ist unmöglich, mich hier rauszuholen. Wichtig ist jetzt erst einmal, dass wir dich hier wegbekommen. Ich werde dafür sorgen, dass niemand erfährt, dass du es bist, aber lange wird mein Widerstand sie nicht aufhalten, also musst du dich beeilen."

Sie greift nach meiner Hand und drückt sie ermutigend, doch ich bin es, die das Wort ergreift: „Ich weißt, dass du über die Zukunft nicht lügen kannst und wenn der König dich über die Zukunft von jeder von uns ausfragt, wirst du ihm sagen müssen, wer ich bin."

„Nein, ich kann auch schweigen", widerspricht sie mir. Einige Sekunden starren wir uns an, ehe ich es wage, die Frage zu stellen, vor deren Antwort ich am meisten Angst habe: „Was machen sie mit dir, wenn du schweigst?"

Zum ersten Mal, seit ich den Raum betreten habe, ist sie es, die den Blick abwendet. „Das muss nicht deine Sorge sein."

Diese ausweichende Antwort auf meine Frage reicht aus, um meine schlimmsten Befürchtungen zu bestätigen.

„Doch muss es. Ich bin nicht mehr das kleine zehnjährige Mädchen, das seine Mutter verloren hat. Du hast so viel für mich aufgegeben, ich werde nicht zulassen, dass er Hand an dich legt. Mach dir keine Sorgen, ich werde eine Lösung finden. Du musst jetzt erst einmal versuchen, wieder etwas zu Kräften zu kommen", sage ich bestimmt und umarme sie erneut.

Ich weiß, was ich tun muss und habe vor, es so schnell wie möglich hinter mich zu bringen. Nägel mit Köpfen zu machen, war schon immer mehr mein Ding, als nur darüber zu sprechen.

„Ich komme wieder", verspreche ich ihr und löse meine Hand aus ihrer. Dann drehe ich mich von ihr weg und gebe Colin durch die Scheibe zu verstehen, dass wir gehen können.

Gerade will ich von ihrem Bett weggehen, als sie mich zurückhält. „Ayla?"

„Ja?"

„Ich liebe dich, vergiss das nie. Meine Liebe zu dir und die Hoffnung darauf, dass du ein freies, langes Leben da draußen führen kannst, haben mich durch all das hier getragen."

„Ich liebe dich auch, Mum."

Ich wende mich von ihr ab und sehe, dass Colin schon bereitsteht. Bei seinem Anblick kehre ich langsam wieder in die Realität zurück und wische mir schnell die Tränen weg. Ich bin mir sicher, dass man meinen Augen deutlich ansieht, dass ich geweint habe, aber das ist mir völlig egal.

Die Worte meiner Mutter haben mich noch mehr in meinem Entschluss bestärkt. Sie ist durch Jahre der Qualen gegangen, nur damit ich nicht verfolgt werde. Sie hat sich für mich geopfert. Jetzt ist es an der Zeit, dass ich ihr etwas zurückgebe für alles, was sie für mich getan hat.

„Ich muss zum König", sage ich bestimmt zu Colin und höre wie meine Mutter hinter mir aufstöhnt.

„Ayla, nein!", sagt sie bestimmt, doch ich ignoriere sie und trete aus der Tür, die Colin mir aufhält.

„Warum hat das bei dir denn so lange ge ...", beginnt Kim sofort, doch als sie mein Gesicht sieht, verstummt sie. Die verhärteten, entschlossenen Gesichtszüge gepaart mit den roten Augen und den tränennassen Wangen sagen ihr wohl, dass sie mich lieber nicht ansprechen sollte. Schnell schaut sie zu Boden und auch die anderen beiden trauen sich nicht, ein Wort zu sagen.

„Wir kehren zum Schloss zurück", sagt Colin bestimmt.

„Aber ich war doch noch gar nicht drinnen", hakt Trixi ein.

Colin wirft ihr einen harten Blick zu und wiederholt: „Wir gehen zurück zum Schloss."

Wir folgen ihm hinaus über den Hof und zurück zum Schloss. Als wir wieder in der Eingangshalle sind, sagt er zu den anderen drei: „Von hier aus findet ihr allein zu eurem Zimmer zurück?"

Sein Tonfall lässt darauf schließen, dass es eine rhetorische Frage ist und dass er es nicht dulden wird, wenn eine von ihnen nicht auf direktem Weg zurück in unser Zimmer verschwindet.

Die Mädchen verstehen sofort und wenden sich zur Treppe.

Colin sagt nichts, sondern packt mich am Arm und zieht mich hinter sich zu einer Tür, die mir bis jetzt nie aufgefallen ist. Sie ist völlig ohne Verzierungen und liegt halb versteckt neben der Treppe.

Er öffnet sie und schiebt mich in den Raum. Ich weiß nicht, was ich erwartet habe, aber definitiv nicht das. Wir stehen plötzlich mitten in einem Meer von Kleiderstangen, auf denen unzählige Kleider und Anzüge hängen.

Von hier kommen also die Kleider, die wir immer anziehen müssen.

„Lass uns das ganze Drumherum-Gerede überspringen. Ich weiß, was du bist. Ich weiß, dass Sarah deine Mutter ist. Ich habe es ab dem Moment geahnt, in dem ich im Wald in deine Augen gesehen habe und du dich mit mir gestritten hast. Ihr beide seid euch von eurem Verhalten her sehr ähnlich. Naja, zumindest, als sie sich noch verhalten konnte wie selbst", meint er mit trauriger Miene.

„Warum hast du es niemandem erzählt?", frage ich irritiert von der Tatsache, dass ich mit ihm in diesem Lagerraum stehe.

„Weil ich gehofft habe, mich zu irren. Deine Mum ist eine wundervolle Frau und ich habe sehr gehofft, dass ich falsch liege mit meiner Vermutung. Als ich sie dann darauf angesprochen habe, hat sie mir erzählt, dass sie eine Tochter hat. Ich musste ihr versprechen, dass ich alles tue, um dich zu beschützen. Sie liebt dich wirklich aus tiefstem Herzen."

Ich schlucke schwer. „Ich weiß und genau deswegen muss ich jetzt zum König", sage ich bestimmt und will zur Tür gehen.

„Und ich werde dich dort hinbringen, aber nur wenn du dir zu hundert Prozent sicher bist. Ich weiß nicht, ob du dir im Klaren darüber bist, was es für dein Leben bedeuten wird, wenn du dich verrätst. Ich weiß, dass deine Mum versuchen wird, so lange zu schweigen, bis du es geschafft hast, von hier zu fliehen."

„Und genau das werde ich nicht zulassen. Sie wird sich nicht schon wieder für mich opfern", erwidere ich.

„Das verstehe ich, aber …", er macht kurz eine Pause und wendet den Blick ab. „Hör zu, ich werde ganz ehrlich zu dir sein. Ich habe bei deiner Mum miterlebt, wie sie hier am Hof mit Zukunftsseherinnen umgehen. Ich musste mit ansehen, wie sie gefoltert wurde und wie ihr Widerstand gebrochen ist. Ich habe gesehen, wie die Farbe und die Freude aus ihrem Gesicht verschwunden sind. Das Gleiche blüht dir auch, wenn du dich jetzt dafür entscheidest."

„Und wenn ich es nicht tue, saugt der König auch noch den letzten Rest Kraft aus meiner Mum. Er wird sie umbringen, wenn er so weitermacht. Er braucht ein neues Spielzeug, damit er meine Mum in Ruhe lässt und ich bin dazu bereit, diesen Platz einzunehmen. Ich habe immer noch vor zu fliehen, aber erst einmal muss ich dafür sorgen, dass der König die Finger von meiner Mum lässt."

Colins Kiefermuskeln arbeiten angespannt, bis er schließlich den Widerstand aufzugeben scheint. Er sieht die Entschlossenheit in meinen Zügen und öffnet die Tür wieder.

„Die Königsfamilie ist gerade beim Mittagessen im großen Speisesaal", sagt er.

„Na dann, platzen wir doch einfach mal in ein königliches Mahl", erwidere ich und versuche, die Situation mit etwas Humor aufzulockern.

„Warum nicht? Eigentlich würde ich ja sagen, niemand wagt es, ein Mahl der Königsfamilie zu stören, aber bei dir ist es eh schon egal. Wenn man schon sein Leben wegwirft, dann wenigstens mit einem Knall", meint er und ich sehe ein trauriges Lächeln auf seinen Lippen.

„Warum hast du ihr nie geholfen zu fliehen?", frage ich, wobei ich es nicht als Vorwurf meine, sondern einfach nur ehrlich interessiert bin. Er scheint ein wahrhaft ehrenhafter Mann zu sein, da liegt diese Frage nahe.

„Sie wollte nie. Ich habe es damals nicht verstanden, weil ich mir nichts ausmalen konnte, was einen Menschen dazu bringt, freiwillig dieses Leben hier weiterzuführen, aber jetzt weiß ich es. Sie wollte verhindern, dass irgendjemand einen Grund hat, eine neue Zukunftsseherin zu finden. Sie wollte dich schützen, indem sie hier ihre Aufgabe erfüllt und den König zufriedenstellt", antwortet er, während wir die Treppen hochsteigen. Mit dieser Antwort habe ich nicht gerechnet, weshalb es mir unerwartet die Kehle zuschnürt.

„Wie lange kennst du meine Mum schon?", frage ich schnell, um das Thema zu wechseln und die Tränen am Fallen zu hindern.

Wir kommen in dem Geschoss an, in dem das Schlafzimmer von uns vier Mädchen liegt, und wenden uns zur nächsten Treppe. Ich bin noch nie im zweiten Stock gewesen, denn dort wohnt die Königsfamilie.

„Ich wurde mit vierzehn ins Militär eingezogen und habe dort ein Jahr später mein Ohr verloren. Man hat entschieden, mich lieber hier im Palast einzusetzen als nur mit einem Ohr an der Front. Ein halbes Jahr, nachdem ich hier angefangen habe, haben sie deine Mutter hierhergebracht. Mein Vorgesetzter war damals für sie zuständig und so war ich die ganze Zeit dabei. Als ich das erste Mal mitansehen musst, wie sie sie folterten, weil sie nicht sprechen wollte, bin ich dazwischen gegangen. Ich konnte nicht verstehen, wie ein Mensch einem andern so etwas antun kann. Für diese Befehlsverweigerung bin ich ausgepeitscht worden und man hat mir versichert, dass es mich beim nächsten Mal meinen Kopf kosten würde. Da habe ich einsehen müssen, dass ich nichts ausrichten kann und ihr am besten helfen kann, indem ich ihr ein guter Freund bin. Ich habe immer versucht, für mehr Arztbesuche zu plädieren und ihr Pausen zu gönnen, aber über die Jahre hinweg ist es trotzdem immer schlimmer geworden."

Colin beendet seine Erklärung genau in dem Moment, in dem wir das zweite Stockwerk erreichen.

Unwillkürlich klappt meine Kinnlade auf. Ich setze mehrmals an, etwas zu erwidern, aber mir fällt absolut nichts ein, was ich dazu sagen könnte. All die Jahre habe ich bei meiner Tante gelebt und nichts davon mitbekommen ...

„Da entlang", sagt Colin schließlich, denn er scheint zu spüren, dass ich nichts mehr sagen werde.

Reiß dich zusammen! Lass dich nicht davon ablenken! Jetzt geht erst einmal das Gespräch mit dem König vor!

„Diese Tür?", frage ich, als wir ein Stück den Gang entlanggelaufen sind und ich eine Tür entdecke, die von zwei Wachen bewacht wird.

Colin nickt und ich gehe sofort schneller. Die Wachen beobachten mich skeptisch und als sie sehen, dass ich direkt auf sie zukomme, rücken sie zusammen, um die Türe zu versperren. Ihre Blicke wandern von mir zu Colin, der einen Schritt hinter mir geht.

„Lasst sie durch", weist dieser an.

Die beiden Wachposten schauen sich verwirrt an.

„Der König will sie sprechen, ich übernehme dafür die Verantwortung", schiebt Colin hinterher und endlich treten die Wachposten widerwillig auseinander.

Bevor sie es sich anders überlegen können, greife ich nach der Türklinke und reiße die Tür auf. Schnellen Schrittes betrete ich den Raum und lasse mich nicht von der enormen Essenstafel ablenken, die sich in der Mitte des Raumes unter unzähligen Köstlichkeiten biegt.

Stattdessen trete ich wie selbstverständlich an die freie Kopfseite des Tisches. Die Königin ist vor einigen Jahren gestorben, weswegen dieser Platz wohl frei ist.

Die Prinzen sitzen rechts und links, der König an der Kopfseite, direkt mir gegenüber. Alle drei starren mich erschrocken an.

Der König lässt seinen Löffel fallen und die gebannte Stille wird vom lauten Klirren durchschnitten.

„Sarah ist meine Mutter", sage ich mit fester Stimme, um die Bombe sofort platzen zu lassen. „Ich bin es, die ihr sucht."

Der König reagiert nicht sofort, sondern wischt sich erst langsam den Mund mit einer Serviette ab und schiebt dann seinen Stuhl zurück.

„Wir haben sie gefunden."

Kapitel 8

Ein goldenes Ballkleid.

Ich habe mit vielem gerechnet, als ich in den Speisesaal der Königsfamilie gestürmt bin, doch sicherlich nicht damit, hinausgeführt und in ein goldenes Ballkleid gesteckt zu werden.

Mit den Worten, „Das müssen wir feiern", hat der König seine Diener gerufen und diese haben mich sofort mitgenommen.

„Setze dich bitte noch einmal kurz hierhin, ich muss nochmal an deine Haare", bittet mich eine der Damen und ich setze mich, obwohl mir dadurch noch mehr die Luft von dem engen Kleid abgeschnürt wird, als im Stehen.

Ich merke deutlich den Unterschied zwischen meiner Anprobe jetzt gerade und den anderen Malen. Sonst ist es nur darum gegangen, uns einigermaßen ansehnlich herzurichten. Wir waren nichts Besonderes.

Doch jetzt sind sie die Bediensteten deutlich angespannter. Alles wird dreimal überprüft, jede Haarnadel noch ein zweites Mal gesteckt.

Die Aufmerksamkeit, die ich hier bekomme, gefällt mir jetzt schon nicht und ich versuche auszublenden, dass das nun für lange Zeit so bleiben wird, wenn ich es nicht schaffe zu fliehen.

„Fertig", sagt die Dame, die meine Haare frisiert hat, und die anderen stimmen ihr zu. „Schau doch mal in den Spiegel", sagt sie dann mit warmer Stimme und scheint sich ehrlich darauf zu freuen, meinen Gesichtsausdruck zu sehen, wenn ich mich selbst sehe. Ich stehe auf, gehe durch den großen Raum, in den ich für diese Anprobe gebracht wurde und trete vor den Spiegel.

Tatsächlich bin ich für einen Moment sprachlos. Das goldene Kleid passt wie angegossen, meine Haare sind in Locken gedreht und teilweise hochgesteckt, mein Gesicht ist mit Make-up verfeinert worden.

„Es wird dem König gefallen", meint die Dame stolz. Mit dieser Aussage sorgt sie unwillkürlich dafür, dass ich das Outfit auf einmal nicht mehr leiden kann.

Ich will nicht gefallen. Nicht dem Mann, der meine Mum so zugerichtet hat. Doch ich muss meinen Stolz erst einmal hinunterschlucken. Ich muss so tun, als ob ich kooperieren würde. Solange bis sie denken, ich würde zuverlässig mitarbeiten und keine Probleme machen.

Dann habe ich vielleicht eine Chance, fliehen zu können. Wenn sie mir vertrauen, werden sie mir mehr Freiheiten einräumen und damit mehr Möglichkeiten geben, unbemerkt von hier zu verschwinden.

Immer noch bin ich mir nicht sicher, wie ich das mit meiner Mutter anstellen soll. Ich habe Angst davor, mir eingestehen zu müssen, dass sie nie wieder genug Kraft haben wird, um dieses Zimmer im Ärztehaus zu verlassen. Aber jetzt ist erst einmal wichtig, dass der König eine neue Zukunftsseherin hat, die in die kommenden Zeiten des Kriegs schauen kann und er somit nicht mehr meine Mutter foltern muss.

„Die Königsfamilie wartet bereits auf dich", sagt Colin, der gerade das Zimmer betreten hat.

Ich atme einmal tief durch und sage dann: „Ich bin bereit."

Colin schweigt, während er mich ins Erdgeschoss führt. Keiner von uns weiß, was er in dieser Situation sagen sollen.

Als er damals meine Mutter aufgenommen hat, hat er sich bestimmt niemals vorstellen können, dass er das ganze acht Jahre später erneut erleben muss.

„Musste sie damals auch in einem Ballkleid vor dem König auftauchen?", frage ich neugierig.

Colin antwortet mir nicht und das genügt mir schon als Antwort. Ich sehe seinen harten Gesichtszügen an, wie sehr ihm das Ganze missfällt.

Er öffnet die Türen zum Tanzsaal und fordert mich mit der Hand dazu auf, vor ihm einzutreten. Als man mich erblickt, verstummen auf einmal alle Gespräche. Alle Anwesenden konzentrieren ihre Aufmerksamkeit auf mich und nach einer Sekunde des stillen Beobachtens fangen sie tatsächlich an zu klatschen. Sie applaudieren mir dafür, dass ich nun die Rolle der Zukunftsseherin einnehme.

Statt mich auf den Ekel zu konzentrieren, der mir Übelkeit verursacht, versuche ich, die vielen Menschen zu identifizieren.

Ich kann den König und die zwei Prinzen sehen. Doch sie sind nicht die Einzigen. Es tummeln sich noch etwa zwanzig andere Personen in diesem Raum. Sie sind alle festlich gekleidet und ich bin mir sicher, dass es Bürger der Oberschicht und Freunde des Königs sind.

In diesem Moment wird mir erneut klar, wie bedeutend dieser Augenblick für den König und unser Land ist. Vor gerade einmal ein paar Stunden habe ich dem König eröffnet, wer ich bin und jetzt schon stehen all diese Menschen bereit, um mich in meiner neuen Rolle in Empfang zu nehmen.

Wir Zukunftssehrerinnen stellen so einen kleinen Anteil an der Bevölkerung da und doch sind wir so entscheidend für das Geschehen im Königreich. Ich und meine Mum, Nachkomminnen der Tími-Linie oder zu deutsch „Zeit"-Linie, sind so wichtig für dieses Land, dass ich genau weiß, warum meine Mum es als „Königreich der Zeit" bezeichnet hat.

Ich frage mich, ob die Anwesenden bei diesem Fest irgendeine Ahnung haben von dem, was hinter diesen Mauern wirklich passiert. Ob sie wohl wissen, was es mit einer Zukunftsseherin macht, wenn sie die Zukunft vorhersagt? Wissen sie, dass wir über kurz oder lang daran sterben?

Doch eigentlich sollte ich mich wohl eher fragen, wie es möglich ist, dass sie es nicht wissen. Die meisten hier haben wahrscheinlich miterlebt, wie vor acht Jahren meine Mutter mit dem gleichen Brimborium in Empfang genommen wurde. Die Tatsache, dass sie nach acht Jahren eine neue Zukunftsseherin brauchen, sollte wohl schon genug aussagen.

Überfordert mit der Situation gehe ich einfach immer weiter in den Raum hinein. Im nächsten Moment ergreift der König das Wort, und zum ersten Mal, seit ich ihn kennengelernt habe bin ich tatsächlich froh darum. „Unser Ehrengast ist eingetroffen", sagt der König mit lauter Stimme.

Ich bereue meine Gefühle sofort wieder. Die Erleichterung darüber, dass er die Aufmerksamkeit von mir abgelenkt hat, wird erneut durch Ekel ersetzt.

„Wir freuen uns schon sehr, mit dir, Ayla, zusammenzuarbeiten. Dich bei uns begrüßen zu dürfen, ist uns eine Ehre. Du trägst eine große Verantwortung und kannst unserem Land zurück zu Ruhm und Ehre verhelfen. Ich hoffe, du weißt, dass du die Hoffnungsträgerin unserer Nation bist. Doch ich bin mir sicher, dass du all dies gut meistern wirst, schließlich arbeitet es sich immer gut, wenn man den richtigen Antrieb hat."

Ich ziehe scharf die Luft ein, denn die unterschwellige Drohung bemerke ich sofort. Die anderen Gäste verstehen es sicherlich gar nicht, doch der Antrieb, von dem er hier spricht, ist meine Mutter. Obwohl ich es nicht erwähnt habe, scheint er verstanden zu haben, dass ich mich nur verraten habe, um sie zu schützen. Er ist nicht dumm, er weiß, dass meine Mutter meine Schwachstelle ist. Solange er sie als Druckmittel gegen mich in der Hand hat, werde ich erst einmal mitspielen müssen.

„Da unser Ehrengast inzwischen eingetroffen ist, ist es mir eine große Freude, das Buffet und die Tanzfläche zu eröffnen." Die Euphorie, die in seiner Stimme mitschwingt, lässt in mir Wut aufkommen.

Wie auf ein Zeichen hin beginnen die Musiker zu spielen. Das kleine Orchester, bestehend aus Geigen, Celli, Klavier und ein paar Blasinstrumenten ist in einer der Ecken des Saales positioniert.

Verstört und völlig überfordert stehe ich einfach nur da, doch das ist mir nicht lange vergönnt. Sofort eilt einer der Gäste auf mich zu und beginnt eine Unterhaltung mit mir, die ich im Laufe des Abends noch viel zu oft führen werde. Er fragt mich, wie alt ich sei, woher ich käme, ob ich wisse, wie besonders ich sei, wie sehr ich mich freue, diesen Platz einnehmen zu können, und ob ich glaube, der Verantwortung gewachsen zu sein. Es kostet mich viel Kraft, diese Fragen freundlich, höflich und die meisten mit einer Lüge zu beantworten. Die Drohung des Königs hat mir unmissverständlich klargemacht, dass ich mir sein Vertrauen erschleichen muss. Also werde ich sein Spiel erst einmal mitspielen und so tun, als wäre es mir eine Ehre, hier zu sein und als wäre ich stolz, diese Rolle zu haben.

Nach dem vierten Gespräch werde ich endlich erlöst. Prinz Konstantin, den ich auch schon im Garten getroffen habe und der vor meinem Zimmer mit mir gesprochen hat, kommt auf uns zu. „Darf ich unseren Gast einmal ausleihen?", fragt er mit zuckersüßer Stimme. Natürlich gewährt der Mann ihm diese Bitte, schließlich ist er der Prinz.

Ich danke ihm still und folge ihm einige Schritte weg von den anderen Gästen. Mit leiser Stimme, aber in eindringlichem Tonfall meint er: „Es tut mir unendlich leid. Nach unserer Begegnung im Garten hatte ich schon eine böse Vorahnung. Doch ich habe wirklich gehofft, dass es eine der anderen ist. Du hast es nicht verdient, hier zu sein und all das ertragen zu müssen. Dass mein Vater dich nun auch noch zwingt, diese Veranstaltung zu besuchen und seinen hochrangigen Freunden zu begegnen, ist einfach nur unmenschlich."

Ich schaue zu Boden, denn ich will nicht, dass er sieht, wieviel mir diese Worte bedeuten. Umgeben zu sein von Menschen, die all das hier als normal betrachten, ist schwieriger, als ich gedacht habe. Es lässt mich daran zweifeln, ob ich nicht tatsächlich froh darüber sein sollte, hier sein zu dürfen und unserem Land zu dienen. Genau in diesem Moment tut es gut, eine Stimme der Vernunft zu hören. Eine Stimme, die mir versichert, dass es wirklich Unrecht ist, was der König und seine Freunde tun. Ich weiß auch, dass der Prinz mir im Moment nicht aus meiner

Situation helfen kann, aber allein die Tatsache, einen Verbündeten zu haben, gibt mir schon viel Kraft.

„Ein bisschen wirst du es noch aushalten müssen, aber ich werde dafür sorgen, dass du so schnell wie möglich wieder hier raus kannst", verspricht Prinz Konstantin.

„Danke", flüstere ich zurück und meine damit nicht nur die Tatsache, dass er diese Farce für mich beenden möchte, sondern dass er für mich da ist.

Aus einem Reflex heraus drehe ich mich um, um zu sehen, ob wir beobachtet werden. Den Inhalt unserer Unterhaltung darf niemand mitbekommen.

Zu meiner Überraschung beobachtet uns nur ein einziger Mensch. Es ist keiner der Gäste, nicht einmal der König, sondern Colin.

Er mustert uns mit starrem Blick.

Ich weiß nicht, was sein Problem ist, aber er scheint definitiv nicht glücklich zu sein. Ich überlege, ihn darauf anzusprechen, doch da nehme ich im Augenwinkel eine Bewegung war. Prinz Erik, Konstantins Bruder, geht auf Colin zu und scheint ihn anzusprechen. Auch Erik schaut kurz zu mir und seinem Bruder und wendet sich dann wieder Colin zu.

Was besprechen die denn?

„Mein Vater kommt", reißt mich Konstantin wieder aus meinen Gedanken und ich schaue mich schnell um, um zu sehen, wo sich der König gerade befindet.

Er hat sich von dem Mann, mit dem er bis gerade eben gesprochen hat, abgewandt und kommt auf mich und seinen Sohn zu.

„Du schaffst das", flüstert Konstantin mir zu und entfernt sich. Es gehört sich, dass er seinem Vater Platz macht, damit dieser mit mir reden kann.

„Guten Abend, Ayla. Ich muss dir sagen, du sieht wirklich sehr reizend aus in diesem Kleid", beginnt er die Unterhaltung.

„Guten Abend und vielen Dank für das Kompliment", erwidere ich mit der süßesten Stimme, die ich habe. Auch wenn ich ihm lieber ins Gesicht spucken würde, werde ich jetzt meine beste Seite zum Vorschein bringen müssen.

„Vielen Dank für dieses tolle Willkommensfest", lüge ich weiter und schenke ihm ein Lächeln.

„Das ist wohl das Mindeste, was ich tun kann, um dir unseren Dank zu zeigen", erwidert er.

„Doch ich bin mir sicher, mein Kleid und diese Feier sind nicht der Grund, warum Sie mit mir sprechen wollen", sage ich höflich.

„Da hast du wohl recht", meint er und ein Lächeln umspielt seine Lippen. Er scheint das hier sichtlich zu genießen. „Ich möchte diesen Abend nutzen, um mit dir und meinen Gästen zu feiern. Geschäftliches werden wir morgen besprechen. Ich werde dir sagen, was ich von dir erwarte, und gleichzeitig werde ich dir auch sagen, was du dafür von uns bekommst."

„Ich bekomme etwas?", frage ich skeptisch.

Er lacht auf, als hätte ich einen Witz gemacht, dann sagt er: „Natürlich, wir sind ja keine Unmenschen."

Ich mustere ihn einen Moment.

„Ich würde gerne morgen meine Mutter besuchen", sage ich dann und hoffe, dass er beweisen möchte, dass er kein Unmensch ist.

„Das sollte sich einrichten lassen", meint er. „Nach unserem Treffen in meinem Büro kannst du zu ihr gehen."

Er wendet sich ab und nickt einem seiner Gäste zu. Während ich noch verwirrt dem König hinterherschaue, kommt besagter Gast zu mir und streckt mir seine Hand entgegen.

Geistesgegenwärtig lege ich meine Hand in seine und eine Zukunftsvision schiebt sich in meine Gedanken. Es geht um eine Frau und ein Kind, doch ich schiebe die Bilder weg und werde durch seine Worte aus meinen Gedanken zurückgeholt.

„Darf ich um diesen Tanz bitten?"

„Wie bitte?", stoße ich erschrocken aus und blicke auf meine Hand in seiner. Durch meine Unterhaltung mit dem König habe ich gar nicht gemerkt, dass er mir die Hand zum Tanz hingestreckt hat und nicht, um sich mir vorzustellen.

„Darf ich um diesen Tanz bitten?", wiederholt er.

Ich kann nicht tanzen, also schaue ich mich hilfesuchend um. Als ich nichts finde, was mir helfen könnte und stattdessen die abwartenden Blicke des Königs spüre, nicke ich widerwillig.

Er will mich testen und sehen, ob ich es schaffe, allen vorzuspielen, Teil dieser Welt werden zu wollen.

Der Mann, der lockige blonde Haare hat und ein perfektes Zahnpasta-Grinsen im Gesicht hat, führt mich ein paar Meter weiter auf die Tanzfläche, auf der sich einige Paare elegant im Takt wiegen und drehen.

„Mein Name ist Paul, ich bin ein alter Freund des Königs", stellt er sich vor, während er die ersten Schritte macht.

„Ich bin Ayla", sage ich schlicht, denn ich muss mich zu sehr auf das Tanzen konzentrieren. Meine Tante Lisa hat mir irgendwann mal ein paar Grundschritte gezeigt, aber das ist lange her.

„Ich habe gehört, dass du Sarahs Tochter bist", fährt er fort und tanzt dabei mit Leichtigkeit weiter.

„Ja, sie ist meiner Mutter."

„Ich habe sie damals kennengelernt, als sie neu hier war", meint er und ein Kloß bildet sich in meinem Hals.

„Es ist natürlich schade, dass ihre Gesundheit unseren Plänen einen Strich durch die Rechnung macht, aber nun haben wir ja zum Glück dich", fügt er hinzu und ich kann nicht anders, als ihm mit Absicht auf den Fuß zu treten.

„Oh, Entschuldigung", sage ich, als wäre es aus Versehen gewesen.

„Kein Problem. Von dir lasse ich mir gerne auf die Füße steigen", erwidert er und sein schmieriges Grinsen macht es mir noch schwerer, ihn nicht von mir zu stoßen.

Die Musik wechselt und sogleich finde ich mich in einem Tanz wieder, in dem wir immer wieder die Partner wechseln. Ich bin froh, nicht weiter, mit Paul tanzen zu müssen, doch als ich sehe, dass Prinz Erik mein nächster Tanzpartner sein wird, schlucke ich. Er kennt mich noch nicht und ich muss bestimmt einen guten Eindruck bei ihm hinterlassen, damit er seinem Vater sagt, er habe das Gefühl, ich würde kooperieren.

Ich bereite mich mental vor und im nächsten Moment drehe ich mich und lande bei meinem nächsten Tanzpartner.

„Guten Abend, Prinz Erik. Es ist mir eine Ehre", sage ich, während er meine Hand nimmt.

„Ich wünschte, ich könnte das auch behaupten", erwidert er und ich falle vor Schreck über meine eigenen Füße.

„Wie bitte?", frage ich und versuche mich wieder zu fassen.

„Ich wünschte, ich könnte sagen, dass es mich freut, dich kennenzulernen, doch so ist es nicht. Du gehörst hier nicht hin", entgegnet er und noch bevor ich etwas zurückgeben kann, drehe ich mich erneut und lande beim nächsten Tanzpartner.

Was war das denn gerade? Was wollte er mir damit sagen?

Dieses Gespräch hat mich so verwirrt, dass ich die nächsten Tänze nur kurzsilbig auf die Fragen meiner Partner antworte. Die ganze Zeit bin ich in Gedanken bei den wenigen Worten, dir Prinz Erik zu mir gesagt hat. Diese paar Worte und der dazugehörige harte Tonfall ergeben einfach keinen Sinn.

In diesem Königshaus scheint wirklich niemand so zu sein, wie ich ihn erwarte.

Als ich am Abend endlich in meinem Bett liege, wälze ich mich unruhig hin und her.

„Ich muss hier raus", murmle ich vor mich hin und schlage die Decke zurück. Heute ist zu viel passiert, als dass ich einfach so ruhig schlafen könnte.

Dieses Mal muss ich mir keine Mühe geben, möglichst leise zu schleichen, denn inzwischen habe ich ein eigenes Zimmer. Die anderen Mädchen waren bereits weg, als ich zurückkam und mir wurde ein neues Zimmer zugewiesen, das zwar genau so groß ist, wie das, das ich mir mit dem Mädchen geteilt habe, aber in diesem steht nur ein Bett. Ich hätte mich gerne von Mila verabschiedet, aber das ist wohl die kleinste meiner Sorgen. Ich gehe zur Tür und öffne sie leise. Zu meiner Erleichterung sehe ich Colin vor der Tür stehen.

„Ich brauche frische Luft", sage ich und warte erst gar nicht auf eine Reaktion von ihm. Ich gehe einfach an ihm vorbei und zur Treppe. Schnell laufe ich die Treppe hinunter, durch den Flur und zum Dienstboteneingang.

Draußen steuere ich sofort auf das Labyrinth zu. Die letzten Male hat es so gut geklappt, dass mich dort keiner der Wachen entdeckt hat. Ich bin nicht hier draußen, um den König zu provozieren, sondern einfach, weil ich es in diesem Schloss nicht länger aushalte.

Am Eingang des Labyrinths drehe ich mich noch einmal um, um zu sehen, ob mich jemand bemerkt hat.

„Ich habe mir schon gedacht, dass ich dich heute Nacht hier treffen würde", ertönt plötzlich eine Stimme hinter mir. Ich erkenne sie sofort.

„Bin ich so vorhersehbar?", frage ich und drehe mich zu Konstantin um.

„Nein, das bist du nicht. Du ähnelst eher einem Buch mit sieben Siegeln."

„Man lernt sich zu verhüllen, wenn man ein solches Geheimnis mit sich trägt", erwidere ich.

„Ich will mir gar nicht vorstellen, wie es für dich war, mit niemandem darüber sprechen zu können und nicht einmal deine Mum um dich zu haben", sagt er und trifft damit genau einen Nerv. Als würde er das spüren, zieht er mich im nächsten Moment in eine Umarmung und ehe ich sie aufhalten kann, fallen Tränen von meinen Augen auf sein Shirt.

Bilder prasseln auf mich ein und in meiner Verfassung fällt es mir schwer, sie zu verdrängen.

Wieso müssen Berührungen für mich so anstrengend sein?

Mit Leon konnte ich Berührungen ganz anders genießen – mit ihm war alles so leicht. Keine Bilder, die ich verdrängen musste, sondern einfach nur er und ich …

Und sein Verrat.

Ein Stich in meiner Brust lässt mich schnell wieder an etwas anderes denken wollen. Meine Erinnerungen mit Leon sind so schön, doch die Tatsache, dass er mich verraten hat, legt einen dunklen Schatten auf all die schönen Momente. Alles, was er gesagt hat, zweifle ich plötzlich an. Wie viel davon war einfach nur gelogen?

Genug davon! Er ist keinen Gedanken und keine Träne wert.

Schließlich schaffe ich es, die Gedanken an Leon und die Bilder von Konstantins Zukunft wegzuschieben und genieße es einige Momente, von jemandem Halt zu bekommen und die Tränen, die ich immer runterschlucken muss, fallen zu lassen.

„Es tut mir leid", entschuldige ich mich dann, denn es ist mir unangenehm, dass ich hier so stehe und sein Shirt nass mache.

„Du brauchst dich nicht zu entschuldigen. Ich bin derjenige, der sich immer und immer wieder bei dir für meine Familie entschuldige muss", sagt er und drückt mich noch etwas fester an sich.

Kapitel 9

„Ich dachte mir, es wäre angemessen, wenn wir uns in meinem Büro treffen, um dieses Gespräch zu führen, und nicht im Thronsaal", begrüßt mich der König, als ich zusammen mit Colin einen Raum betrete, den ich bis jetzt noch nicht gesehen habe. In der Mitte steht ein großer, massiver Holztisch, der von Akten und einem Laptop eingenommen wird. Die Wände und Decken sind, wie alles im Schloss, kunstvoll dekoriert und mit Stuck ausgestattet. Einige Bücherregale reihen sich an den Wänden auf.

Der König sitzt hinter seinem Schreibtisch und da auf der anderen Seite ebenfalls ein Stuhl steht gehe ich davon aus, dass dieser für mich gedacht ist.

„Ich hatte gestern das Gefühl, dass das hier eher eine Verhandlung werden wird", meint der König, während ich mich auf den Stuhl setze.

„Wollen Sie andeuten, dass ich hier auch Forderungen stellen darf?", frage ich kokett und bewahre mir das zuckersüße Lächeln auf den Lippen.

„Hast du das nicht gestern auch schon getan?", antwortet er mit einer Gegenfrage und spielt damit auf den Besuch bei meiner Mutter an, den er mir für später am Tag genehmigt hat.

Ich schweige, denn ich traue dem Ganzen hier immer noch nicht.

Dies scheint den König jedoch gar nicht zu stören, schließlich hört er sich selbst nur allzu gerne reden. „Ich würde vorschlagen, ich sage dir, was wir von dir hier erwarten, und danach kannst du mir sagen, ob du kooperieren wirst oder ob wir zu ...", hier macht der König eine kleine Pause, „anderen Mitteln greifen müssen, um ans Ziel zu kommen."

Ich presse meine Zähne aufeinander und atme tief durch, um mir keine Reaktion anmerken zu lassen. Der König scheint gerne mit unterschwelligen Drohungen zu arbeiten.

„Ich erwarte von dir, dass du dich jederzeit für meine Dienste bereithältst. Wann immer ich eine Frage an dich habe, wirst du kommen und sie mir beantworten. Zudem möchte ich, dass du dich stets von deiner besten Seite zeigst und jeden hier davon überzeugst, wie stolz du bist, deinem Land dienen zu dürfen. Gestern war ein guter Anfang, doch damit ist es nicht getan", erklärt er.

Ich schlucke schwer. Ich habe inständig gehofft, dass es bei diesem einen gesellschaftlichen Abend bleiben würde und ich ab jetzt nur noch die Zukunft vorhersehen müsste, ohne mich mit schnöseligen Freunden des Königs zu beschäftigen.

Gleichzeitig zeigen mir seine Worte auch, dass er mir noch nicht glaubt. Er scheint zu ahnen, dass ich nur schauspielere, sonst würde er mir wohl nicht diese Anweisung geben. Irgendwie muss ich es schaffen, ihn davon zu überzeugen, dass ich gerne hier bin, damit er mir mehr Freiheiten zugesteht.

„Das sollte kein Problem sein, schließlich ist es fantastisch hier im Schloss", erwidere ich schwärmerisch und versuche mich an einem Lächeln.

Er mustert mich kurz und führt dann weiter aus: „Es ist dir nicht gestattet, den Hof zu verlassen ohne meine ausdrückliche Genehmigung. Außerdem darfst du dich außerhalb deines Zimmers stets nur in Begleitung von mindestens einem Wachmann bewegen. Dieser hat dann die Verantwortung für dich und du musst auf jede seiner Forderungen ohne Widerspruch eingehen. Wenn er sagt, es gibt Essen, wirst du essen, und wenn er sagt, du bleibst für den Rest des Tages in deinem Zimmer, dann bleibst du für den Rest des Tages in deinem Zimmer."

Ein vollkommen unpassendes, hysterisches Lachen entfährt mir.

So soll mein Leben ab jetzt aussehen? Ich darf nicht einmal mehr entscheiden, wann oder ob ich etwas esse?

Der König übergeht meinen Gefühlsausbruch und fährt fort: „Es mag dir streng vorkommen, aber du wirst dich an all das gewöhnen."

Nein, das werde ich nicht!

Am liebsten würde ich ihm ins Gesicht schreien, dass ich mich nicht daran gewöhnen werde, weil ich so schnell wie möglich von hier verschwinden werde, aber ich bleibe ruhig.

Meinen Widerwillen verbergend, sage ich: „Ich werde kooperieren ..."

Ein Lächeln stiehlt sich auf seine Lippen und dies lässt in mir noch mehr Wut aufkeimen. Er ist so schmierig und selbstsicher, dass ich nicht anders kann, als meine nächsten Worte so schnell wie möglich hinterherzuschieben: „... aber ich habe ein paar Bedingungen. Ich weiß, wie wichtig ich für Sie bin und Sie wissen, was meine Gabe mit mir macht. Sie haben es die letzten acht Jahre an meiner Mutter gesehen, wie es ihr die Lebenskraft nach und nach ausgesaugt hat. Ich bin bereit, das auf mich zu nehmen, denn es ist mir eine große Ehre, dem Königreich zu dienen. Trotzdem hätte ich einige Anliegen."

Ich hoffe inständig, dass meine sichere Stimme und die diplomatische Wortwahl ihn dazu bringen, mir zuzuhören. Denn auch wenn ich recht habe, kann es dem König eigentlich gleichgültig sein. Er kann mich einfach hier festhalten, er kann mich foltern oder bei Wasser und Brot halten und niemand könnte etwas dagegen tun.

Er muss nicht fair sein.

„Ich finde es durchaus beeindruckend, wie du mit der Situation umgehst, mein Kind. Versteh mich nicht falsch, eine gute Beziehung zu meiner Zukunftsseherin ist mir sehr wichtig. Doch ich muss deine Bedingungen erst hören, um dir sagen zu können, ob wir einen gemeinsamen Nenner finden."

Gemeinsamer Nenner ist definitiv sein Ausdruck für einen Kompromiss, bei dem nur ich Abstriche mache.

„Ich möchte meine Mutter jederzeit besuchen dürfen", stelle ich meine erste Forderung.

„Das müsste sich einrichten lassen, auch wenn dir sicherlich klar ist, dass wir hier nur von deiner Freizeit reden. Jegliche Audienzen mit mir oder andere wichtige Termine gehen immer vor."

Damit kann ich leben, also gehe ich schnell weiter zum nächsten Punkt.

„Ich möchte, dass Colin für mich zuständig ist", sage ich und als ich Misstrauen in seinen Augen aufblitzen sehe, füge ich schnell an: „Ich fühle mich hier schon genug überwacht. Am liebsten würde ich mich ohne Wachen bewegen dürfen, aber das steht wohl nicht zur Diskussion. Colin ist bis jetzt der Wachposten gewesen, der mich am wenigsten gestört hat."

Natürlich will ich ihn eigentlich, weil ich hoffe, dass er mir weiterhin erlaubt, nachts rauszugehen, und mir vielleicht irgendwann ermöglicht zu fliehen. Aber davon soll der König natürlich nichts ahnen.

„Ja, er ist sehr ruhig", meint der König, „Ich habe sowieso darüber nachgedacht, ihn bei dir einzusetzen, also denke ich, dass das möglich sein sollte."

Ich atme erleichtert auf.

„Es freut mich, dass wir uns einigen konnten", meint er und will das Gespräch damit offensichtlich beenden.

155

„Ich bin noch nicht fertig", unterbreche ich ihn und er zieht die Augenbrauen hoch.

„Der wichtigste Punkt fehlt noch. Ich möchte, dass Sie mir versprechen, ab jetzt nur noch mich zu nutzen, um die Zukunft zu sehen. Meine Mutter muss sich erholen und deswegen möchte ich Ihr Versprechen, dass sie sie nicht mehr befragen."

Seine Augenbrauen wandern noch weiter nach oben. „So stellst du dir das also vor?"

Ich antworte ihm nicht, sondern halte einfach nur seinem durchdringenden Blick stand.

„Um über diesen Punkt entscheiden zu können, müsste ich mich wohl erst einmal von deinen Fähigkeiten überzeugen", sagt er schließlich und wieder heben sich seine Mundwinkel zu diesem schmierigen Grinsen.

„Komm doch mal mit mir dort rüber", meint er dann und erhebt sich. Er steuert auf zwei Sessel zu, die vor einem Bücherregal stehen. Ich folge ihm, auch wenn alles in mir schreit: „Lauf weg!"

Wir setzen uns und da die Sessel schon so postiert sind, dass wir einander halb zugedreht sitzen und ich ihn problemlos berühren kann, frage ich mich sofort, ob meine Mutter hier auch schon oft mit ihm gesessen hat.

„Wir kämpfen gerade mit einem harten Rückschlag. Durch den ... Ausfall deiner Mutter mussten wir Entscheidungen ohne sie treffen und wurden von einem Hinterhalt getroffen. Einige Männer wurden schwer verletzt und werden hier in den Palast versetzt. Du wirst sie wahrscheinlich bald kennenlernen", beginnt er und ich höre ihm aufmerksam zu.

„Und was ist nun Ihre Frage?", hake ich nach.

„Wir denken darüber nach, den Einsatz chemischer Waffen zu verstärken. Sie sind sehr teuer, aber auch sehr effektiv, also würde ich gerne wissen, ob es uns zum Vorteil wäre, diese Investition zu tätigen."

Ich schlucke und lege dann meine Hand an seine Schulter. Im Geist wiederhole ich seine Frage und lasse dann die Bilder auf mich einströmen.

Zehn Minuten später verlasse ich zombieartig das Büro des Königs. So viele Bilder vom Krieg, den Toten auf beiden Seiten, der Unmenschlichkeit in der Kriegsführung ... Normalerweise sehe ich die Bilder nur, während ich die Person berühre und danach verschwinden sie aus meiner visuellen Erinnerung, doch das ist dieses Mal anders. Diese Bilder werde ich nie wieder vergessen können.

Und auch das Gefühl, dass ich nun Teil dieses Kriegs und des vielen Leides bin, werde ich nicht mehr los werden.

Ich werde hier dazu gezwungen, doch es fühlt sich trotzdem so an, als wäre ich nun diejenige, die den Befehl zum Töten gibt. Meine Worte entscheiden über Menschenleben.

Colin macht nicht den Fehler, mich anzusprechen, als er mich zurück in mein Zimmer bringt, denn ich weiß nicht, wie ich darauf reagiert hätte.

Erst einmal muss ich damit fertig werden, dass diese Bilder und die Schuld, die ich auf mich lade, nun mein Leben sind. Wenn ich es geschafft habe, das zumindest für den Moment erfolgreich zu verdrängen, werde ich meine Mutter besuchen gehen.

„Ich warte vor deiner Tür. Sag Bescheid, wenn du etwas brauchst", sagt Colin, als wir an meinem Zimmer angekommen sind, und die Tatsache, dass seine Miene so wissend aussieht, macht es noch schlimmer. Offensichtlich kennt er den Ausdruck auf meinem Gesicht schon. Er hat ihn jahrelang bei meiner Mum gesehen.

„Ich werde später noch zu meiner Mum gehen", sage ich und verschwinde in mein Zimmer.

Einige Zeit sitze ich reglos auf einem der Stühle, bis ich merke, dass ich müde werde. Ich lasse mich erschöpft auf mein Bett fallen. Bei den ersten paar Malen des Zukunftssehens kann der Körper die dadurch gestohlene Lebenskraft noch durch Schlaf und Essen wieder ausgleichen, doch lange funktioniert das nicht.

Vor allem nicht, wenn ich nicht einschlafen kann, weil die Bilder vor meinem inneren Auge verrücktspielen.

So viele Menschen sind schon in diesem Krieg gefallen oder wurden für ihr Leben gezeichnet. Colin hat sein Ohr verloren, **Leon** seinen Unterschenkel.

Leon ...

Der Gedanke an ihn versetzt mir immer noch einen Stich. Ich habe mich so in ihm getäuscht, obwohl ich mir so sicher gewesen bin, ihm trauen zu können. Ich bin naiv gewesen und den Preis dafür bezahle ich jetzt.

Erst einige Stunden später schaffe ich es, mein Zimmer wieder zu verlassen, um meine Mutter zu besuchen. Ich erzähle ihr von meinem Leben bei Lisa und ihrer Familie und wie es mir die letzten acht Jahre ergangen ist. Sie antwortet im Gegenzug nur einsilbig auf meine Fragen über ihre Zeit hier im Schloss. Aber ich kann es ihr nicht verdenken, schließlich weiß sie, dass mir das Gleiche blüht, wenn ich keinen Ausweg finde. Bis jetzt habe ich ihr noch nicht von meinem Plan, zu fliehen und sie mitzunehmen, erzählt. Dafür kenne ich sie zu gut. Auch wenn wir uns jetzt jahrelang nicht gesehen haben, weiß ich, wie sie denkt und dass sie versuchen wird, mich umzustimmen. Sie wird mir einreden wollen, dass ich jegliche Chance zu fliehen sofort annehmen müsse und sie einfach hier zurücklassen sollte. Ich sehe in ihren Augen, dass sie ihr eigenes Leben bereits aufgegeben hat.

„Eine Sache ist mir noch wichtig, bevor du gehst", meint meine Mum, nachdem wir uns eine halbe Stunde unterhalten haben.

„Was denn?", frage ich neugierig.

„Colin hat mir erzählt, dass du dich gut mit dem Prinz Konstantin verstehst", beginnt sie und überrascht mich damit sehr. Ich habe jetzt jedes Thema erwartet, aber sicherlich nicht dieses.

Ehe ich ihr antworte, schaue ich einmal über meine Schulter zu Colin. Er steht wieder hinter dem Fenster im Überwachungszimmer. Ich weiß, dass er uns nicht hören kann, aber meine Augen scheinen ihm mitzuteilen, über was wir sprechen, denn er schaut weg.

Was ist denn hier los?

„Ja, ich habe mich kurz mit ihm unterhalten und er ist wirklich sehr freundlich", gebe ich eine vage Antwort. Ich weiß nicht, was Colin ihr erzählt hat und ob es nur um die Unterhaltung bei der Feier geht oder ob er auch von unseren nächtlichen Treffen weiß. Bis vor ein paar Sekunden hätte ich noch schwören können, dass er nichts ahnt, doch jetzt bin ich mir da nicht mehr so sicher.

„Er ist wie sein Vater", sagt sie mit fester Stimme.

Ich starre sie verwirrt an.

„Ich weiß nicht, welches Spiel er spielt, aber falle bitte nicht darauf herein. Er denkt wie sein Vater", fährt sie fort und endlich schaffe ich es, aus meiner Bewegungsstarre, in die ich verfallen bin, als sie anfing, über dieses Thema zu sprechen, zu erwachen.

„Nein, tut er nicht. Er ist ganz anders", halte ich vehement dagegen.

„Ich dachte, ihr hättet euch nur kurz unterhalten", meint sie und scheint schon zu wissen, dass ich nicht ganz ehrlich gewesen bin.

Eigentlich sollte ich ihr, ohne darüber nachzudenken, einfach von unseren Treffen erzählen, aber irgendetwas hält mich davon ab. Die Tatsache, dass sie und Colin sich so nahestehen und die beiden sich anscheinend gegen Prinz Konstantin verschworen haben, lässt mich schweigen.

Auf einmal kommt meine Mum mir unendlich fremd und weit weg vor. Es fühlt sich an, als würde ich erkennen, dass doch einiges passiert ist und wir nicht so weiter machen können wie vor acht Jahren. Ich bin nicht mehr ihr kleines Mädchen und sie ist nicht mehr meine starke Mama.

„Ich glaube, ich muss jetzt gehen. Ich werde morgen wiederkommen", sage ich schnell und gehe zur Tür. Obwohl ich ihren Worten keinen Glauben schenken möchte, nagen die Zweifel, ob Konstantin mich nur anlügt, schon jetzt an mir. Ich bin mir durchaus bewusst, warum meine Mutter ihn nicht leiden kann, schließlich ist er der Sohn des Mannes, der ihr all die Schmerzen zugefügt hat, aber ich glaube trotzdem, dass Konstantin anders ist als sein Vater.

„Bringe mich bitte zum Zimmer von Prinz Konstantin", fordere ich Colin auf, als wir die Tür zum Zimmer meiner Mutter hinter uns geschlossen haben.

„Das darf ich nicht", sagt Colin mit ausdrucksloser Miene und geht los.

„Das ist mir egal. Dann schau kurz weg und ich entwische dir so lange", erwidere ich.

Colin sieht mich über seine Schulter an und zieht eine Augenbraue hoch, um mir zu sagen, dass er mir dazu keine Antwort geben wird.

„Hör mal, ich bin mir sicher, dass der Prinz nichts dagegen hat, wenn ich ihn störe. Ich nehme alle

Verantwortung auf mich, falls du dadurch in irgendwelche Schwierigkeiten gerätst."

Er antwortet nicht sofort und als er schließlich spricht, schaut er nicht zu mir, sondern weiter geradeaus: „Konnte deine Mutter dich umstimmen?"

Ich weiß sofort, wovon er spricht und will automatisch widersprechen. Doch dann lüge ich: „Ja, genau. Ich muss mit ihm sprechen, um ihm zu sagen, dass er sich von mir fernhalten soll."

Ich habe das Gefühl, dass nur diese Aussicht Colin dazu bewegen wird, mich zu Konstantin gehen zu lassen. Er scheint ganz gewaltig etwas gegen den Prinzen zu haben, auch wenn ich es nicht verstehe.

Colin spricht den ganzen Weg nichts mehr, doch als wir anstatt zu meinem Zimmer in Richtung zweiter Stock steuern, steigt in mir ein Siegesgefühl hoch.

Nachdem wir die Treppen hochgestiegen und durch den Flur gelaufen sind, klopft Colin an eine Tür und öffnet sie dann.

„Sie haben Besuch. Ayla möchte mit Ihnen sprechen", sagt er zu einer Person im Zimmer und kommt im nächsten Moment wieder heraus. Mit der Hand weist er mich an, das Zimmer zu betreten, und zieht hinter mir die Tür wieder zu.

Wie erhofft, wartet er draußen vor der Türe.

„Hallo Ayla, mit dir habe ich heute nicht gerechnet", sagt Konstantin und steht von seinem Schreibtisch auf.

Er kommt ein paar Schritte auf mich zu, doch als ich reflexartig zurückweiche, bleibt er stehen. „Was ist los?“, fragt er verwirrt.

„Ich war gerade bei meiner Mum“, sage ich, als würde das erklären, warum ich jetzt vor ihm stehe und nicht weiß, ob ich ihn umarmen oder wegstoßen soll.

Etwas flackert in seinen Augen auf, doch er schweigt.

„Wir haben über dich gesprochen. Jemand hat ihr erzählt, dass wir auf dem Ball miteinander geredet haben“, spreche ich weiter und lasse Colins Namen absichtlich weg.

Es ist absurd, denn eigentlich vertraue ich Konstantin, aber die Worte meiner Mum haben mich verunsichert und ich will Colin nicht in Gefahr bringen. Er ist einer von den Guten, auch wenn ich mich durch seine Allianz mit meiner Mum etwas verraten fühle.

„Was hat Sarah gesagt?“, fragt er, kommt dabei einen Schritt auf mich zu und berührt mit seiner Hand meinen Arm. Diese Geste könnte mitfühlend und interessiert sein, aber das ist sie nicht. Es fühlt sich komisch an und das irritiert mich.

Liegt es an mir, weil ich an ihm zweifle? Oder ähnelt seine Berührung eher einem Ergreifen, als wolle er mich festhalten, statt mich zu trösten?

„Was hat Sarah gesagt?“, fragt er erneut.

Sarah. Warum benutzt er ihren Vornamen? Es mag ein kleines Detail sein, aber irgendwie verwirrt es mich, dass er Sarah statt „deine Mutter“ sagt.

„Sie meinte, du wärst wie dein Vater und dass ich nicht auf dein Spiel reinfallen soll", gebe ich ehrlich zu.

Seine Kiefermuskeln arbeiten.

„Aber das heißt ja nicht, dass es wahr ist. Ich kenne dich und weiß, dass du anders denkst", füge ich schnell hinzu, denn ich will nicht, dass er denkt, ich würde ihm misstrauen.

Er schaut weg und seine Züge entspannen sich etwas.

„Ich weiß, warum sie das gesagt hat."

„Warum?" Meine Stimme zittert.

„Als deine Mum vor acht Jahren hierhergekommen ist, war ich gerade einmal fünfzehn. Ich habe alles geglaubt und nachgeplappert, was mein Vater mir erzählt hat. Ich bin in dieser Umgebung und in dieser Familie aufgewachsen und habe leider viel zu lange gebraucht, um daraus zu erwachen", sagt er und sieht mir wieder ins Gesicht.

Ich brauche einen Moment, um zu verstehen, was er gesagt hat, und atme schließlich erleichtert aus.

„Ich kann nicht rückgängig machen, wie ich früher war, aber ich werde es für immer bereuen."

Nun bin ich es, die sich auf ihn zubewegt. Ich lege meine Hand an seine Wange, verdränge jegliche Bilder aus meinem Kopf und sage: „Wir alle haben Dinge getan, die wir bereuen. Wichtig ist, wie wir jetzt sind."

„Ich bereue jeden einzelnen Tag, an dem ich meinem Vater gehorcht habe, aber ich kann es nicht mehr ändern", meint er, geht zu seinem Bett und lässt sich auf die Bettkante sinken.

„Alles, was ich tun kann, ist jetzt, möglichst viel gegen meinen Vater zu unternehmen. Du hast selbst gesehen, wie er mir eine Ohrfeige verpasst hat, weil ich hinter seinem Rücken versucht habe, Geschäfte abzuwickeln, die den Dörfern eine bessere Versorgung ermöglicht hätten. Ich versuche, den Krieg zu beenden und Menschen wie dich und deine Mutter zu befreien, doch auch ich stehe unter dem König", erklärt er weiter und ich lasse mich neben ihn auf das Bett sinken.

„Und warum ist meine Mum dann immer noch davon überzeugt, dass du für deinen Vater und gegen uns handelst?", frage ich und dieses Mal ist es keine Anschuldigung, sondern ehrliches Interesse.

„Weil ich subtil vorgehen muss. Wenn ich mich zu sehr in Ungnade beim König bringe, verbannt er mich aus dem Königshaus und dann kann ich gar keinen Einfluss mehr nehmen. Es ist genauso wie bei dir. Du tust so, als würdest du meinem Vater dienen, um deine Chancen zu fliehen zu vergrößern", sagt er und ich schaue ertappt weg. Wir haben nie darüber gesprochen, dass ich fliehen möchte und die Tatsache, dass er meine Strategie sofort durchblickt hat, bereitet mir Unbehagen.

„Hey", meint er ganz sanft und nimmt meine Hand. Seine starke Hand hält meine fest und sofort habe ich ein Gefühl von Sicherheit im Bauch.

Ich schaue zu ihm hoch und er fährt fort: „Keine Angst, ich habe vor, dir bei deiner Flucht zu helfen. Ich habe schon, als du das erste Mal vor meinen Vater treten musstest, in deinen Augen gesehen, dass du dich nicht mit der Situation zufriedengeben wirst."

Im nächsten Moment liegt seine Hand an meiner Wange und seine Finger streicheln mich beruhigend.

„Aber wie soll ich mir sicher sein, dass ich dir vertrauen kann?", flüstere ich, denn die Spannung zwischen uns ist so hoch, dass ich es nicht schaffe, lauter zu sprechen.

Unerwartet hebt er die Hand, die meine hält, an und legt meine Hand auf seine Brust. „Spürst du das? Es schlägt so schnell, weil du hier bist."

Ich schließe kurz die Augen und kann mich auf nichts anderes konzentrieren als das Pochen unter meiner Handfläche.

Als ich dann im nächsten Moment seinen Atem ganz nah an meinem Gesicht spüre, zögere ich nicht eine Sekunde, ihn gewähren zu lassen.

Unsere Lippen berühren sich und ich verliere mich völlig in all den Gefühlen, die in mir aufsteigen. Ich weiß, dass es dumm ist, was ich hier tue; dass ich mich nicht mit meinen Gefühlen an ihn binden sollte; dass ich so große Probleme habe, dass ich für so etwas weder Zeit noch Energie habe. Und doch sind all diese Dinge unwichtig in dem Moment, in dem er mich an sich zieht und seine Hände an meine Hüften legt.

Ist es denn so verwerflich, dass ich in dem Trümmerhaufen meines Lebens diesen süßen Augenblick genieße?

Kapitel 10

Die nächsten Tage verlaufen alle gleich. Jeden Tag besuche ich meine Mum und solange wir nicht über den Prinzen reden, haben wir eine wirklich schöne Zeit zusammen. Wir nähern uns einander wieder an und verstehen, wie sich die andere verändert hat.

Bis jetzt hat der König mich nur jeden zweiten Tag zu sich beordert und so musste ich ihm bis jetzt dreimal die Zukunft deuten. Er scheint zufrieden zu sein und sich an sein Versprechen zu halten, meine Mutter nicht anzurühren, solange ich ihm gut diene. Mit jedem weiteren Tag sieht sie ein kleines bisschen besser aus. Ihre Augen sind nicht mehr halb geschlossen, ihre Haut nicht mehr so blass und die Hände zittern weniger.

Auch ich stecke die Angriffe auf meine Lebenskraft bis jetzt ganz gut weg. Wirklich hilfreich ist dabei immer das Essen, das schon auf mich wartet, wenn ich vom König zurückkomme. Ich weiß nicht, wer es dort hinstellt – ich habe bereits Collin und Prinz Konstantin gefragt, aber beide wirkten nur verwirrt, als ich ihnen die Frage stellte.

Es muss also irgendjemanden im Schloss geben, der mir helfen möchte und der weiß, dass die Energie aus dem Essen hilft, um die gestohlene Lebenskraft auszugleichen.

Colin und ich sind gerade auf dem Weg zum König, als er meint: „Ich habe heute Nachmittag und morgen frei. Ich bringe dich zum König und werde dann von einem meiner Kollegen abgelöst."

„Okay", erwidere ich und bin selbst überrascht, dass ich noch gar nicht darüber nachgedacht habe, dass Colin auch mal frei haben muss. „Kenne ich ihn?"

„Nein, ich glaube nicht. Er kommt gerade zurück aus zehn Tagen Heimaturlaub."

Auf dem Weg zum Büro des Königs gehen wir an der Tür des Prinzen vorbei. Ob er wohl gerade in seinem Zimmer ist?

Seitdem wir uns vor einer Woche geküsst haben, habe ich ihn fast jede Nacht getroffen. Es ist so leicht mit ihm und er gibt mir so viel Sicherheit und Freude, wenn ich mit ihm durch den dunklen Hofgarten spaziere. Ich bin mir zwar nicht sicher, ob ich wirklich Gefühle entwickle oder nur durch meine Situation in seine Arme gedrängt wurde, aber darüber will ich auch nicht nachdenken. Selbst wenn er nur eine Ablenkung ist – wäre das so schlimm? Ich muss genug durchstehen, dem ich nicht gewachsen bin, da sind so ein paar gestohlene schöne Momente genau das Richtige.

Colin klopft an die Tür des Büros und öffnet sie dann, um mich eintreten zu lassen.

„Ayla, wie schön, dass du da bist. Wir haben etwas wirklich Wichtiges zu besprechen", sagt der König, als er mich erblickt.

Besprechen. Dieses Wort benutzt er jedes Mal, wenn ich zu ihm komme. Er tut so, als würde ich ihn bei seiner Strategie beraten, wenn doch in Wirklichkeit ich und meine Weissagungen die Strategie sind.

Er setzt sich auf seinen Sessel und ich lasse mich sofort neben ihm nieder.

Ohne Umschweife erklärt er mir die Situation: „Wir müssen unsere Truppen wieder aufstocken, um zu gewinnen. Nun überlegen wir, mehr Menschen einzuziehen. Bis dato mussten nur Männer im Alter von 14 bis 60 Jahren in den Krieg ziehen. Doch wir leben nicht im Mittelalter, sondern im 22. Jahrhundert, also warum die Frauen ausschließen? Ein Gesetz, das auch die Frauen zwischen 16 und 25 Jahren zum Kriegsdienst einziehen würde, könnte ein Durchbruch sein. Da wir weiterhin ausreichend neue Kinder haben wollen, würden wir die Frauen mit 25 wieder entlassen, damit sie ihrer Aufgabe als Mutter gerecht werden können."

Entsetzt stockt mir der Atem, doch ich reiße mich zusammen und lege meine Hände an seinen Arm.

Erneut befinde ich mich auf dem Kriegsfeld. Um mich herum etliche Soldaten, die gegeneinander kämpfen. Immer und immer wieder höre ich Schreie, die das Ende eines Lebens bedeuten.

Ich schaue mich um und sehe all die Leichen, die bereits am Boden liegen. Ich taumle einen Schritt zurück, als ich die vielen jungen Frauen sehe, die dort liegen. Mit blassen Gesichtern und toten Augen.

Ich lasse meinen Blick über die Körper gleiten, bis ich bei einem innehalten muss. Ich zwinkere ein paar Mal und laufe dann zu dem toten Körper.

Maya.

Sie ist es, daran gibt es keine Zweifel. Meine Cousine und Adoptivschwester, die über die Jahre wie eine richtige Schwester für mich geworden ist. Wir haben all die Jahre in einem Zimmer geschlafen, uns unserer Geheimnisse erzählt, über ihre kleinen Geschwister gelacht und sind füreinander da gewesen.

Sie ist 16. Sie würde eingezogen werde, wenn es dieses Gesetz geben würde.

Erst als eine Träne auf ihren toten Wangen landet, merke ich, dass ich weine.

Schnell wende ich den Blick wieder nach oben und sehe, dass eine Seite der Kriegsparteien deutlich die Überhand gewonnen hat. Die Soldaten, die das Wappen unseres Königreichs tragen, sind inzwischen in der Überzahl und drängen ihre Gegner immer mehr zurück.

Ich habe genug gesehen.

Ich öffne die Augen und löse die Hände vom Arm des Königs. Als ich wieder in der Realität ankomme, schaue ich in die erwartungsvollen Augen des Königs. Ich scheine nicht nur in meiner Vision, sondern auch hier in der

Gegenwart ein paar Tränen vergossen zu haben, denn meine Wangen fühlen sich nass an.

„Die Frauen, die ihr einziehen wollt, sind nicht trainiert und haben keinerlei Erfahrung. Sie sind leichte Ziele und werden reihenweise sterben", sage ich, bemüht um eine ruhige Stimme.

„Das wird zur Folge haben, dass später weniger Kinder geboren werden", führe ich weiter.

Er scheint darauf zu warten, dass ich noch mehr sage, doch ich schweige. Bis jetzt habe ich die Fragen des Königs immer beantwortet, doch dieses Mal kann ich nicht. Meine Kehle ist wie zugeschnürt.

Ich weiß, dass meine Vision mir gezeigt hat, dass die hohe Opferzahl der Frauen letztlich zu einem Sieg auf unserer Seite führen würde, doch ich kann ihm das nicht sagen. Wenn ich das tue, würde er das Gesetz sofort erlassen, all die Opfer in Kauf nehmen und Maya würde sterben.

Es ist riskant und wahrscheinlich auch ziemlich dumm, aber ich kann über die Zukunft nicht lügen, also werde ich schweigen.

„Das ist alles?", fragt der König skeptisch.

„Reicht das nicht?", stelle ich eine Gegenfrage, um einer Antwort auszuweichen.

Er mustert mich noch eine weitere Sekunde und steht dann wieder auf. Dass er mich so schnell gehen lässt, habe ich nicht erwartet.

Unsicher stehe ich auf und wende mich zur Tür. Als ich das Zimmer verlasse, schaue ich mich nach meinem neuen Wächter um.

Er lehnt neben der Tür und als er hört, dass ich herauskomme, wendet er sich mir zu.

„Henry?", stoße ich völlig perplex aus.

Ich habe mit vielem gerechnet, aber bestimmt nicht damit, meinen Adoptivvater, den Mann meiner Tante, hier zu treffen.

„Hallo, Ayla", erwidert er und umarmt mich.

Ich erwidere die Umarmung, auch wenn ich noch nicht ganz verarbeitet habe, dass er hier tatsächlich vor mir steht.

„Was machst du denn hier?", frage ich plump.

Er lacht kurz auf, doch unterbricht sich selbst sofort wieder, als wäre er über seine Reaktion erschrocken. Ein trauriger Ausdruck tritt auf sein Gesicht.

„Ich bin schon vor einer Weile ins Schloss versetzt worden. Deswegen habe ich auch von den Gerüchten gehört und euch diesen Brief geschrieben und gesagt, dass du fliehen musst", erklärt er und setzt sich in Bewegung.

Natürlich erinnere ich mich noch an diesen Brief. Ein paar Stunden, nachdem er bei uns eingetroffen war, war ich schon auf dem Weg raus aus der Stadt.

„Ich habe nicht mitbekommen, dass du und diese anderen Mädchen ins Schloss gekommen seid, weil ich Heimaturlaub hatte. Als ich dann gestern wiedergekommen bin, war ich im Kerker eingeteilt. Dort hat ein Gefangener nach dir gefragt. Er meinte, er sei mit dir hergekommen und seitdem wolle ihm niemand sagen, ob es dir gut gehe", erzählt er, während wir die Treppe zurück in den ersten Stock hinuntersteigen.

„Ein Gefangener?", frage ich ungläubig.

„Sein Name ist Leon", sagt er und ich bleibe kurz stehen, weil ich meinen Ohren nicht traue.

Leon? Er hat mich doch verraten und damit dem König geholfen. Was macht er denn im Kerker? Und warum fragt er nach mir?

„Auf jeden Fall habe ich dann alles darangesetzt, bei dir eingeteilt zu werden und, nun ja, ... jetzt bin ich heute und morgen für dich zuständig", beendet er seine Erklärung.

Er scheint meine Verwirrung über Leon im Kerker falsch zu deuten, denn schnell sagt er: „Ich verstehe, dass du sauer auf mich bist. Glaub mir, ich habe das nie gewollt und dachte, dass ich mit meinem Brief dafür sorgen könnte, dass du fliehen kannst."

„Du musst dich nicht entschuldigen. Es ist schließlich nicht deine Schuld", wehre ich ab.

„Aber hätte ich nicht das Kopfgeld für meine Kinder gewollt und meinen Mund gehalten ...", beginnt er, doch ich falle ihm ins Wort.

„Das Kopfgeld? Du hast mich verraten?"

„Hör zu, ich weiß, das mag dir hart vorkommen, aber dieses Geld kann unseren Kindern eine Zukunft ermöglichen. Davor waren wir froh, wenn sie überhaupt etwas auf dem Teller hatten. Jetzt können wir ihnen sogar eine bessere Schule finanzieren. Sie können einen Beruf erlernen und müssen nicht in diesem ewigen Kreislauf der Armut steckenbleiben", schiebt er schnell hinterher, doch ich bin unfähig zu reagieren.

Ich war mir so sicher, dass Leon mich verraten hat, dass ich gar nicht auf die Idee gekommen bin, meinen Adoptivvater zu verdächtigen.

„Ich habe extra diesen Brief geschrieben, damit du fliehen kannst und habe erst ein paar Tage später hier von dir erzählt. Ich habe wirklich gehofft, dass du es schaffst", meint er und schaut mir schuldbewusst in die Augen.

Ich blinzle ein paar Mal und kann immer noch nicht sprechen.

Im Geiste rufe ich mir die Situation in der Waldhütte vor mein inneres Auge. Leon gab mir den Brief meiner Tante Lisa, in dem stand, dass „er" mich verraten haben müsse. Ich war sofort davon ausgegangen, dass dieser „er" Leon sein müsse. Lisa war wahrscheinlich so unter Druck, als sie diesen Brief geschrieben hat, dass sie gar nicht darüber nachgedacht hat, ob ich den Brief missverstehen könnte. Ich habe Leon angeschrien und ihn gefragt, wie er mir das antun konnte. Ich bin weggelaufen und er ist mir gefolgt. Er sah so ratlos aus, als ich ihn mit meinen Anschuldigungen getroffen habe ...

Natürlich war er ratlos – er hatte ja nichts getan.

Mein Blick wandert wieder zu dem Mann, der vor mir steht. Der Mann, bei dem ich jahrelang gewohnt habe. Seine Frau hat mich aufgenommen und für sie bin ich wie ihr eigenes Kind geworden. Für sie gab es nie Vorteile für ihre wahren Kinder oder Nachteile für mich. Ich gehörte zu ihnen.

Für meinen Adoptivvater ist die Trennung immer präsent gewesen, aber das hat mich nie gestört. Für ihn gab es klar „seine Kinder" und mich. Ich habe das immer verstanden und nie erwartet, dass er daran irgendetwas ändert.

Doch mit seinem Verrat habe ich nicht gerechnet.

Nachdem er sich so viele Jahre damit arrangiert hatte und mein Geheimnis für sich behalten hat ...

Es ist nicht so, als würde ich seine Entscheidung gar nicht verstehen, denn ich weiß, wie viele Türen dieses Geld der Familie öffnen wird, doch ich dachte, dass ich auch ihm über die Jahre ein bisschen ans Herz gewachsen wäre.

„Bring mich in den Kerker", fordere ich meinen Onkel auf. Meine Stimme ist hart.

„Aber, Ayla, versteh doch", versucht er es erneut, doch ich schneide ihm das Wort ab.

„Nein. Ich verstehe, was du getan hast, aber das heißt nicht, dass ich es dir verzeihen kann."

Er senkt den Blick.

„Bring mich bitte in den Kerker. Du hast bereits mein Leben ruiniert, nun bist du mir diesen Gefallen schuldig", sage ich und versuche weiter, alle Gefühle von mir abprallen zu lassen. Jetzt ist nicht der richtige Zeitpunkt, um mich damit auseinander zu setzen.

Ich stelle fest, dass meine Wut vor allem daher rührt, dass ich so viel Zeit mit Leon verloren habe. So viele Tage, in denen er im Kerker gesessen hat, weil er mir geholfen hat und dachte, ich würde ihn hassen.

Mit gesenktem Blick setzt Henry sich in Bewegung und scheint es nicht einmal zu wagen, mich zu bitten, niemandem davon zu erzählen, dass er mich in den Kerker bringt. Ich weiß, dass er damit klar gegen seine Regeln verstößt und ihm das einige Jahre im Gefängnis einhandeln könnte, doch darauf kann ich keine Rücksicht nehmen.

Ich werde ihn nicht verraten, denn auch wenn er mein Leben ruiniert hat, werde ich nicht dasselbe mit ihm tun. An seinem geringen Einkommen hier hängt das Leben der ganzen Familie. Außerdem würde es auch nichts ändern – mich an ihm zu rächen, bringt mich hier auch nicht heraus oder macht die Sache mit Leon wieder gut.

Er führt mich die Treppe hinunter durch die Tür nach draußen. Wir gehen am Ärztehaus vorbei und dahinter fast bis zur Burgmauer.

„Dort ist der Kerker", sagt er und deutet auf ein flaches, kleines Gebäude. Ich bin überrascht, denn ich habe mit einem viel größeren, eindrucksvolleren Gebäude gerechnet.

Meine kurze Verwirrung legt sich, als wir das Haus betreten und eine Treppe nach unten steigen. Wir kommen an eine Tür, die bewacht wird. Henry verhandelt mit dem Wachposten und dieser lässt uns durch. Das kleine, unscheinbare Gebäude war nur der oberirdische Teil. Der eigentliche Kerker scheint unterirdisch zu liegen.

Hinter der Tür, die sich hinter uns sofort wieder schließt, erstreckt sich eine Vielzahl von Gängen.

Ein Klicken im Schloss hinter uns macht mir erneut bewusst, dass ich gerade den Kerker betreten habe und für den Moment hier nicht mehr raus kann. Die einzige Tür hinaus wurde gerade hinter uns abgeschlossen.

Die Gänge sind aus kaltem Beton und sofort läuft mir eine Gänsehaut über den Rücken. Ich war noch nie an einem Ort, an dem so eine trostlose Stimmung herrschte.

„Ich will zu dem Jungen, der nach mir gefragt hat", sage ich und mein Onkel nickt mit trauriger Miene.

Ohne nachzudenken, geht er los und führt mich durch die Gänge. Er muss schon oft hier unten gearbeitet haben, denn er bewegt sich ganz natürlich durch das Gewirr von Fluren, während ich schon nach dem zweiten Abbiegen die Orientierung völlig verloren habe. In jedem Gang befindet sich alle paar Meter eine neue Tür. Immer wieder begegnen wir einem Wachmann, der uns entweder ignoriert, nachdem Henry ihm einen Blick zugeworfen hat, oder der etwas sagt und von Henry zum Schweigen gebracht wird, indem er ihm einen Gefallen, Geld oder Ähnliches verspricht.

Sie sind eben doch nur Menschen und bei bestimmten Summen oder der Drohung, bestimmte Geheimnisse offen zu legen, verschließt jeder seinen Mund.

„Hier ist er drin", sagt Onkel Henry schließlich und bleibt vor einer Tür stehen.

„Ich will mit ihm allein sprechen."

„Er ist gefährlich, Ayla. Ich weiß nicht, was er getan hat, aber es muss etwas mit Hochverrat gewesen sein, sonst wäre er nicht hier. Hier unten sind nur die Verräter, die auf ihre Hinrichtung warten", meint er eindringlich.

Ich schlucke schwer.

„Sein Verbrechen war es, mich beschützen zu wollen. Er hat mir geholfen und wurde festgenommen, als sie mich gefunden haben", sage ich matt und Henry versteht.

Er wendet sich einem kleinen Kästchen neben der Türe zu und gibt einen Zahlencode ein. Dann legt er seinen Finger auf einen Scanner und kramt dann einen Schlüssel aus seiner Tasche.

Dreifach gesicherte Türen – hier sind wirklich nur die harten Jungs untergebracht.

Henry schließt die Tür auf und ich betrete den Raum.

Auch hier sind die Wände und der Boden aus Beton, in der Ecke steht ein Bett, an der Wand ein Tisch mit Stuhl und daneben ein Waschbecken.

An der Decke flackert ein Neonlicht und ich habe sofort das Gefühl, als würde der Raum beginnen, mir das Glück aus meinem Leben zu saugen.

Leon sitzt am Tisch mit dem Rücken zu mir. Er trägt eine graue Hose und ein schwarzes Shirt, seine Haare sind ungekämmt.

„Was wollen Sie?", fragt er mit unverkennbarer Abscheu in der Stimme.

„Ich bin es", bringe ich mit zittriger Stimme hervor.

Schlagartig dreht er sich um und steht auf, sodass ich ihm im nächsten Moment in die Augen blicke.

Schon diese zwei Wochen haben ihn deutlich verändert. Er wirkt magerer, seine Augenringe sind dunkler und sein Kinn ist von ungepflegten Bartstoppeln gesäumt.

Und trotzdem ist er immer noch wunderschön. Seine Augen haben ihren Glanz noch nicht verloren.

„Ayla?", stößt er völlig überfordert aus und seine Stimme klingt rau.

Ich wische mir eine Träne weg, die sich ihren Weg gebahnt hat, obwohl ich mir fest vorgenommen habe, stark zu sein. Er ist es, der hier leidet, und ich bin es, die Mist gebaut hat, doch ihn hier so zu sehen ...

„Es tut mir so leid", bringe ich mit brüchiger Stimme hervor. „Ich werde mir das nie verzeihen."

Er antwortet mir nicht, sondern macht zwei große Schritt auf mich zu und ehe ich weiß, was passiert, hat er seine Arme um mich geschlungen.

Ich erwidere die Umarmung und schließe die Augen.

Keine Bilder.

Ich muss mich nicht mit seiner Zukunft auseinandersetzen. Ich muss nicht mit meiner Gabe umgehen. Ich kann einfach die Augen schließen und diesen Moment in seinen Armen genießen.

Ich habe in den letzten zwei Wochen öfter, als ich mir eingestehen würde, an seine Berührung gedacht, und doch trifft mich die Wärme und die Ruhe, die er ausstrahlt, aufs Neue völlig unerwartet.

Ich bin so gewöhnt daran, dass jede Berührung Bilder hervorruft und mich anstrengt. Ich merke es normalerweise gar nicht mehr. Ich habe mich damit abgefunden. Doch in Augenblicken wie diesem verstehe ich, wie viel es wert ist, jemanden berühren zu können, ohne dass es anstrengend ist.

Ich löse mich so weit von ihm, dass ich ihn ansehen kann, halte meine Arme aber weiter um seine Mitte geschlungen.

„Es tut mir so unendlich leid. Die letzten zwei Wochen müssen die Hölle gewesen sein. Ich bin schuld, dass du in all das reingezogen wurdest. Du hast so viel Besseres verdient."

Er erwidert nicht sofort etwas, sondern mustert mich einige Sekunden lang.

„Ich möchte so etwas nie wieder aus deinem Mund hören. Du bist nicht schuld an all dem und ich bin mir sicher, deine letzten zwei Wochen waren auch schrecklich", sagt er dann und schaut mir dabei so fest in die Augen, dass mein Herz für ein paar Takte aussetzt.

„Trotzdem hättest du nie hier landen sollen. Ich hätte deine Hilfe damals nicht annehmen dürfen. Ich wusste, in welche Gefahr ich dich damit bringe. Du dachtest, du würdest nur einem armen Mädchen in Not helfen", widerspreche ich ihm und senke den Blick.

„Glaub mir, ich wusste, worauf ich mich einlasse", sagt er und ich schaue überrascht wieder hoch. Was meint er denn damit?

„Wenn man nach Anbruch der Dunkelheit eine junge Frau im Wald antrifft, die sich eine ganze Tagesreise entfernt von ihrem Heimatdorf aufhält, dann denkt man nicht, man hilft einfach nur einem armen Mädchen in Not", erklärt er.

„Das macht mein Verhalten ja noch schlimmer", stoße ich aus und lasse meinen Kopf gegen seine Brust fallen. „Du gehst bewusst diese Gefahr ein und ich denke, du hättest mich verraten!"

Ich warte darauf, dass er mich wegstößt und mir erklärt, dass dieses Verhalten wirklich abscheulich war, nachdem er so viel für mich getan hat, doch stattdessen gibt er mir einen Kuss auf den Scheitel.

„Ich werde dir nicht vorwerfen, dass du den ersten logischen Schluss für den richtigen gehalten hast. Ich habe den Brief kurz überflogen, ehe ich dir nachgelaufen bin, und wusste sofort, was du denkst. Natürlich wäre es schön gewesen, wenn du mir mehr vertraut hättest, aber in so einer Stresssituation handeln wir nicht rational."

Ich hebe den Kopf von seiner Brust und schaue ihn ungläubig an: „Wie kannst du nur so verständnisvoll sein?"

Er lacht kurz auf und meint dann: „Glaub mir, zuerst war ich sauer und dann war ich enttäuscht, weil ich wirklich dachte, wir hätten uns gut verstanden. Es hat mir wehgetan, dass du mir so etwas zugetraut hast."

Er macht eine kurze Pause und fährt dann fort: „Doch in den letzten zwei Wochen hatte ich viel Zeit zum Nachdenken. Ich habe alle unsere Gespräche Revue passieren lassen. Mir wurde schnell klar, dass du die Zukunftsseherin bist, nach der sie gesucht haben. Warum wärst du sonst weggelaufen? Mit dieser Erkenntnis konnte ich mir ausmalen, was du schon alles deswegen durchgemacht hast. Du hast mir mal erzählt, dass du nicht bei deiner biologischen Mutter aufgewachsen bist und mir wurde klar, warum nicht. Mir wurde auch klar, warum du anfangs so abweisend warst und unter wie viel Stress du die ganze Zeit standest. Ich kann mir nicht ausmalen, wie es ist, mit diesem Geheimnis zu leben, aber ich stelle es mir ziemlich schrecklich vor. Ich finde dich sehr beeindruckend und werde dich bestimmt nicht hassen, nur weil du in einer Ausnahmesituation eine falsche Entscheidung getroffen hast. Das wäre nicht fair."

„Womit habe ich es nur verdient, dich getroffen zu haben", flüstere ich völlig überwältigt.

Einer seiner Mundwinkel hebt sich leicht und diese kleine Bewegung lässt meine Knie weich werden.

Es ist der völlig falsche Zeitpunkt dafür und wir sollten uns vielmehr auf all die wichtigen Probleme, die uns umgeben, konzentrieren, aber ich kann nicht anders.

Er ist mein Held. Er war es damals im Wald und ist es noch immer.

„Wir müssen dich hier rausholen", sage ich dann bestimmt.

„Das wird nicht gehen. Ich werde meine Strafe antreten müssen", sagt er.

Er umarmt mich wieder und vergräbt das Gesicht in meinen Haaren.

„Hier hängen überall Kameras, die sowohl Bild als auch Ton aufnehmen. Die Tatsache, dass du hier bist, sagt mir, dass du einen Verbündeten hast, der dafür sorgt, dass niemand sich an deine Anwesenheit hier erinnern kann. Doch ich bin mir ziemlich sicher, dass ein Gespräch über einen Ausbruch das Ganze wieder kippen würde", flüstert er mir ins Ohr.

„Verstanden, ich werde mir etwas einfallen lassen, vertrau mir", flüstere ich zurück und sorge dabei dafür, dass mein Mund so in seiner Halsbeuge verschwindet, dass keine Kamera sieht, dass ich etwas sage.

„Kümmere dich erst einmal um dich, ich komme schon klar", flüstert er zurück und löst sich wieder von mir.

Wir schauen uns einige Sekunden an, bis ich sage: „Ich glaube, ich muss gehen, damit niemandem meine Abwesenheit im Schloss auffällt."

Er nickt und lässt mich los.

„Bis bald", verabschiede ich mich.

Ich wende mich von ihm ab, doch da ergreift er meine Hand und zieht mich zurück.

Im nächsten Moment liegt seine Hand an meiner Wange und seine Lippen auf meinen. In mir zündet ein Feuerwerk, als er mich erst sanft und dann fordernder küsst.

Es ist das erste Mal, dass ich geküsst werde und es tatsächlich vollends genießen kann. Ich muss keine Bilder unterdrücken und mich nicht fragen, ob es richtig ist, was ich gerade tue.

Ich weiß einfach, dass es richtig ist.

Ich weiß, dass es keine Ablenkung oder Flucht aus der Realität ist.

Er löst sich viel zu früh wieder von mir.

„Nur für den Fall", meint er und ich verstehe sofort, was er meint. Nur für den Fall, dass wir uns nicht mehr wiedersehen, wollte er sich diesen Moment nicht nehmen lassen.

So froh ich über diesen atemberaubenden Kuss bin, so traurig macht es mich, dass er sich damit auseinandersetzen muss, dass er vielleicht bald stirbt. Wenn ich es nicht schaffe, ihn zu befreien, wird er hingerichtet werden, weil er ein Verbrechen gegen das Königshaus begangen hat.

„Wir sehen uns wieder", sage ich mit Gewissheit in der Stimme und versuche, ihm Hoffnung zu geben.

Die Tür hinter mir zu schließen und ihn hier zu lassen, fällt mir unheimlich schwer.

Dementsprechend niedergeschlagen folge ich Henry durch die Gänge zurück und aus dem Kerker heraus.

Er versucht nicht, eine Unterhaltung mit mir zu führen und ich bin mehr als froh darum.

Wir kommen bei meinem Zimmer an und ich gehe ohne ein weiteres Wort hinein und schließe die Tür hinter mir.

Im Augenwinkel nehme ich eine Bewegung war und erschrecke, als ich Mila plötzlich ein paar Meter von mir entfernt sehe.

Sie steht neben dem Tisch und setzt gerade ein Tablett ab.

„Was machst du denn hier?", stoße ich wenig höflich aus.

Sie dreht sich überrascht um und ihr Blick trifft auf meinen.

„Mit mir hast du wohl nicht gerechnet", meint sie mit einem koketten Lächeln auf den Lippen.

„Nein, ganz und gar nicht", gebe ich zu und die Leichtigkeit in ihren Bewegungen strahlt auf mich aus. Es ist, als würde sie durch ihre Anwesenheit eine gewisse Ruhe in den Raum bringen.

„Ich habe dir doch erzählt, dass ich vorhabe, mich hier am Hof um eine Anstellung zu bemühen", meint sie und kommt einige Schritte auf mich zu.

Erst jetzt erinnere ich mich an unsere Unterhaltung. Wie hatte ich das nur vergessen können?

„Du warst die ganze Zeit hier am Hof?", frage ich ungläubig. Ich dachte, dass ich sie nie wiedersehe würde, weil alle Mädchen das Schloss verlassen hatten, nachdem ich zugegeben habe, die Zukunftsseherin zu sein.

„Ja, ich arbeite im Keller in der Küche. Ich wollte dich unbedingt besuchen, aber mir wurde eingeschärft, dass es mir strengstens verboten sei, mich im ersten oder zweiten Stock des Schlosses aufzuhalten. Und da ich nicht direkt in meiner ersten Woche wieder gefeuert werden wollte, musste ich mich wohl oder übel erst einmal daranhalten", erklärt sie.

Ich brauche einige Sekunden, um zu verarbeiten, was sie gerade gesagt hat.

„Und warum bist du dann jetzt hier?", frage ich dann.

„Mit einer klaren Anweisung meiner Vorgesetzten darf ich hier hochkommen. Ich muss seit dem Tag, an dem ich hier angefangen habe, jeden zweiten Tag Essen in dieses Zimmer tragen", erwidert sie und ich erinnere mich an die Tabletts, die jedes Mal in meinem Zimmer gewartet haben, wenn ich vom König zurückkam.

„Du hast mir das Essen gebracht?"

„Ich wusste nicht, dass es für dich ist. Mir wurde nur gesagt, dass ich dafür zuständig bin, sofort ein Essen in dieses Zimmer zu bringen, wenn der Prinz die Küche betritt und dies verlangt."

„Prinz Konstantin?", frage ich verblüfft. Ich habe ihn schließlich darauf angesprochen, ob er für die Essenspakete verantwortlich ist und er hat es verwirrt verneint.

„Ehrlich gesagt, weiß ich nicht, welcher der beiden Prinzen das ist. Kann auch sein, dass es Prinz Erik ist. Ich kann die beiden nicht so gut auseinanderhalten und bis jetzt habe ich nur den einen aus der Nähe gesehen. Aber ich glaube, es ist der kleinere von beiden. Der mit den etwas dunkleren Haaren", meint sie und scheint sich angestrengt zu bemühen sich zu erinnern.

„Der kleine mit den dunkleren Haaren wäre Prinz Erik...", überlege ich laut.

„Er hat ein Muttermal auf der Wange, falls dir das weiterhilft", fügt sie hinzu.

„Konstantin hat – zumindest, soweit ich weiß, – kein Muttermal auf der Wange. Aber das macht keinen Sinn, Erik hat gar nichts mit mir zu tun. Du musst dich irren, es muss Prinz Konstantin sein", gebe ich zurück.

„Und mit dem hast du etwas zu tun?", fragt sie zweideutig und ich muss lachen.

„Wir haben uns ein paar Mal unterhalten", sage ich ausweichend.

„Krallst du dir etwa einen Prinzen", neckt sie und wieder muss ich kurz lachen.

Sie hat es in diesen wenigen Minuten schon zweimal geschafft, mich zum Lachen zu bringen und das, obwohl ich dachte, dass ich für eine lange Zeit nicht mehr lachen würde.

Alles geht den Bach runter, aber ihr gelingt es, mir eine kurze Pause von der Realität zu schenken. Sie spricht mich nicht auf mein Leben hier an oder fragt mich, warum ich ihr nie gesagt habe, dass ich die Zukunftsseherin bin.

„Das hättest du wohl gerne", erwidere ich im gleichen Tonfall.

„Was soll das denn heißen? Willst du mir etwa vorhalten, dass es mich freuen würde, wenn es hier etwas Interessantes zu bequatschen gäbe? Ich muss den ganzen Tag Kartoffeln schälen, da brauche ich auch mal Abwechslung", beklagt sie sich, doch ich sehe, dass sie eigentlich froh ist, hier zu arbeiten.

„Sind die anderen in der Küche denn wenigstens nett?"

Ihre Augen hellen sich auf. „Oh ja. Ich arbeite mit einige Mädchen, die so alt sind wie wir. Dafür, dass unsere Arbeit so eintönig ist, haben wir erstaunlich viel Spaß."

Diese Worte aus ihrem Mund zu hören, lässt mein Herz höherschlagen. Ich habe so sehr gehofft, dass sie trotz ihrer Zeit hier im Schloss, draußen wieder ein schönes Leben führen kann. Nun zu hören, dass sie glücklich ist mit dem, wie sich alles entwickelt hat, nimmt mir zumindest einen kleinen Teil meiner Schuld.

„Das freut mich zu hören", sage ich und umarme sie. Für sie kommt diese Umarmung ziemlich unerwartet, doch schnell erwidert sie die Geste.

„Ich würde wirklich gerne noch weiter mit dir reden, aber meine Chefin weiß, dass ich nicht so lange brauche, um das Essen hier hochzubringen", sagt sie dann und drückt meine Hände.

„Na, dann will ich dich mal nicht von der Arbeit abhalten", erwidere ich möglichst gefasst.

„Ich werde versuchen, dich irgendwie nochmal zu besuchen", meint sie und lächelt mir aufmunternd zu.

Ihr Blick erinnert mich an mich selbst, als ich mit Leon gesprochen habe. Sie will mir Hoffnung geben, obwohl sie weiß, wie schlecht meine Chancen stehen.

Kapitel 11

Ein Klopfen an der Tür reißt mich aus meinen Gedanken. Seit ungefähr einer Stunde liege ich im Bett und versuche einzuschlafen, doch die vielen Gedanken lassen mich nicht zur Ruhe kommen.

Nach meinem Treffen mit Leon habe ich gar nicht mehr daran gedacht, nach draußen zu gehen und zu sehen, ob ich den Prinzen treffe. Tatsächlich denke ich jetzt erst zum zweiten Mal – das erste Mal war, als Mila mir das Essen gebracht hat - an ihn, seit ich erfahren habe, dass Leon mich nicht verraten hat.

Ob er wohl hier klopft?

Ich fühle mich schlecht, weil ich seit heute Mittag keinen einzigen Gedanken mehr an ihn verschwendet habe und einen anderen Mann geküsst habe. Als ich genauer in mich hineinhöre, wird mir sogar bewusst, dass ich mich nicht einmal schlecht fühle wegen meines Fremdküssens, sondern nur, weil ich weiß, dass es ihm wehtun wird, wenn ich es ihm erzähle.

Aber bin ich jetzt schon bereit dazu, mit ihm zu reden? Ich könnte auch so tun, als würde ich schlafen und das Drama noch ein paar Stunden hinausschieben.

Erneut klopft es an der Tür – dieses Mal lauter und energischer.

„Herein", rufe ich kurzerhand und entscheide mich für Konfrontation statt Ausweichen.

Die Tür öffnet sich und statt dem Prinzen betritt Colin mein Zimmer.

„Colin? Was machst du denn hier? Ich dachte, du hast frei?", frage ich verwirrt und schlage die Decke zurück, unter die ich mich verkrochen habe.

Durch das Licht, das aus dem Flur ins Zimmer fällt, kann ich den ernsten Ausdruck in seinem Gesicht erkennen. Sofort stehe ich auf und gehe zu ihm.

„Deiner Mutter geht es schlecht. Ich glaube, es wäre gut, wenn du zu ihr gehst", sagt er und in mir steigt sofort Panik hoch.

„Ihr geht es wieder schlechter? Warum das denn? Sie hat doch gerade angefangen sich zu erholen", platzt es aus mir heraus.

Ich warte nicht auf seine Antwort, sondern verlasse schon das Zimmer.

Colin folgt mir und wir führen unsere Unterhaltung auf dem Weg ins Ärztehaus fort.

„Der König war am Nachmittag bei ihr. Mein Kollege hat draußen gewartet und konnte mir nicht sagen, was drinnen passiert ist, aber ich kann es mir vorstellen", meint Colin.

Wir verlassen das Schloss und der kalte Wind weht um meine nackten Beine. Nur im Nachthemd ist es definitiv zu kalt bei diesen Temperaturen, aber ich spüre es gar nicht, weil meine Angst so groß ist.

Ich stürze durch den Flur des Ärztehauses an der Wache vorbei zu ihrem Zimmer.

„Mum?"

„Hey, Kleines", erwidert sie und dreht langsam den Kopf zu mir. Ich bin noch völlig außer Atem, doch ich sehe, was Colin meint.

Sie sieht noch schlimmer aus als beim ersten Mal, als ich sie hier gesehen habe.

„Was hat er dir angetan?", sage ich entsetzt und setze mich auf einen Stuhl neben ihr Bett. Ich traue mich nicht, sie zu umarmen, weil sie so zerbrechlich aussieht. Stattdessen nehme ich ihre knochige, eiskalte Hand und umschließe sie mit meiner.

„Er wollte meinen Rat bei einem Gesetz, aber mach dir keine Sorgen. Mir geht es gut", meint sie mit so ruhiger Stimme, dass es mir Angst macht. Es ist, als hätte sie ihren Überlebenskampf aufgegeben und ihren elenden Zustand akzeptiert.

„Ein Gesetz?", frage ich nach und sie nickt.

„Oh nein! Es ist meine Schuld! Der König hat mich heute Vormittag nach diesem Gesetz gefragt und ich habe ihm nur einen Teil beantwortet. Es tut mir so leid! Ich hätte wissen müssen, dass ihm meine Antwort nicht reicht und er es bei dir versuchen wird", entschuldige ich mich fassungslos. Es geht um das neue Gesetz, durch das auch junge Frauen in den Krieg eingezogen würden und das zur

Folge hätte, dass Maya sterben würde. Diese Aussicht hatte ich nicht ertragen können und deswegen habe ich geschwiegen. Und jetzt muss nicht ich die Konsequenzen dafür tragen, sondern meine Mum ...

„Du bist an gar nichts schuld, Kleines. Du musst lernen, dir selbst nicht so viel Verantwortung aufzuhalsen. Aus dir ist so eine wunderbare junge Frau geworden. Du musst lernen, das zu sehen", meint sie und lächelt mich schwach an.

„Wir müssen dich hier rausbekommen!"

Hektisch stehe ich auf und versuche angestrengt, eine Lösung zu finden.

„Nein, Ayla", meint sie liebevoll, „Es ist zu spät und das ist auch in Ordnung so. Ich bin bereit zu gehen, auch wenn ich dich gerne noch länger erlebt hätte. Ich bin so dankbar, dass ich dich noch einmal in meinem Leben sehen durfte und mit eigenen Augen sehen konnte, was aus dir geworden ist. Ich bin so stolz auf dich."

„Aber ...", will ich dagegenhalten, entscheide mich dann aber um. Ich muss einsehen, dass sie recht hat.

Sie liegt im Sterben und daran kann ich nichts mehr ändern.

„Ich habe dich doch gerade erst wiederbekommen", murmle ich tieftraurig und Tränen laufen über meine Wangen.

„Und in deinem Herzen werde ich auch immer weiter für dich da sein", erwidert sie und drückt meine Hand.

Ich setze mich wieder und betrachte sie.

„Du darfst nicht aufgeben, Mum", sage ich verzweifelt.

Sie antwortet mir nicht, sondern schaut ein paar Sekunden im Zimmer umher, als hätte ich gar nichts gesagt. Dann wendet sie sich wieder mir zu und fragt: „Gab es denn in den letzten Jahren jemand Besonderen in deinem Leben?"

Kurz bin ich überfordert von diesem plötzlichen Themawechsel, doch dann tue ich ihr den Gefallen und gehe darauf ein. Es sind ihre letzten Stunden und ich verstehe, dass sie nicht darüber sprechen möchte, wie schlimm es ist, dem Tod entgegenzusehen.

Ich erzähle ihr von den wenigen Beziehungen, die es in meinem Leben gegeben hat, und ende mit Jonas, mit dem ich mit sechzehn Jahren für zwei Monate zusammen war.

„Aber da gibt es doch noch jemanden, oder?", hakt sie nach, „Ich sehe es in deinen Augen."

Kurz spiele ich mit dem Gedanken, es abzustreiten, doch dann beschließe ich, ehrlich zu sein. „Als die Gerüchte aufkamen und ich geflohen bin, hatte ich einen kleinen Unfall und ein junger Mann hat mir geholfen. Er hat mich einige Tage versteckt und", ich räuspere mich, „ist im Kerker gelandet, als ich geschnappt wurde."

Ich mache eine kurze Pause, bevor ich weiterspreche: „Er ist etwas ganz Besonderes. Ich weiß, es klingt bestimmt unvorstellbar für dich, aber ... ich sehe nichts, wenn ich ihn berühre. Alles ist so leicht mit ihm, weil ich nicht gegen die Bilder ankämpfen muss."

Ich erwarte, dass sie zu lachen beginnt, weil es unmöglich ist, dass ein Mensch keine Zukunftsbilder auslöst, doch das tut sie nicht.

Sie lächelt mich einfach nur an und zwar mit solch einer liebevollen Freude in ihren Augen, dass ich rot werde.

„Ich habe immer gehofft, dass du diese Erfahrung machen darfst", meint sie.

„Du meinst, du weißt, wovon ich spreche? Hast du es selbst mal erlebt?", frage ich aufgeregt.

„Oh ja, das habe ich", antwortet sie, als würde sie in wunderschönen Erinnerungen schwelgen. Dieses Lächeln auf ihrem Gesicht zu sehen, lässt mich innerlich ganz warm werden. So schwach sie auch sein mag, diese gute Erinnerung kann man ihr nicht mehr nehmen.

„Als ich ihn traf, war ich völlig überfordert von der Tatsache, dass ich bei ihm nichts gesehen habe. Ich dachte zuerst, meine Gabe wäre plötzlich verschwunden", erzählt sie und lacht über sich selbst.

„Es war Liebe auf den ersten Blick und wir wurden unzertrennlich. Ich konnte mein Glück kaum fassen, als wir heirateten und bald darauf dich in unserem Leben begrüßen durften."

„Mein Dad?", frage ich vorsichtig.

Wir haben früher selten über ihn gesprochen. Ich war noch sehr klein und meine Mum hat immer nur gesagt, dass er uns sehr geliebt hat, aber leider im Krieg gefallen ist, als ich drei Jahre alt war.

„Ja, dein Dad. Er war meine große Liebe. Ich werde ihm für immer dankbar sein für die Zeit, die wir miteinander hatten und das Geschenk, das er mir mit dir hinterlassen hat", sagt sie und nun laufen stille Tränen über ihre Wangen. Doch es sind keine Tränen der Trauer, sondern solche der Dankbarkeit.

„Und woher kommt es, dass man manchmal bei jemandem keine Bilder sieht?", frage ich.

„Das verstehst du, wenn du weißt, warum wir überhaupt bei den meisten Menschen Bilder sehen. Jeder Mensch würde bewusst oder unbewusst wissen wollen, wie seine Zukunft aussieht und wie er dafür sorgen kann, dass sie sich positiv verändert. So sind die Menschen einfach. Sie laufen durchs Leben mit der ständigen Erwartung, etwas zu lernen oder zu erfahren, das ihnen hilft, ihre Zukunft zu verbessern. Menschen wie du und ich sind offen für diese Erwartungen und können die Antwort liefern. Wir sehen die Antwort auf die Frage, die sich unser Gegenüber genau in diesem Moment stellt. Deswegen geht es auch manchmal um ein Ereignis am morgigen Tag und manchmal um eins, das erst in drei Monaten ist. Je nachdem, was denjenigen gerade beschäftigt und worauf er eine Antwort sucht", erklärt sie.

„Ich dachte immer, die Bilder kämen zufällig, solange derjenige nicht direkt eine Frage äußert, so wie der König es tut", erwidere ich überrascht.

Da meine Mum mich verlassen musste, als ich zehn war, habe ich mir meine Gabe zu großen Teilen selbst erklärt.

Die Bilder kamen mir so unterschiedlich vor, dass ich einfach davon ausgegangen war, dass sie zufällig kommen. „Nein, sie sind nie zufällig. Der König äußert seine Frage laut, doch das unterscheidet ihn nicht von allen anderen. Normalerweise äußern die Menschen ihre Frage nicht laut, aber in sich drin tragen sie diese trotzdem. Jeder sucht immer die richtige Entscheidung und genau diese Frage beantworten wir."

„Und was hat das jetzt damit zu tun, dass wir bei manchen nichts sehen? Sind diese Leute einfach so zufrieden, dass sie sich nichts fragen?", versuche ich, mir eine Erklärung zu erschließen.

„Nein, niemand ist so glücklich, dass er sich nichts fragt", widerspricht sie sofort. „Es geht mehr darum, ob sie eine Frage stellen würden, wenn sie wüssten, sie bekämen eine Antwort von dir. Der König weiß, was wir sind, und er hat keine Skrupel also stellt er seine Frage laut. Die meisten Leute wissen nicht, was wir sind, also stellen sie ihre Frage nicht laut. Doch wüssten sie es und hätten die Gewissheit, dass für sie selbst dadurch kein Schaden verursacht würde, würden sie sie stellen. Beziehungsweise stellen sie im Geiste ja auch tatsächlich. Die Antwort ist ihnen in dem Moment so wichtig, dass sie unser Leid auf sich nehmen würden. Der Mensch ist egoistisch erschaffen worden und an diesen Stellen blitzt es durch", präzisiert sie ihre Erklärung.

„Also sind die Menschen, bei denen wir nichts sehen, einfach nicht so egoistisch", schließe ich aus ihren Worten.

„Nein, so ist es auch nicht. Es ist keine bewusste Entscheidung, egoistisch zu sein, wir Menschen sind es einfach von Natur aus. Und dieser natürliche Trieb kann nur durch ein einziges Gefühl ausgesetzt werden. Durch selbstlose Liebe."

„Liebe?", frage ich verwirrt.

„Selbstlose Liebe, wie sie jede Mutter für ihr Kind fühlt. Deswegen siehst du auch nichts, wenn du mich berührst. Meine Liebe für dich ist stärker als der Drang, meine Zukunft zu meinem Vorteil zu verändern", erklärt sie. Tatsächlich ergibt das einen Sinn.

„Deswegen habe ich auch bei Lisa nie etwas gesehen. Ich dachte, es wäre, weil wir verwandt sind, doch es war, weil sie mich angenommen hat wie ein Kind und wie eine Mutter für mich wurde", überlege ich.

„Sie hat so ein großes Herz", kommentiert meine Mum und meint dann: „Diese Art von Liebe kann außer zwischen Mutter und Kind nur noch entstehen, wenn du genau den Richtigen triffst. Den Einen, der für dich vorbestimmt ist und der bereit ist, für dich durch dick und dünn zu gehen. Der Eine, der den Kerker und die Hinrichtung hinnimmt, nur um dir eine Chance zu geben zu entkommen", schließt sie und spielt damit offensichtlich auf das an, was ich ihr über Leon erzählt habe.

Die Tür des Überwachungszimmers öffnet sich und ich drehe mich um, um zu sehen, wer uns stört. Ein Mann im weißen Kittel betritt den Raum. In all der Aufregung habe ich gar nicht bemerkt, dass die ganze Zeit ein Arzt hinter der Fensterscheibe gesessen hat.

„Sarah, es tut mir leid, euch stören zu müssen, aber deine Werte werden immer schlechter. Ich kann die Dosis der Schmerzmittel nicht mehr erhöhen, sonst stirbst du an einer Überdosis", erklärt er mit trauriger Miene. Da er sie mit Vornamen anspricht und so betroffen aussieht, gehe ich davon aus, dass auch er – wie Colin – meine Mum schon lange begleitet.

„Der König hat mir untersagt, dir diesen Weg zu ermöglichen, weil wir dich mit allen Mitteln am Leben halten sollen, aber ab jetzt wird es nur noch eine Qual für dich werden. Es tut mir leid, dass ich das so sagen muss, aber ich möchte dich nicht anlügen", spricht er weiter und ich spüre, dass meine Mum meine Hand drückt, weil sie bemerkt, wie neue Tränen über meine Wangen laufen.

„Ich möchte mein Ende selbst in der Hand haben. Der König hat mir schon mein Leben und meine Tochter genommen. Meinen Tod wird er nicht bestimmen", höre ich meine Mum mit erstaunlich gefasster Stimme sagen.

„Das dachte ich mir", meint der Arzt und tritt auf die Geräte zu, die auf der anderen Seite des Bettes stehen und offensichtlich lebenserhaltend sind für sie. „Wann immer du bereit bist", meint er und nickt ihr zu.

Sie wendet sich zu mir, doch ich bin noch nicht bereit.

Ich werde niemals bereit sein, mich von meiner Mum zu verabschieden.

„Ich kann dich nicht verlieren. Wir müssen einen anderen Weg finden", schluchze ich und halte ihre Hand fest, als könne ich sie damit im Leben halten.

„Lass es gut sein, meine Kleine. Es ist in Ordnung", beschwichtigt mich meine Mum.

„Warte", halte ich sie auf, „Es gibt noch jemanden, der dir in diesem Augenblick zur Seite stehen sollte."

Ich lasse ihre Hand einen Moment los und gehe, ohne sie aus den Augen zu lassen, zur Tür. Fast als hätte ich Angst, sie könne weg sein, wenn ich einen Moment nicht hinschaue, öffne ich die Tür und sage: „Colin, du solltest dabei sein. Du hast sie in den letzten acht Jahren begleitet."

Ich gehe zurück zum Bett meiner Mutter und kurz darauf tritt Colin an die andere Seite. Er scheint die Situation sofort zu verstehen, denn er fragt nicht nach, sondern nimmt die andere Hand meiner Mum und lächelt ihr aufmunternd zu.

„Du warst definitiv ein Vorbild für mich – danke, dass ich von dir lernen durfte, was wahre Stärke ist", sagt er zu ihr. „Die Liebe zu deiner Tochter hat mich sehr beeindruckt – ich hoffe, ich darf so etwas irgendwann auch erleben", spricht er weiter. „Danke für die Zeit, die wir zusammen hatten."

„Ich habe dir zu danken. Du warst der beste Freund, den ich mir hier hätte wünschen können.", erwidert sie und dreht dann den Kopf zu mir.

Sie will etwas sagen, doch ich ergreife zuerst das Wort, denn ich möchte noch nicht hören, wie sie sich von mir verabschiedet.

„Ich liebe dich, Mum. Ich habe jeden Tag an dich gedacht, seit du uns verlassen musstest. Du hast mir all diese Jahre in Frieden ermöglicht und mich zu dem Menschen gemacht, der ich heute bin", bringe ich mühsam heraus und wische mir die Tränen vom Gesicht.

„Für dich würde ich das alles, ohne zu zögern erneut durchleben. Du hast mir die Stärke gegeben, so weit zu kommen, und ich werde dich für immer lieben", erwidert sie und lächelt mir ein letztes Mal zu.

Dann nickt sie dem Arzt, der hinter Colin steht, zu. Dieser nickt lächelnd zurück und zieht an den Kabeln.

Ich umarme meine Mum ein letztes Mal und schläft in meinen Armen ein.

Kapitel 12

Sie ist tot.

Für immer.

Diese Tatsache muss ich mir immer wieder vor Auge führen, um nicht wieder kehrt zu machen und zurückzulaufen. Ich habe lange gebraucht, um mich von meiner Mum zu lösen, denn es hat sich angefühlt, als wäre sie erst wirklich tot, wenn ich die Umarmung beende. Colin und der Arzt haben mich in Ruhe Abschied nehmen lassen. Sie haben einfach still abgewartet und als ich bereit war, mich von meiner Mum zu lösen, hat Colin mir die Tür aufgehalten.

An den Weg aus dem Ärztehaus kann ich mich gar nicht erinnern, weil ich durch den Tränenschleier kaum etwas wahrgenommen habe.

Der Hofgarten liegt in einem undurchdringlichen Schwarz und es kommt mir noch kälter vor als zuvor. Wir gehen am Labyrinth vorbei und ich schaue reflexartig in die Gänge, um zu sehen, ob der Prinz da ist.

Ich nehme eine Bewegung wahr und sage, ohne darüber nachzudenken: „Ich gehe noch kurz hier spazieren."

Colin mustert erst mich und dann das dunkle Labyrinth hinter mir. Ich sehe ihm an, dass er es mir gerne verbieten würde, doch ich habe gerade meine Mum verloren, also wird er mir alles erlauben.

Er nickt widerwillig und ich gehe, ehe er es sich anders überlegen kann.

Meine Füße tragen mich zu der Bank, an der der Prinz und ich uns zum ersten Mal getroffen haben. Und tatsächlich.

Da sitzt er.

Als er mich sieht, steht er auf. Ich bin nicht fähig, sofort zu sprechen, sondern werfe mich erst einmal in seine Arme.

„Oh, Ayla, was ist denn los?", ruft er besorgt aus.

Ich antworte ihm nicht.

Eine Flut von Bildern strömt auf mich ein.

Ich wollte Zuflucht in seinen Armen finden, um den Tod meiner Mutter zu verarbeiten, doch diese vielen Bilder hindern mich daran. Ich bin zu schwach, um sie auszublenden oder zurückzudrängen.

Gerade sehne ich mich nach einer Umarmung von Leon, als die Bilder in meinem Kopf meine Aufmerksamkeit auf sich ziehen.

Ich sehe mich selbst darin.

Der Prinz und ich kommen aus dem Schloss gerannt. Ich trage schwarze Kleidung und einen Rucksack, als wolle ich für einige Zeit auf einen Survival Trip gehen. Fliehe ich aus dem Schloss?

Wir schleichen nachts durch den Hofgarten und auf den Kerker zu. Er schließt die Tür auf und begleitet mich hinein. Ich schlage die Augen wieder auf und löse mich von Konstantin.

Einige Momente kann ich ihn nur ansehen. Ist es seine Frage an mich, ob er mir helfen soll zu fliehen?

„Was ist denn los, Ayla? Warum bist du nachts mit einer Wache hier draußen unterwegs?", fragt er sanft.

„Meine Mum ist gestorben", stoße ich hervor und senke den Blick.

Er zieht scharf die Luft ein und kurz habe ich den Eindruck, einer seiner Mundwinkel würde sich leicht heben, doch da erkenne ich, dass er nicht lächelt, sondern nur traurig aussieht.

„Sie hat dir viel bedeutet."

„Das hat sie", erwidere ich und wische mir die restlichen Tränen von den Wangen.

Ich atme einmal tief durch, schiebe alle Ereignisse dieser Nacht weg und konzentriere mich auf die Bilder, die ich eben gesehen habe.

„Hör zu. Wie jedes Mal, wenn ich dich berühre, habe ich auch dieses Mal deine Zukunft gesehen und kann dir beantworten, was du dich gerade am meisten fragst", beginne ich, ohne es weiter hinauszuzögern.

„Ich sollte dir nicht sagen, was ich gesehen habe und was ich weiß, weil es mich schwächen wird, aber ich habe keine Kraft mehr, es zu verschweigen. Ich habe gerade hautnah erlebt, wie es mit mir zu Ende gehen wird, wenn ich hierbleibe", sage ich. Der Prinz betrachtet mich neugierig.

„Ich weiß, dass du dich fragst, ob du mir bei meiner Flucht helfen sollst. Als ich gerade diese Bilder gesehen habe, war ich mir sicher, dass ich am Ende weiß, dass es dir nur schaden wird, mir zu helfen. Jeder der mir hilft, wird am Ende einen Preis dafür zahlen müssen, dachte ich", erkläre ich weiter.

„Ich kann dir nicht ganz folgen", meint er.

„Ich habe gesehen, wie wir beide aus dem Schloss kamen. Ich war für meine Flucht ausgerüstet. Wir sind zum Kerker gegangen und du hast uns aufgeschlossen."

„Zum Kerker?", fragt er nach, doch wirkt er dabei nicht verwirrt, sondern eher so, als würde er hellhörig werden.

„Ja, dort müssen wir einen Zwischenstopp einlegen. Ein wirklich guter Freund von mir sitzt unschuldig dort und ich möchte, dass er mit mir flieht", erkläre ich.

„Und seine Befreiung und eure Flucht hast du auch gesehen?", hakt er nach und verwirrt mich damit kurz.

„Nein, die Vision endete, als wir in den Kerker gegangen sind", antworte ich.

Er nickt interessiert, sagt jedoch nichts.

„Auf jeden Fall habe ich erwartet, dass die Antwort wäre: Mach es nicht, es wird dir schaden", finde ich wieder zurück zu meinem roten Faden. Kurz frage ich mich, was ich getan hätte, wenn die Vision mir tatsächlich gesagt hätte, dass er es lieber nicht tun sollte. Hätte ich es ihm verschwiegen und ihn zur Hilfe überredet?

Wahrscheinlich schon. Das muss ich mir eingestehen, auch wenn ich mir dabei wie ein schrecklicher Mensch vorkomme.

„Aber mein Gefühl hat mir gesagt: Ja, mach es. Du wirst genau die Antworten bekommen, die du suchst", platze ich aufgeregt heraus.

Er sieht mich einige Momente nachdenklich an und fährt sich mit einem leichten Lächeln auf den Lippen durch die Haare.

„Das erleichtert mir die Entscheidung ungemein", meint er und sieht mich mit einem zufriedenen Ausdruck an.

Ich warte ein paar Sekunden, denn ich weiß nicht, was ich sagen soll.

„Ich weiß, du hast gerade erst deine Mum verloren, aber wir sollten trotzdem so schnell wie möglich handeln. Ich würde dir gerne sagen, dass mein Vater dir ein paar Tage zum Trauern geben wird, aber das wird er nicht", spricht er weiter.

„Du hast recht, ich muss so schnell wie möglich hier weg", stimme ich ihm zu.

„Morgen geht es los. Ich muss noch einiges organisieren, aber morgen Nacht treffen wir uns in der Garderobe. Weißt du, wo die ist?"

Sein plötzlicher Tatendrang überrascht mich, aber er hat wohl recht. Je schneller, desto besser.

„Neben der Treppe", sage ich und erinnere mich daran, wie Colin mich dort hineingedrückt hat, um mit mir zu sprechen.

Es kommt mir so vor, als wäre das schon ewig her, aber in Wirklichkeit war es erst vor ein paar Tagen.

Er wollte, dass ich mir noch einmal genau überlege, ob ich mich beim König als Sarahs Tochter zu erkennen gebe und ich habe ihm klar gemacht, dass ich nicht dabei zusehen werde, wie meine Mum weiter leidet.

Ich wollte sie retten und mit ihr zusammen fliehen, doch am Ende haben all meine Bemühungen nicht geholfen. Sie ist tot und ich muss allein meinen Weg finden.

Erneut laufen mir Tränen über meine Wangen. Ich habe sie acht Jahre nicht gesehen und als ich sie dann endlich wiederhatte, wurde sie mir eine Woche später wieder genommen ...

Eine Woche! Das ist nicht fair!

Andere haben ein ganzes Leben mit ihren Eltern und ich verliere meinen Dad mit drei Jahren und meine Mum einmal mit zehn und einmal mit achtzehn Jahren.

Und ich werde nicht einmal hier sein können, um sie zu begraben, denn der König bedroht auch mein Leben.

In dieser Nacht öffne ich zum ersten Mal mit einem Zittern die Tür meines Zimmers. Colin weiß nichts von unserem Plan, aber ich hatte schon den ganzen Tag das Gefühl, dass er etwas ahnt. Tatsächlich ist es mir auch sehr schwergefallen, mich nicht zu verraten, denn ich saß die ganze Zeit auf heißen Kohlen.

Wie erwartet steht Colin neben der Tür und ich nicke ihm möglichst lässig zu. Ich verschwinde fast jede Nacht aus meinem Zimmer, also sollte mich das nicht verraten.

Heut Mittag habe ich kurz mit dem Gedanken gespielt, ihn einzuweihen, schließlich ist er mein Freund, aber ich will ihn nicht unnötig in Gefahr bringen. Der Prinz ist mächtig und ich vertraue darauf, dass er alles geregelt hat, sodass ich Colin nicht zusätzlich in Gefahr bringen muss. Wir werden mit Sicherheit ein paar waghalsige Wege an bewaffneten Wachen vorbeigehen müssen und da ist es schlimm genug, dass Prinz Konstantin durch mich in Gefahr gebracht wird.

Mit angehaltenem Atem schleiche ich durch den Flur, die Treppe hinunter und in die Garderobe hinein.

Das Licht ist bereits angeschaltet, also muss er schon da sein.

„Du hast es hergeschafft", höre ich seine Stimme aus dem hinteren Teil des Raumes. Schnell gehe ich zwischen den verschiedenen Kleiderständern hindurch, bis ich ihn an einem Tisch stehen sehe. Als ich nähertrete, sehe ich, was seine Aufmerksamkeit auf sich zieht.

Vor ihm liegen die Dinge, die ich in meiner Vision gesehen habe. Schwarze Jeans, Oberteil und Jacke für mich und daneben ein schwarzer Rucksack.

„Im Rucksack ist Essen für ein paar Tage, außerdem Wasser, ein Messer und eine kleine Plane, die dir bei Regen helfen kann", erklärt er, ohne den Blick zu heben.

„Vielen Dank", erwidere ich, trete neben ihn und lege dankbar meine Hand auf sein Schulterblatt.

Er schaut mich an und lächelt mir zu. Im nächsten Moment dreht er sich ganz um, legt die Arme um mich und wir stehen eng aneinandergepresst, Bauch an Bauch.

Ich schnappe nach Luft.

„Für dich tue ich doch alles", meint er und ist mir dabei so nahe, dass ich seinen Atem auf meinem Gesicht spüre.

„Ich werde dich vermissen, wenn du weg bist."

Seine Worte berühren mich, doch als er sich zu mir herabbeugt, um mich zu küssen, drehe ich mich reflexartig weg.

„Ich werde dich auch vermissen, du warst mir wirklich ein guter Freund hier", sage ich schnell, um zu überspielen, dass ich gerade seinen Kuss abgewehrt habe.

Ich kann jetzt keinen Streit mit ihm gebrauchen. Deshalb habe ich ihm auch nichts von Leon erzählt habe, außer dass er ein guter Freund ist. Ich werde sowieso fliehen und den Prinzen nie wiedersehen.

„Freund?", hakt er nach und eine gewisse Säuerlichkeit liegt dabei in seiner Stimme.

„Ja, du warst mir ein wirklich guter Freund. Du hast mir Trost gegeben und mir geholfen, als ich dachte, ich wäre allein", meine ich und kann ihn dabei nicht ansehen.

Genau diese Unterhaltung wollte ich doch vermeiden! Ich hätte ihn einfach küssen sollen, dann wäre es gar nicht zu diesem Gespräch gekommen.

„Vergnügst du dich mit all deinen Freunden auf dem Bett?", fragt er sarkastisch.

Ich räuspere mich. „Hör zu, können wir das Thema bitte lassen? Ich werde fliehen und wir müssen uns dann sowieso für immer verabschieden."

Er mustert mich und sagt tatsächlich nichts mehr. Trotzdem ist mir nicht wohl, denn der harte Ausdruck in seinem Gesicht lässt mich auf das schließen, was gerade in seinem Kopf passiert.

Ich versuche, meine Hände zu beschäftigen, und greife nach dem Rucksack. Gerade will ich den Reißverschluss öffnen, als plötzlich seine Hand an meinem Handgelenk liegt.

„Ich habe dir doch bereits gesagt, was da drin ist", meint er scharf und der Griff um mein Handgelenk ist mir etwas zu fest.

Verwirrt nehme ich die Hand wieder runter und lasse den Rucksack los. Nun lässt auch er mein Handgelenk los und ich reibe mir kurz die Stelle, an der er mich gerade so unsanft gepackt hat.

„Hier, zieh die an", meint er und schiebt mir die vorbereitete Kleidung zu.

Erleichtert über diese Möglichkeit, seiner Nähe kurz zu entkommen, nehme ich die Sachen und laufe zu einer mit einem Samtvorhang abgetrennten Nische.

Ich schlüpfe in die Kleidung, fasse meine Haare zu einem Pferdeschwanz zusammen und betrachte mich kurz im Spiegel.

Hoffen wir, dass diese Flucht besser läuft als die erste und ich mich nicht am zweiten Tag wieder verletze und am Ende doch festgenommen werde.

Ich trete aus der Nische heraus. Konstantin steht immer noch am Tisch.

Als er mich sieht, hebt er den Rucksack hoch und hilft mir, ihn auf den Rücken zu ziehen.

„Bereit?", fragt er und ich nicke.

Er geht voraus zur Tür und sieht nach, ob die Luft rein ist. Eine Sekunde später winkt er mir zu und auch ich verlasse die Garderobe.

Wie in meiner Vision verlassen wir gemeinsam das Schloss und laufen zum Kerker. Der Prinz kommt mit seinen Schlüsseln, beziehungsweise seinem Fingerabdruck natürlich durch jede Tür und mir fällt sofort auf, dass uns keine einzige Wache begegnet. Nicht einmal am Eingang steht eine.

„Was hast du mit den Wachen gemacht?", frage ich flüsternd.

„Ich habe ihnen befohlen, genau um diese Uhrzeit zehn Minuten Pause zu machen. Ich bin der Prinz. Wachen loszuwerden, ist mein kleinstes Problem."

Schweigend biegen wir in den Gefängnisgängen zweimal ab.

„Woher weißt du eigentlich, wo ich hinwill? Ich habe dir doch gar nicht gesagt, wie der Freund heißt, den ich befreien will."

Er antwortet mir nicht sofort und langsam steigt Misstrauen in mir auf.

„Ich weiß aber, wer gleichzeitig mit deiner Ankunft hier wegen Hochverrats am Königshaus eingesperrt wurde", meint er und ich komme mir ein bisschen dumm vor, dass ich ihm misstraut habe. Natürlich ist er selbst darauf gekommen, als ich meinte, ich würde jemanden hier im Kerker kennen.

Schließlich bleibt er vor einer Tür stehen, macht aber keine Anstalten, sie zu öffnen.

„Ist das die richtige Tür?", frage ich verunsichert.

„Ja, das ist sie."

„Dann mach sie auf", fordere ich ihn irritiert auf.

„Warum sollte ich? Sag mir einen Grund, warum ich den Mann, mit dem du hinter meinem Rücken eine Affäre hast, freilassen sollte?", fragt er und sein Gesicht bleibt dabei so unverändert, als würde er mich nach meiner Lieblingssorte Tee fragen.

„Wie bitte?", stoße ich perplex hervor. „Was ist los mit dir? Warum bist du plötzlich so?"

„Wie bin ich denn? Ist es so schwer zu glauben, dass ich etwas als Gegenleistung möchte, um dir diese Tür zu öffnen?"

„Gegenleistung?"

„Wie wäre es mit einer Antwort auf eine Frage für ein offenes Schloss", meint er und mir stockt der Atem.

„Was meinst du? Du willst, dass ich dir deine Zukunft vorhersage, damit du mir hilfst? Ich dachte, du willst mir helfen, weil es richtig ist?"

Mein Inneres fährt Achterbahn.

Plötzlich habe ich das Gefühl, den Mann vor mir gar nicht mehr zu kennen.

„Das hast du mir wirklich geglaubt? Ein bisschen Gelaber darüber, wie schrecklich es ist, was mein Vater dir und deiner nutzlosen Mutter antut und schon traust du mir?"

„Das meinst du nicht so. Du bist nur verletzt, weil ich dich zurückgewiesen habe. Es tut mir leid, dass ich nicht für dich empfinde, was du für mich empfindest, aber ...", versuche ich dagegenzuhalten, doch sein kaltes Lachen unterbricht mich.

„Was ich für dich empfinde?" Er lacht noch lauter und ich kann ihn nur fassungslos anstarren.

„Ich habe gehofft, dass ich dich dazu bringen könnte, freiwillig mit mir zu arbeiten, wenn du nur verliebt genug wärst. Liebe macht dumm und ich dachte, vielleicht macht sie dich so dumm, dass du mir hilfst, meinen Vater vom Thron zu stürzen", erklärt er und grinst dabei selbstgefällig.

„Deinen Vater vom Thron stürzen?", hake ich verwirrt nach.

„Natürlich, was glaubst du denn, dass ich vorhabe? Das Königreich könnte in meiner Hand sein, aber mein Vater wehrt sich vehement dagegen zurückzutreten. Doch ich gebe trotzdem immer wieder Befehle und dränge ihn so allmählich aus seiner Position heraus", erklärt er.

„Deswegen hat er dir an meinem zweiten Tag hier eine Ohrfeige gegeben? Es ging gar nicht darum, dass du uns Zukunftsseherinnen und den Dorfbewohnern helfen wolltest?"

„Ach das! Nein, natürlich nicht. Ich hatte einen Befehl gegeben, der mehr Soldaten an die vorderste Front im Krieg geschickt hat."

Kurz schweige ich, denn die ganze Situation überfordert mich.

„Was willst du wissen?", frage ich mit Blick auf den Boden. Ich kann selbst nicht glauben, dass ich auf diesen Deal eingehe, aber ich habe wohl keine Wahl. Ich brauche die Hilfe des Prinzen, um Leon hier herauszubekommen und ihn so vor der Hinrichtung zu bewahren.

„Braves Mädchen", erwidert er und tätschelt mich zufrieden.

Ich schlage seine Hand weg, woraufhin er kurz auflacht.

„Bisschen gereizt?"

„Können wir den Smalltalk einfach beenden und zu deiner Frage übergehen?"

Ich hebe den Blick wieder und schaue ihm fest in die Augen.

Sein Gesicht wird ausdruckslos.

„Ich frage mich, ob ich meinen Vater weiterhin zurückdrängen sollte, indem ich einfach ungebeten seine Aufgaben übernehme."

Ich bin erleichtert, dass es keine schwerwiegendere Frage ist.

Ich lege meine Hand auf seinen Arm und schließe für eine Sekunde die Augen.

„Nein, solltest du nicht. Durch dein Handeln fällst du nicht nur in Ungnade beim König, sondern auch Stück für Stück bei seinen Bediensteten. Sie sind deinem Vater sehr treu", antworte ich.

Ich schaue ihn auffordernd an und nach einer Sekunde wendet er sich zur Tür und gibt den Zahlencode ein. Ich kann nicht sehen, was er eingibt, aber ein grünes Licht erscheint.

„Ich frage mich ...", beginnt er erneut.

„Nein, es ist mir egal, was du dich fragst. Mach die Tür auf", unterbreche ich ihn ungeduldig.

„Na, na, nicht so herrisch. Wir haben gesagt, eine Vision für ein Schloss. Und an deiner Stelle würde ich mich mal beeilen, denn die drei Schlösser der Tür müssen innerhalb von wenigen Minuten direkt hintereinander geöffnet werden."

Er ist so ein Widerling.

„Ich frage mich, ob ich meinen Vater im Schlaf umbringen sollte", meint er und spricht über den Mord seines Vaters, als wäre es nichts.

Leon ist jetzt wichtiger als mein Stolz oder meine Gesundheit. Ich werde dieses Spiel mitspielen müssen, um ihn zu retten. Ich lege meine Hand auf den Arm des Prinzen und schließe meine Augen. Die Bilder fluten mich.

„Nein, solltest du nicht. Der Verdacht würde bei einem Mord sofort auf dich gelenkt werden und du würdest deinen

Rückhalt verlieren", sage ich, nachdem ich meine Augen wieder geöffnet habe.

Er nickt nachdenklich und legt seinen Finger auf den Fingerabdruckscanner.

Ein weiteres grünes Licht erscheint.

„Ich frage mich, ob ich meinen Vater mit falschen Medikamenten langsam schwächen sollte."

Das ist das letzte Mal. Dreimal direkt hintereinander die Zukunft vorhergesagt zu haben, wird mir morgen ordentlich in den Knochen hängen. Ich hoffe, Leon und ich schaffen es weit genug weg vom Schloss, ehe die Schwäche mich trifft und ich erst einmal schlafen und essen muss.

„Ja, solltest du. Es würde sich zu deinem Vorteil auswirken", antworte ich ihm, auch wenn sich in mir alles dagegen wehrt. Ich möchte niemandem sagen, wie er jemand anderem am besten schadet – auch nicht, wenn es sich um den König handelt.

Konstantin holt einen Schlüssel hervor und schließt die Tür auf. Er öffnet sie und im nächsten Moment spüre ich eine Hand an meinem Rücken, die mich in den Raum schiebt. Verwirrt schaue ich mich um, um Leon zu finden, doch er ist nicht hier.

Da höre ich das Schloss hinter mir klicken.

„Du hast mich belogen!", schreie ich fassungslos über diesen Verrat der Tür entgegen und trommle dagegen. Der Prinz, von dem ich dachte, er wäre mein Freund und würde mir helfen, hat mich knallhart betrogen. Er hat meine aussichtslose Lage ausgenutzt, um mich hier einzusperren.

An der Decke knackt etwas und im nächsten Moment kommt eine Stimme aus einer der Ecken.

„Da habe ich mich wohl in der Tür vertan", höhnt der Prinz durch einen Lautsprecher.

„Was ist nur los mit dir?", schreie ich dem Lautsprecher entgegen.

„Ich will eben König werden und auf dem Weg zur Krone kann man nicht jeden glücklich machen. Manche Opfer muss man in Kauf nehmen", erwidert er und hört sich dabei so wenig entschuldigend an, dass ich ihm am liebsten den Mittelfinger gezeigt hätte.

„Und was hat dich umgestimmt? Warum ... tust du jetzt nicht mehr so, als würdest du mich mögen?", frage ich hämisch.

„Oh, daran bist du selbst schuld", kommt es lachend zurück. „Gestern Abend, als du mir meine Zukunft vorhergesagt hast, dachtest du wohl, du beantwortest mir die Frage, ob ich dir bei der Flucht helfen soll oder nicht. Du warst so aufgeregt, dass du nicht gemerkt hast, dass die Frage eigentlich war, ob ich dich in den Kerker bringen sollte. Als ich gemerkt habe, dass du dich nicht genug in mich verliebst, um mir blind alle Wünsche zu erfüllen, habe ich mit dem Gedanken gespielt, dich dazu zu zwingen. Als du mir dann netterweise gesagt hast, dass sich genau das positiv für mich auswirken würde, bin ich deinem Rat gefolgt."

„Und wie hast du vor, das deinem Vater zu erklären? Er wird wahrscheinlich nicht allzu begeistert sein, wenn er erfährt, dass du mich hier eingesperrt hast", schreie ich dem Mikrofon entgegen.

„Und genau deswegen wird er es nie erfahren. Er wird denken, du seist geflohen und hättest es tatsächlich geschafft zu entkommen. Ich habe dich in einen Teil des Kerkers gebracht, der schon seit Jahren leer steht. Niemand geht dort ohne Grund hin und auch Kameras und Mikrofone sind normalerweise aus. Du kannst nun einfach vor dich hin schmoren und darauf warten, mir zu helfen", antwortet er. Und ohne ihn zu sehen, weiß ich, dass er lächelt.

Kapitel 13

Das Schloss klickt und ich reiße die Augen auf.

Nachdem ich einige Zeit geschrien, gegen die Tür geklopft und Ausbruchspläne geschmiedet habe, musste ich mir eingestehen, dass ich nicht hier rauskommen werde. In dem verzweifelten Versuch, die Zeit durch ein paar Stunden Schlaf schneller vergehen zu lassen, habe ich mich hingelegt, doch ich fiel nur in eine Art Halbschlaf. Vor allem die Tatsache, dass der Rucksack nicht mit Wasser oder Essen gefüllt war, sondern mit Steinen, um das Gewicht zu simulieren, hat mir endgültig die Hoffnung geraubt.

Schnell schließe ich meine Augen wieder und tue so, als würde ich schlafen.

Wenn der Prinz denkt, ich schlafe, lässt er mich vielleicht in Ruhe – zumindest für ein paar Stunden.

„Ayla", kommt ein Flüstern von der Tür und sofort fliegen meine Augen wieder auf. Diese Stimme gehört nicht dem Prinzen.

Im nächsten Moment sitze ich aufrecht auf dem Bett und starre zur Tür.

„Colin? Was machst du denn hier?", entfährt es mir.

„Wie wäre es mit: dich retten?", erwidert er und trotz dieser absurden und aussichtslosen Situation schenkt er mir ein kleines, aufmunterndes Lächeln und tritt einen Schritt ins Zimmer.

Einem Instinkt folgend stehe ich auf und falle Colin um den Hals.

„Du weißt gar nicht, wie froh ich bin, dich zu sehen."

„Ich bin auch froh, dich zu sehen, aber ich glaube, wir sollten das auf später verschieben. Erst einmal müssen wir dich hier rauskriegen", meint er und ich weiß, dass er recht hat.

Ich will ihn unbedingt fragen, woher er weiß, dass ich hier eingesperrt bin und wie er an all den Wachen vorbeigekommen ist, doch dafür ist gerade keine Zeit.

„Hast du einen Plan?", frage ich hoffnungsvoll.

„Nicht direkt. Das Ganze kommt etwas kurzfristig, aber wir werden das irgendwie schaffen. Ich habe mir schon viele Gedanken gemacht, wie du ausbrechen könntest, jetzt schauen wir mal, welcher Plan funktioniert", antwortet er und zieht mich mit sich aus der Zelle.

„Ich gehe nicht ohne Leon. Er ist wegen mir hier und ich kann nicht zulassen, dass er hingerichtet wird", sage ich, als Colin losgeht.

„Na gut", meint er und atmet hörbar aus. „Dann müssen wir ihn wohl erst einmal herausholen. Er müsste wegen Hochverrats hier einsitzen, richtig?"

„Ja", beantworte ich seine Frage, auch wenn sie eher rhetorisch klang. „Warum fragst du?"

„Die Belegungen des Kerkers sind nach Verbrechen und Einlieferungsdatum sortiert. Wenn er wegen Hochverrats eingekerkert wurde und das auch schon vor zwei Wochen, dann weiß ich auf jeden Fall schon einmal den Gang, in dem seine Zelle liegt", erklärt Colin. Erst da fällt mir auf, dass ich Leons Zelle allein gar nicht wiederfinden würde.

Ich folge Colin durch einige Gänge und wieder begegnen wir erst einmal keine Wachen. „Wieso sind hier nirgendwo Wachen?", frage ich.

„Der Prinz hat dich in einen Teil des Kerkers gebracht, der ansonsten leer steht. Wo keine Gefangenen sind, da müssen auch keine Wachen sein", erklärt er und biegt um eine weitere Ecke.

Im nächsten Moment stolpere ich fast über einen Körper. Ich finde das Gleichgewicht wieder und weiche erschrocken zurück.

„Und was ist mit dem hier?", frage ich erschrocken und betrachte den reglosen Mann. Er lehnt an der Wand und befindet sich in einer halb sitzenden, halb liegenden Position.

Colin bleibt ebenfalls stehen und betrachtet kurz den Körper, den ich anstarre.

„Jetzt sind wir wieder im vorderen Teil des Kerkers angekommen. Der hier ist mir auf dem Hinweg zu dir begegnet", erwidert er.

„Ist er ...", ich schaffe es nicht, es auszusprechen, denn die Vorstellung, dass ein unschuldiger Mann für meinen Ausbruch stirbt, ist für mich unvorstellbar.

„Nein, ist er nicht. Er ist nur bewusstlos", erklärt Colin zu meiner Erleichterung. „Ich habe auf dem Hinweg die meisten Wachen außer Gefecht gesetzt, aber da ich nicht durch alle Gänge gelaufen bin, kann es gut sein, dass mir noch welche entgangen sind."

„Was bedeutet das?", frage ich und schaffe es, meinen Blick von dem Mann am Boden zu reißen.

„Wir müssen darauf vorbereitet sein, Wachen zu begegnen. Solange es nicht unbedingt nötig ist, möchte ich, dass du zurückbleibst und mich das Ganze machen lässt. Ich bin schließlich im Nahkampf ausgebildet", weist er mich an und ich nicke. Was soll ich auch dagegen sagen?

Natürlich passt es mir nicht, dass er sich in Gefahr bringt, während ich nur danebenstehe, aber ich kann nichts ausrichten, auch wenn ich eingreife. Colin wäre wahrscheinlich mehr damit beschäftigt, mich zu retten, als die Wachen außer Gefecht zu setzen.

„Trotzdem möchte ich, dass du für alle Fälle die hier bei dir trägst", sagt er dann und zieht eine Waffe aus seinem Hosenbund. Es ist nicht seine eigene, denn die trägt er auf der anderen Seite. Er muss extra für mich eine zweite mitgenommen haben.

„Brauche ich die?", frage ich und beäuge das Metallstück einige Sekunden.

„Ich hoffe nicht, aber wir können nicht wissen, ob wir irgendwann im Laufe der Flucht getrennt werden oder auf mehr Angreifer treffen, als ich bewältigen kann."

Er hat recht.

Ich greife nach der Waffe und stecke sie mir hinten in den Hosenbund.

Einfach nicht darüber nachdenken.

Wir setzen uns wieder in Bewegung und dieses Mal bleibt Colin jedes Mal kurz stehen und schaut, ob alles frei ist, ehe wir um eine Ecke biegen.

„Da ist einer", sagt er vor der dritten Ecke, die vor uns liegt. „Bleib hier, ich mach das."

Ehe ich weiß, was passiert, schnellt Colin um die Ecke in den nächsten Gang. Dann höre ich keuchende Laute, die von ihm und einem weiteren Mann kommen. Ich höre das dumpfe Geräusch von Schlägen und schaue kurz um die Ecke.

Colin und ein Wachmann ringen am Boden miteinander. Bis jetzt scheint keiner von ihnen die Oberhand zu haben.

Obwohl ich Colin versprochen habe, mich nicht einzumischen, spiele ich nun doch mit dem Gedanken, einzugreifen und ihm zu helfen. Gerade als ich hervortreten will, presst sich eine Hand auf meinen Mund und zieht mich zurück.

Ich will panisch aufschreien, doch die Hand hindert mich daran.

Wer greift mich da an?

Schnell schließe ich die Augen und konzentriere mich auf die Bilder, um erkennen zu können, wer mich da so unsanft festhält.

Die Bilder zeigen mit nur, wie ich mit demjenigen kämpfe, doch da ich durch seine Augen schaue, weiß ich immer noch nicht, wer es ist.

Eine andere Wache? Oder hat vielleicht Prinz Konstantin von meinem Ausbruch mit Colin erfahren?

Eigentlich auch egal! Ich muss mich aufs Wesentliche konzentrieren!

Doch was mache ich jetzt? Der unbekannte Angreifer steht hinter mir und hat mich fest im Griff. Colin kämpft hinter der nächsten Ecke mit einer Wache.

Ohne darüber nachzudenken, tue ich das erste, das mir einfällt. Ich trete nach hinten und erwische tatsächlich sein Schienbein.

Er stöhnt auf. „Was sollte das denn?", raunt Konstantin mir wütend ins Ohr. Nun weiß ich mit Sicherheit, wer es ist.

Ich will ihm antworten, doch seine Hand liegt immer noch auf meinem Mund. Mit dieser und der anderen Hand, die um meine Taille liegt, beginnt er, mich nach hinten zu ziehen. Ich versuche, meine Fersen in den Boden zu rammen, um ihn daran zu hindern, aber es klappt nicht. Er ist viel stärker als ich.

„Du dachtest wohl, du könntest mir so leicht entkommen"; höhnt er. „Aber ich habe eine Anlage installiert, die mich sofort warnt, wenn deine Kerkertür geöffnet wird. Dann musste ich nur noch auf den Kameras nachsehen, wohin du und dieser Wachmann gelaufen sind und schon habe ich dich wieder in meiner Hand", erklärt er argwöhnisch.

Er zieht mich weiter nach hinten.

„Wir gehen jetzt schön zurück und suchen ein neues Plätzchen für dich", flüstert er und ich kann das gemeine Lächeln auf seinen Lippen regelrecht hören.

Oh nein, das werden wir nicht!

Ich muss ihn irgendwie überraschen, damit er zumindest kurz den Griff lockert.

Erneut übernehmen meine Instinkte die Herrschaft – ich reiße den Mund auf und beiße zu.

„Au!", stößt er schmerzerfüllt hervor und tatsächlich lockert sich sein Griff so weit, dass ich mich etwas von ihm lösen kann.

Doch dieser Erfolg hält nicht lange an. Im nächsten Moment zieht er mich zurück und dreht mich zu sich um. Wir stehen Bauch an Bauch.

„Solche Aktionen lassen wir jetzt lieber. Ich bin sowieso schon genervt, weil ihr mich mitten in der Nacht aus dem Bett geholt habt. Also folge mir einfach und wir haben keine Probleme mehr", weist er mich an.

„Ich denke gar nicht daran", zische ich zurück und greife, so schnell ich kann, zu der Waffe in meinem Hosenbund. Ich ziehe sie heraus und drücke sofort auf den Abzug.

Konstantin lässt mich unvermittelt los und taumelt zurück.

Ich habe seinen Fuß getroffen, aber er ist zäh und gibt sich nicht so schnell geschlagen.

Mit der Waffe in der Hand laufe ich los, um ihm zu entkommen, doch nach nur zwei Schritten falle ich zu Boden, weil er sich von hinten auf mich gestürzt hat.

„Ayla!", höre ich Colins Schrei durch die Gänge. Er muss den Schuss gehört haben, aber der Kampf mit der Wache scheint noch nicht beendet zu sein. Noch kann er mir nicht beiseite springen.

Ich muss mir selbst helfen!

Der Prinz liegt auf mir, doch ich schaffe es, mich ein Stück weit zu drehen und die Waffe unter mir hervorzuholen. Da ich auf dem Bauch liege, weiß ich nicht, worauf ich ziele, aber ich drücke mehrmals ab.

Der Druck seiner Hände lässt los und seine Glieder erschlaffen. Ich winde mich unter ihm heraus und robbe am Boden von ihm weg.

Blut läuft aus seiner Seite – viel Blut.

„Na warte, ich krieg dich noch", sagt er und schaut mich aus fiesen Augen an.

Schnell springe ich auf, um mich bereit zu machen, doch er bleibt liegen. Er kann nicht mehr aufstehen.

„Ayla! Geht es dir gut?" Colin kommt um die Ecke zu mir gelaufen. Er beachtet den am Boden liegenden Prinzen gar nicht.

„Ja, alles gut bei mir. Ich wurde von ihm überrascht", erwidere ich.

Nun schaut Colin doch zu dem Prinzen, der uns aus halbgeöffneten Augen beobachtet.

„Das hast du gut gemacht", meint Colin.

Ich erwidere nichts, sondern betrachte weiter den Prinzen, bis seine Augen flatternd zufallen.

„Ich glaube, ich habe ihn getötet", sage ich mit zittriger Stimme.

„Er hatte es verdient und du hast dich nur verteidigt", meint Colin.

Obwohl er meinen Kopf zu sich gedreht hat, schaue ich ihn nicht an. Ich fixiere mit meinem Blick den Boden, denn ich will seine Augen nicht sehen.

„Ich habe gerade ein Menschenleben beendet", stoße ich fassungslos hervor und langsam trifft mich die Erkenntnis, was meine Schüsse bedeutet haben. „Ich bin jetzt eine Mörderin."

„Nein, bist du nicht!", widerspricht mir Colin. „Das war Notwehr, du hattest keine andere Wahl."

„Ich hätte auch mitgehen können … oder ihn nur verletzen. Ich hätte ihn nicht töten müssen", halte ich dagegen.

„Du hättest auf keinen Fall mitgehen können – er hätte dich umgebracht", korrigiert mich Colin und ich weiß, dass er recht hat.

Erneut schaue ich zu dem reglosen Körper.

Der Mann, der da am Boden liegt, ist nicht der Konstantin, der mit mir nachts spazieren gegangen ist, sondern der Mann, der mich angelogen, eingesperrt und angegriffen hat.

„Meine Mum musste nicht nur dem König, sondern auch Prinz Konstantin die Zukunft vorhersagen, oder?", frage ich traurig und bin überrascht, dass mir dies erst jetzt klar wird.

„Ja, er war oft bei ihr", stimmt Colin zu. „Deswegen wollten deine Mum und ich auch nicht, dass du dich mit ihm anfreundest."

Ich schlucke schwer. „Aber ich wollte nicht hören. Ich habe das Thema immer abgelehnt, wenn meine Mum darüber sprechen wollte, weil ich wirklich dachte, dass Konstantin mein Freund ist."

Mein Blick wandert zu Colin und dann ein letztes Mal zu dem toten Körper. Ich weiß, dass ich mich nicht schuldig fühlen muss. Er war mitverantwortlich für den Tod meiner Mum – er hat es verdient. Doch dieses Wissen hilft mir nicht wirklich weiter. Nur weil ich weiß, dass mich keine Schuld trifft, heißt es nicht, dass ich mich nicht schuldig fühle. Konstantin hat mir und meiner Mum Schreckliches angetan, aber den Tod habe ich ihm trotzdem nicht gewünscht. Auch er wurde sicherlich durch seine Lebensumstände zu diesem kalten, herzlosen Menschen. Irgendwo tief in ihm schlummerte sicherlich eine Seele, die sich wie jede andere, nach Sicherheit und Liebe sehnte.

Und doch kann ich es jetzt nicht mehr ändern. Ich kann ihn nicht wieder lebendig machen, aber ich kann dafür sorgen, dass Leon nicht auch noch sein Leben verliert. Wenn ich mich jetzt zusammenreiße und Colin tatsächlich einen guten Plan hat, dann können wir es vielleicht schaffen.

„Was machen wir jetzt?", frage ich, um Colin zu zeigen, dass ich bereit bin weiterzugehen. Ich bin immer noch geschockt von meiner Tat, aber wir haben nicht die Zeit hier tatenlos herumzustehen.

„Hier entlang. Dort vorne müsste Leons Zelle sein."

Auf dem Weg dahin macht Colin noch eine weitere Wache unschädlich, doch diese trifft er so unerwartet, dass der Mann sich gar nicht wehrt, bis er bewusstlos am Boden liegt.

Blitzschnell öffnet Colin mit Zahlencode, Fingerabdruck und Schlüssel die Zelle und ich stürme durch die Tür, sobald sie sich öffnet.

„Leon!"

Er schreckt von seinem Bett auf und als er mich auf sich zukommen sieht, springt er auf.

Ihn hier lebend zu sehen und zu wissen, dass ich ihn dieses Mal nicht hier zurücklassen muss, macht mich so glücklich, dass ich ihn umarme.

Er lacht kurz in mein Haar und legt dann die Arme um mich.

Über meine Schulter hinweg fragt er: „Colin? Was machst du denn hier?"

„Dich retten. Die Kleine wollte nicht ohne dich fliehen", erwidert er. Ich höre seiner Stimme an, dass die Idee, Leon zu befreien, nicht allein von mir stammt.

Leon und Colin kennen sich offensichtlich durch ihre Zeit beim Militär, denn zwischen ihnen herrscht eine gewisse Loyalität.

„Ich will euch ja nicht stören, aber wir müssen los", meint Colin und ich löse mich von Leon.

Wir verlassen die Zelle und Leon kommentiert: „Diesen Raum werde ich bestimmt nicht vermissen."

Ich weiß nicht, was ich dazu sagen soll, also folge ich still Colin.

„Draußen warten zwei Verbündete auf uns. Bitte erschreckt euch nicht und vertraut mir einfach, dass sie euch helfen wollen. Ihr habt sowieso keine andere Wahl, denn ohne sie kommt ihr hier nicht lebend raus", meint Colin, als wir an der letzten Tür ankommen.

Er öffnet sie und nur noch die Treppe trennt uns von der Freiheit.

Einen Moment denke ich über Colins Ansage nach und frage mich, welche anderen Wachen uns wohl helfen werden. Ich gehe davon aus, es sind Freunde von Colin, zu denen er Vertrauen hat.

Da uns gar nichts anderes übrig bleibt, als Colins Urteil zu vertrauen, schiebe ich jeden Zweifel weg und gehe als erste die Treppe hoch.

Am oberen Treppenabsatz angekommen, erblicke ich zwei Gestalten und wäre beinahe die Treppe rückwärts wieder hinuntergefallen.

Warum stehen da plötzlich mein Adoptivvater beziehungsweise mein Onkel, der mich verraten hat, und der Prinz?

Nicht der Prinz, der mich eingesperrt hat, sondern der jüngere, ruhigere, den ich, wenn ich ehrlich bin, gar nicht so richtig wahrgenommen habe, weil er so zurückhaltend war. Ich starre die beiden sprachlos an.

„Ayla, wie schön, dich zu sehen", begrüßt mich Prinz Erik. „Wir beiden hatten noch nicht wirklich oft das Vergnügen, aber ich möchte dir hier heraushelfen. Mein Vater und mein Bruder haben dir Unsägliches angetan und ich werde sie dafür nicht in Schutz nehmen."

Ich zwinkere einmal, um zu überprüfen, ob ich träume, dann schaue ich zu meinem Onkel und entscheide mich, ihn erst später anzusprechen. Jetzt erst einmal geht es um dieses Königsfamilien-Mitglied vor meiner Nase.

„Und woher soll ich wissen, dass du nicht bist wie dein Bruder? Er hat mich belogen und mir gesagt, er würde mir helfen – am Ende saß ich einem Kerker und in ein paar Stunden werde ich vor Schwäche zusammenbrechen, weil er mich gezwungen hat, ihm so oft die Zukunft vorherzusagen", keife ich . Auch wenn er nicht direkt etwas damit zu tun hat, ist es immerhin sein Bruder. Das gleiche Blut fließt durch ihre Adern.

„Du kannst es nicht wissen", kommt Colins Stimme von rechts. Ich schaue zu ihm und er spricht weiter: „Du kannst nicht wissen, ob er so ist wie sein Bruder, aber ich kann es. Was habe ich dir gesagt, als ich herausgefunden habe, dass du dich mit Prinz Konstantin triffst?"

Ich denke an unser Gespräch nach dem Ball, als Colin gesehen hatte, dass ich mit Konstantin sprach. „Du meintest, ich soll ihm nicht trauen und dass er ist wie sein Vater."

„Und habe ich recht gehabt?", fragt er. Es fühlt sich nicht an, als wolle er mir noch einmal vor Augen halten, dass er richtig gelegen hat mit seiner Einschätzung, sondern als würde er mir tatsächlich einfach nur diesen einen Punkt klar machen wollen.

„Ja, du hattest recht."

„Glaub mir, ich hätte mich lieber geirrt, aber ich wusste, dass er sich nicht geändert haben kann. Ich habe ihn in den letzten Jahren so oft zu deiner Mutter ins Zimmer gehen sehen. Die doppelte Belastung durch den König und den Prinzen hat sie sehr schnell ausgelaugt", erklärt er mir und ich kann ihn plötzlich nicht mehr ansehen.

Ich schaue zu Boden, denn der Gedanke, dass der Mann, dem ich blindlings vertraut habe, mit Schuld am Tod meiner Mutter trägt, ist in diesem Moment zu viel für mich.

Ich kann mich damit jetzt nicht auseinandersetzen.

„Doch Erik", beginnt Colin erneut, „hat sich im Hintergrund für dich und deine Mutter stark gemacht und auf den König und seinen Bruder eingeredet, ihr mehr Pausen zu gönnen. Viele Male habe ich, in meiner Position als Wächter, still Gespräche mitgehört, die mich überzeugt haben, dass er deiner Mum helfen wollte. Deine Mutter wollte nie fliehen, also konnten wir ihr damit nicht helfen, aber dir jetzt schon. Du kannst nicht wissen, ob es stimmt, was ich sage, aber du wirst mir vertrauen müssen, wenn du es hier herausschaffen willst."

Ich denke einen Moment darüber nach und erinnere mich an die wenigen Begegnungen, die ich mit Prinz Erik hatte. Ich habe ihn an dem Tag, an dem ich meine Mum das erste Mal wiedergesehen habe, im Ärztehaus gesehen und er hat zu Colin gesagt: „Im Moment ist sie stabil." Damit hat er wohl meine Mum gemeint.

Das nächste Mal habe ich ihn getroffen, als ich mich als Zukunftsseherin zu erkennen gegeben habe und danach ein Ball veranstaltet wurde. Er hat mit Colin gesprochen, während ich mich mit Konstantin unterhalten habe. Und danach hat er beim Tanzen zu mir gesagt, ich würde nicht in Schloss gehören.

Und dann ist da noch die Sache mit dem Essen in meinem Zimmer …

„Du hast mir das Essen ins Zimmer bringen lassen, oder?", frage ich, denn plötzlich verstehe ich, dass Mila sich nicht getäuscht hat und die Prinzen tatsächlich richtig erkannt hat.

Er nickt.

Ich schlucke und schaue fragend zu Leon. Er kennt sie zwar alle nicht, aber ich möchte seine Meinung trotzdem hören. Es geht hier schließlich nicht nur um mein Leben.

„Ich kann mir nicht vorstellen, warum er lügen sollte, nachdem er uns beide aus dem Kerker befreit hat", sagt er.

„Ich auch nicht. Na gut, dann vertrauen wir ihm wohl", erwidere ich und sehe dabei fest in Leons Augen, obwohl ich zu Colin spreche. Ich hole mir durch seine Blicke Stärke ab.

„Und wer ist das?", fragt Leon, ohne seine Augen von mir zu nehmen. Ich weiß natürlich, von wem er spricht und sage: „Das ist mein Onkel. Ich habe die letzten acht Jahre bei seiner Familie gelebt, bis er entschieden hat, mich zu verraten, um das Kopfgeld für seine Kinder zu haben. Ich würde wirklich gerne auch mit ihm noch ein Hühnchen rupfen, aber ich befürchte, dafür haben wir keine Zeit mehr."

Ich wende mich zu Colin: „Wir sollten so schnell wie möglich los. Ich meinte es ernst, als ich sagte, dass ich in Kürze vor Schwäche zusammenbrechen werde. Du weißt, wie schlimm es ist nach einem oder zwei Mal direkt hintereinander. Dieses Mal waren es ganze dreimal."

Colin nickt gequält und Leon flüstert hinter mir: „Ich werde den Kerl umbringen." Es liegt solche Wut in seiner Stimme, dass ich nicht einen Moment daran zweifle, dass er es tatsächlich in die Tat umsetzen würde.

„Da habe ich schon gemacht", erwidere ich, ohne darüber nachzudenken.

Alle außer Colin sehen mich plötzlich an.

„Er ist uns im Kerker begegnet und wir hatten keine andere Wahl als ...", beginnt Colin zu erklären, doch ich unterbreche ihn.

„Hör auf, es zu erklären. Egal ob Notwehr oder Absicht, ich sollte es nicht bereuen. Er hat meine Mum getötet, wollte mich da unten verrotten lassen, während er seinen eigenen Vater umbringt. Er hatte es verdient zu sterben", sage ich und meine Stimme klingt nicht ganz so fest, wie ich

233

gehofft habe. Tief in mir fühle ich mich schuldig und bin entsetzt von meiner Tat, aber diese Gefühle haben hier keinen Platz. Ich muss nach außen hin stark wirken, damit niemand merkt, wie sehr mich innerlich die Schuldgefühle auffressen.

Mein Blick fliegt zum Prinzen. Ich erwarte, Wut darin zu sehen, weil ich seinen Bruder getötet habe, doch er schaut traurig zu Boden.

Ein paar Sekunden sagt niemand etwas – alle scheinen auf Prinz Eriks Reaktion zu warten. Er murmelt etwas Unverständliches vor sich hin und wischt sich dann unauffällig über die Augen, um seine Tränen zu verstecken.

Dann atmet er hörbar aus und fragt: „Können wir los?"

Er scheint, genauso wie ich, seine Gefühle zu verdrängen, um sich später damit zu befassen.

„Was ist denn der Plan?", fragt Leon und schaut zu Colin.

Dieser hat seinen Blick jedoch noch immer nicht von Erik gelöst.

Wieder vergehen ein paar Sekunden, dann erklärt der Prinz: „Jede Nacht wird das Tor einmal geöffnet, um einen Wagen mit Essenslieferungen herein und einen anderen Wagen mit Müll heraus zu lassen. Mein Vater wollte davon nichts mitbekommen, deshalb hat er vor Jahren beschlossen, diese Arbeiten auf drei Uhr nachts zu legen."

„Und wir sollen währenddessen mit rausschlüpfen?", frage ich.

„Nein, das würde nicht klappen", antwortete mir Colin. „Die Wagen werden genauestens kontrolliert und überwacht."

„Der große Aufwand dieser Kontrollen benötigt mehr Wachen, deshalb werden vier Gartenwachen für fünfzehn Minuten ihre Posten verlassen und stattdessen am Tor helfen", erklärt mein Onkel.

Ich werfe ihm einen Blick zu, der ihn wissen lässt, dass ich nicht vergessen habe, dass er mich in diese Lage gebracht hat.

„Den Strom am oberen Ende der Mauer kann ich im Schloss abstellen und solange ich ihn innerhalb von zehn Minuten wieder andrehe, speichert das System es als 'Kurzer technischer Ausfall' und sendet keinen Alarm aus", führt der Prinz weiter.

„Wir sollen also in dem Abschnitt, in dem die Gartenwachen fehlen, über die Mauer klettern", folgere ich und Colin nickt.

„Wie viel Uhr haben wir?", fragt Leon.

„Zehn vor drei. Ich habe nicht damit gerechnet, dass wir dich ebenfalls befreien müssen und erneut auf Prinz Konstantin treffen. Jetzt müssen wir uns wirklich beeilen", antwortet Colin ihm und blickt auf seine Armbanduhr.

„Na dann, wohin müssen wir?", frage ich.

„Ich werde zum Schloss gehen. Den Strom werde ich zwischen fünf nach und fünfzehn nach drei ausschalten. Ihr geht mit Colin zur richtigen Stelle", erklärt Prinz Erik.

„Wir werden laufen müssen, denn es geht zum anderen Ende des Schlossparks", meint Colin und nickt Erik zu, bevor er sich in Bewegung setzt.

„Vielen Dank", wendet sich Leon an Erik.

„Du musst mir nicht danken, meine Familie hätte dich hinrichten lassen", erwidert Erik.

„Es ist trotzdem gut zu wissen, dass ihr nicht alle gleich seid", sagt Leon und mit diesen Worten laufen wir los. Wir folgen Colin und holen ihn ein, als er neben dem Ärztehaus stehenbleibt. Erik läuft zum Schloss.

„Henry, läufst du bitte in Richtung Westen und lenkst die Patrouille dort ab? Die laufen sonst genau an der Stelle entlang, an der wir drüber klettern wollen", wendet sich Colin an meinen Onkel. Dieser nickt und läuft los.

„Hier laufen überall Wachen rum, also haltet die Augen offen", weist Colin uns an und läuft weiter.

Schweigend laufen wir durch den Garten und bleiben immer wieder hinter Sträuchern oder Häusern stehen, um patrouillierende Wachen vorbeizulassen.

„Schnell weiter", flüstert Colin, als er hinter einem Strauch hervorgeschaut hat. „Es ist schon zwei nach drei. Dahinten ist es." Er deutet ein Stück weiter auf einen Bereich der Mauer.

Ich folge ihm, stets mit Leon direkt hinter mir.

Wir sind fast da, als plötzlich Schreie und Schritte hinter uns ertönen.

Reflexartig drehe ich mich um und erblicken zwei Wachen, die über den Weg auf uns zu gerannt kommen.

„Verdammt, die haben uns gesehen", murmelt Colin und bleibt abrupt stehen.

„Wir müssen sie loswerden", kommt es von Leon.

„Lauft weiter und klettert los. Wir haben keine Zeit mehr. Ihr müsst euch beeilen!", befiehlt uns Colin.

„Und was ist mit dir?", stoße ich hervor und schaue zwischen der Mauer und den heraneilenden Wachen hin und her.

„Stehen bleiben und Waffen fallen lassen!", ruft einer der Männer.

„Ich kümmere mich um mich selbst. Jetzt lauft endlich!" Colins Stimme lässt keinen Widerspruch zu und so rennen Leon und ich widerwillig los.

Gerade als wir an der Mauer ankommen, höre ich zwei Schüsse. Ich weiß, ich sollte nicht schauen, aber ich kann nicht anders. Ich drehe mich um und sehe, dass Colin noch steht.

Erleichtert atme ich auf und wende mich der Mauer zu. Einfach wird es nicht, da hochzukommen, das ist mir sofort klar.

„Hier sind ein paar Steine locker", sagt Leon und ruckelt an der Mauer. Einen Augenblick später hat er es geschafft, zwei Steine so weit zu verschieben, dass man in die kleinen Lücken steigen kann. Er klettert daran hoch und wackelt weiter oben an den nächsten Steinen. Mit dieser Technik arbeitet er sich immer weiter hoch und ich folge ihm sofort.

Als er oben angekommen ist, streckt er seinen Arm nach unten und ich ergreife ihn dankbar. Mühelos zieht er mich hoch, bis ich neben ihm auf der Mauer kauere.

Prinz Erik hat sein Versprechen gehalten, das Metall neben meinen Beinen gibt mir keinen tödlichen Stromschlag.

Ich wage einen letzten Blick zurück und sehe, dass zwei Personen auf die Mauer zugerannt kommen.

Die eine kann ich als Colin ausmachen. Er wirft seine Waffe neben sich - keine Schüsse mehr.

Der Mann, der hinter ihm herläuft, hebt seine Waffe und zielt.

Ich kneife die Augen zusammen, als der Schuss ertönt. Dann reiße ich sie wieder auf und sehe Colin immer noch laufen, jedoch etwas schwerfälliger. Er hält sich die linke Seite.

Der Verfolger wirft ebenfalls seine Waffe von sich.

Inzwischen sind die beiden nah genug bei uns, dass zumindest die kleine Chance besteht, dass ich seinen Verfolger treffen könnte. Ich ziehe die Waffe aus meiner Hose und versuche zu zielen.

„Lass mich und spring schon mal. Ich helfe Colin und du gehst vor. Wir kommen gleich nach", redet Leon auf mich ein.

Er kommt aus einer Jägerfamilie.

Er kann schießen.

Ich lege die Waffe in seine Hand.

„Rette ihn."

Leon richtet die Waffe aus, doch in dem Moment wirft sich der Mann auf Colin.

„Verdammt. Wenn ich jetzt schieße, stirbt Colin auch", meint er und uns bleibt nichts übrig, als dem Kampf zwischen Colin und dem Wachmann zu folgen.

Colin schafft es sich zu befreien und aufzuspringen.

Sein Verfolger springt ebenfalls auf, doch im nächsten Moment ertönt ein Knall und der Mann fällt zu Boden.

Mein Blick fliegt zu Leon, der die Waffe schneller gezogen hat, als ich blinzeln kann.

Colin kommt an der Mauer an und findet die improvisierte Treppe.

„Habe ich euch nicht gesagt, ihr sollt abhauen?", ruft er uns zu und hievt sich die Mauer hoch.

„Wir konnten dich nicht zurücklassen", erwidert Leon und streckt Colin die Hand entgegen. Er zieht ihn ebenfalls hoch und an der Art, wie erschöpft Colin auf der Mauer ankommt, wird mir klar, wie sehr der Kampf und die Schusswunde an ihm gezehrt haben.

„Wir werden springen müssen", sagt Colin und klettert auf die andere Seite der Mauer.

Ohne ein weiteres Wort stößt er sich von der Mauer ab und kommt mit einem schmerzverzerrten Laut unten an.

Es ist keine Zeit für Angst, also setze ich mich ebenfalls an den Rand und drücke mich ab.

Ich komme hart auf, kann jedoch den Schwung durch eine Rolle abfangen. Leon landet neben mir und hilft mir auf.

„Wohin gehen wir? Du bist verletzt und Ayla hat nicht mehr lange Zeit, bevor der Schwächeanfall sie trifft", sagt Leon zu Colin.

„Ich habe gehofft, dass wir in dieser Nacht mehr Weg hinter uns bringen, aber für einen solchen Notfall habe ich einen Plan. Eine Bekannte von mir lebt hier im Wald. Wir müssen in diese Richtung", erwidert dieser.

Wir laufen los, doch schon nach wenigen Minuten beginnt mein Kopf zu schwirren. Ich stolpere und versuche mich auf den Boden zu konzentrieren.

Mit jedem Schritt wächst die Anstrengung, die der nächste kosten wird.

Weit werde ich nicht mehr kommen, aber aufzugeben ist keine Option.

Ich zwinge mich weiterzulaufen, doch die nächste Wurzel am Boden bringt mich zu Fall. Ich schlage hart auf, weil meine Reflexe nur verlangsamt funktionieren.

„Ayla", schreit Leon erschrocken und will mir aufhelfen.

„Es geht schon", wehre ich ab, doch meine Versuche aufzustehen, scheitern.

Meine Beine tragen mich einfach nicht mehr und ein lautes Fiepen in meinen Ohren verstärkt sich.

Zum dritten Mal falle ich zurück auf meine Knie, als starke Arme mich packen. Die Dunkelheit und die Kopfschmerzen verschlechtern meine Sicht, doch da ich keine Bilder im Kopf habe, weiß ich, dass es Leon ist.

Er hebt mich hoch und läuft los.

„Du kannst mich unmöglich tragen", flüstere ich ihm zu, wobei mein Kopf erschöpft an seine Brust sinkt.

„Glaub mir, ich hatte im Kerker genug Zeit, um überschüssige Energie zu sammeln", erwidert er beruhigend.

Kapitel 14

Als ich meine Augen wieder aufschlage, weiß ich nicht, wo ich bin. Verwirrt schaue ich mich um und erst als ich in die vertrauten Augen von Leon schaue, wird mir klar ich, dass alles gut ist. Ich liege auf einem Bett in einem Zimmer, das ich nicht kenne und er sitzt neben mir. Er hält meine Hand fürsorglich fest.

In diesem Zimmer ist alles aus Holz, auch die Wände, daraus schließe ich, dass wir in einer Hütte sind. Jedoch in keiner heruntergekommenen Hütte, denn dafür sind die Möbel und der Teppich zu schön, sondern in einer wohl gepflegten Holzhütte.

„Da bist du ja wieder", sagt er mit weicher Stimme.

„Wie lange war ich weg?", frage ich zittrig.

„Wir sind gestern Nacht hier angekommen. Du hast auf dem Weg das Bewusstsein verloren und seitdem geschlafen. Dein Körper brauchte die Erholung wohl wirklich dringend", erwidert er.

So wie meine Mum die Erholung gebraucht hätte, die ihr jahrelang verwehrt wurde.

Ich wende den Blick von ihm ab, denn ein Stich in meiner Brust lässt mich zusammenzucken.

„Geht es Colin gut?", frage ich schnell, um das Thema zu wechseln.

„Ja, ihm geht es gut. Seine Bekannte ist eine alte Frau, die uns hier Zuflucht gewährt und Colins Wunde versorgt hat. Zum Glück war es nur ein Streifschuss", antwortet er und legt seine Finger an mein Kinn.

Er dreht mein Gesicht zu sich, sodass ich ihn anschauen muss. „Aber Colins Schusswunde ist es gar nicht, oder? Dich beschäftigt etwas anderes?"

„Die bessere Frage wäre wohl: Was beschäftigt mich nicht?", erwidere ich und schenke ihm ein trauriges Lächeln.

„Du hast viel durchgemacht und ich wünschte, ich hätte dir beistehen können."

„Doch stattdessen saßt du meinetwegen im Kerker. Es tut mir so unendlich leid, dass ich dich in diese Lage gebracht habe. Ich weiß, du sagst, du warst dir bewusst, auf was du dich einlässt, als du mir damals im Wald geholfen hast, aber ich wünschte ...", doch er unterbricht mich.

„Glaub mir, dass so viel Schwierigkeiten und Gefahr draus wurden, habe ich tatsächlich nicht erwartet. Ein bisschen Ärger war mir klar, als ich dich fand, aber auf das hier konnte wohl keiner von uns vorbereitet gewesen sein. Und doch würde ich es jederzeit wieder genauso machen. Ohne zu zögern, würde ich dir wieder helfen, wieder im Kerker sitzen und wieder über eine Mauer klettern."

Er lehnt sich zu mir und drückt mir einen Kuss auf die Stirn.

„Ich habe eure Stimmen gehört und dachte mir, ein bisschen Essen kann unserer tapferen Kriegerin hier nicht schaden", höre ich plötzlich Colins Stimme an der Tür. Er kommt ins Zimmer und reicht Leon einen Teller.

„Colin", sage ich erleichtert. Ich kann immer noch nicht fassen, dass ich solches Glück hatte, ihn zu treffen. „Wann kehrst du zurück ins Schloss?"

Er lacht kurz auf und meint: „Hoffentlich gar nicht. Außer in Handschellen werde ich dieses Gelände wohl nie wieder betreten."

„Aber ... aber es ist doch dein Job ... du lebst dort", stammle ich ungläubig.

„Jetzt nicht mehr. So viele Wachen haben mich gesehen und ich habe so viele Fingerabdruckscanner mit meiner ID geöffnet! Die wissen ganz genau, was ich getan habe", erklärt er und ich frage mich ernsthaft, warum mir das nicht schon längst klar geworden ist.

Natürlich kann er nicht ins Schloss zurück. Er würde sofort wegen Hochverrats im Kerker landen.

„Ich lasse euch mal wieder allein", sagt er zu Leon und mir und verlässt den Raum.

Leon reicht mir den Teller, nachdem ich mich aufgesetzt habe. Mein Kopf dröhnt noch immer, aber ich komme langsam wieder zu Kräften.

„Ich glaube, der König und Prinz Konstantin haben meine Mutter in genau so einem Zustand wie dem, in dem ich gerade bin, direkt wieder befragt. Dadurch ist sie mit jedem Mal noch tiefer gefallen und konnte sich nie genug erholen", sage ich, während ich einen Löffel Suppe zum Mund führe.Leon antwortet nicht, aber das erwarte ich auch nicht. Er ist einfach nur da, während ich schweigend meine Suppe löffle.

Als ich fertig bin, nimmt er mir den Teller ab und steht auf. „Ruh dich weiter aus", sagt er, doch bevor er die Tür öffnet, halte ich ihn auf.

„Warte. Kannst du hierbleiben?"

Er stellt den Teller auf ein Regal und kommt zurück. Ich rutsche zur Seite, um ihm zu verstehen zu geben, dass ich nicht den Hocker neben meinem Bett meine.

Er versteht und lässt sich auf dem Bett nieder. Er legt den Arm um mich, sodass ich meinen Kopf auf seine Brust und meine Hand auf seinen Bauch legen kann.

Er strahlt eine unheimliche Ruhe aus und da ich keine Bilder verdrängen muss, kann ich mich vollkommen entspannen.

Ich schlage meine Augen wieder auf und merke sofort, dass ich nicht mehr auf Leons Brust, sondern auf einem Kissen liege. Er muss irgendwann, während ich geschlafen habe, gegangen sein.

Ich höre gedämpfte Stimmen durch die Tür und da ich mich schon sehr viel erholter fühle, entschließe ich mich, aufzustehen. Ich haben schon genug verpasst und will endlich wissen, wie es weitergeht und welchen Plan wir haben.

Ich setze mich auf und schwinge die Beine über die Bettkante. Erst jetzt fällt mir auf, dass mich jemand umgezogen hat. Ich trage nicht mehr die verschmutzten Sachen, die ich während unserer Flucht getragen habe, sondern eine graue Jogginghose und ein schwarzes Shirt.

Ich frage mich, wer mich wohl neu angezogen hat und hoffe inständig, dass es nicht Leon, sondern diese alte Frau war, die ich zwar noch nie gesehen habe, von der ich aber weiß, dass sie eine Frau ist.

Ich stehe auf und nach einem kurzen wackligen Moment schaffe ich es, mein Gleichgewicht zu finden.

Ich öffne die Holztür und betrete einen Raum, den ich sofort als Wohn- und Esszimmer identifiziere. Auch dieser Raum ist zum größten Teil aus Holz gebaut. Im Kamin lodert ein Feuer und davor stehen zwei Schaukelstühle, auf denen grüne Kissen liegen.

In der Ecke gegenüber meiner Tür steht ein Esstisch. Auf der Sitzbank an der Wand sitzen Colin und Leon. Auf den Stühlen, die mit dem Rücken zu mir stehen, sitzen eine Frau, deren graue Haare ihren Rücken bedecken, und ein Mann. Den Mann kann ich auf den zweiten Blick als Prinz Erik ausmachen.

Leon ist der erste, der mich entdeckt.

„Ayla", begrüßt er mich und erhebt sich ganz selbstverständlich, um mir zu helfen. Er kommt zu mir und begleitet mich zum Tisch, wo die anderen mit gebannten Blicken auf mich warten. Leon schiebt mich auf die

Sitzbank, sodass ich einige Momente später zwischen Colin und ihm sitze.

„Es ist schön, dich zu sehen", sagt die alte Frau. Sie hat ein warmes Lächeln und die vielen Falten und Altersmale auf ihrem Gesicht tun ihrer Schönheit keinen Abbruch. Eher im Gegenteil – sie strahlt wahre Schönheit von innen heraus.

„Das ist Maria", stellt mir Colin die Dame vor.

„Vielen Dank, dass Sie uns aufgenommen haben, und vielen Dank für die neue Kleidung", bedanke ich mich.

„Das mache ich doch gerne, mein Kind. Eure Art hat es so schwer, dass ich mich immer freue, helfen zu können", erwidert sie und sofort blicke ich zu Leon.

Ich sehe ihn fragend an und er scheint auch ohne Worte zu verstehen, was ich wissen möchte.

„Sie weiß, was du bist."

Ich schaue zurück zu der Frau und diese beginnt zu erklären: „Als ich noch jung war, wurde eine Freundin von mir ins Schloss gebracht und kam nicht wieder. Uns wurde klar, dass sie eine Zukunftsseherin gewesen sein musste und ich half ihrem Ehemann mit den zwei kleinen Kindern zu fliehen."

Sie macht eine kurze Pause, als würde sie sich noch ganz genau an die Ereignisse damals erinnern und spricht dann weiter: „Kurz darauf kamen die Wachen wieder und wollten die Kinder ebenfalls mitnehmen, doch wir haben es geschafft, die Familie schnell genug zu verstecken. Das Schicksal meiner Freundin ging mir sehr nahe, sodass ich mich als Magd an den Königshof versetzen ließ, um ihr beizustehen. Zu zweit gegen alle anderen am Hofe planten wir ihre Flucht. Ich kundschaftete die Umgebung aus und fand dieses Haus. Es war völlig heruntergekommen und stand offensichtlich seit Jahren leer."

„Hat sie es geschafft zu fliehen?", frage ich, als Maria eine Pause macht.

„Ja, das hat sie, aber sie war schwach. Die Dienste beim König haben sie ausgelaugt, sodass sie nicht viel Strecke auf einmal schaffte. Hier in diesem Haus übernachteten wir einige Nächte und zogen dann weiter. Irgendwann trennten wir uns und ich habe seitdem nichts mehr von ihr gehört. Sie musste untertauchen und ein neues Leben beginnen. Ich musste zurück an den Hof, doch dieses Haus und was ich darin erlebt habe, hat mich nie losgelassen. Jedes Wochenende bin ich hergekommen und habe angefangen, es auf Vordermann zu bringen", erzählt sie in Erinnerungen schwelgend.

„Und dann?", frage ich, denn ich bin mir sicher, dass es noch weiter geht.

„Jahrelang musste die Königsfamilie ohne Zukunftsseherin auskommen. Der König wurde immer wütender und begann, immer mehr Ländern den Krieg zu erklären. Bis eines Tages, vor etwa acht Jahren, eine neue gefunden wurde. Als ich sie das erste Mal gesehen habe, wusste ich sofort wer sie war. Obwohl zwanzig Jahre vergangen waren, erkannte ich das Mädchen, das damals mit ihrem Vater geflohen ist. Ihre Gesichtszüge erinnerten mich

248

so sehr an ihre Mutter, dass ich fast dachte, ich hätte sie vor mir."

„Und diese Freundin von Ihnen, der Sie damals geholfen haben, war meine Großmutter?", frage ich überwältigt.

„Oh ja, das war sie und du siehst aus wie sie", bestätigt die alte Frau.

Nun übernimmt Colin das Wort. „In der Zeit, in der deine Mutter ans Schloss kam, war auch ich bereits im Schloss. Ich lernte Maria kennen und wir waren uns schnell einig, dass wir deiner Mum helfen wollten. Maria zeigte mir das Haus, das sie über die Jahre hinweg renoviert hatte und erklärte mir, dass wir hier einen Zwischenstopp machen könnten, wenn wir sie aus den Mauern herausbekommen könnten. Ich arbeitete einen Plan aus, denn nachdem deine Großmutter geflohen ist, sind die Sicherheitsstandards enorm erhöht worden."

„Aber meine Mum wollte nicht fliehen", sage ich, als Colin eine Pause macht.

„Richtig. Sie wusste, dass sie dann dich holen würden. Sie selbst hat es nach der Flucht ihrer Mutter geschafft, so viele Jahre unentdeckt zu bleiben, aber das war ein absolutes Wunder. Dein Großvater muss ständig mit den Kindern umgezogen sein, um das zu schaffen. Normalerweise dauerte es nach dem Tod der einen Zukunftsseherin höchstens ein paar Wochen, bis die nächste gefangen wurde."

„Vor zwei Jahren habe ich mich dann zur Ruhe gesetzt und bin hierhergezogen. Ich konnte mir weder vorstellen zurück in eines der Dörfer zu ziehen, noch wollte ich am Hof meinen Lebensabend verbringen. Ich bin gegangen und habe Colin wissen lassen, dass er dieses Haus immer nutzen dürfe, wenn er eine junge Frau retten kann", schließt sie ihre Erzählung.

„Unfassbar, dass meine Familie diese ganzen Verbrechen schon seit Generationen begeht", meint Prinz Erik. „Sie haben über Jahrzehnte alle Zukunftsseherlinien des Landes ausgelöscht außer die von Ayla. Ich verstehe einfach nicht, wie sie mit sich selbst leben können." Er richtet seine Worte an niemand bestimmten, sondern spricht zu sich selbst.

„Hat dein Vater Verdacht geschöpft, dass du uns geholfen hast?", frage ich ihn, statt auf seine Worte einzugehen.

„Nein, hat er nicht. Er war zu beschäftigt damit, den Verlust seines Erstgeborenen zu betrauern und Morddrohungen auf jede Wache, die letzte Nacht im Dienst war, auszusenden. So wütend habe ich ihn noch nie erlebt", antwortet er.

„Ich habe unter dem Vorwand, ein Dorf zu besuchen, das Schloss verlassen. Er hat sich nicht gewundert, denn ich gehe oft aus, um Dörfer zu besuchen."

Ich sehe ihn verwundert an, also fährt er fort: „Es hat meinen Vater sowieso nie wirklich interessiert, was ich mache, solange ich ihm nicht im Weg stehe. Sein Hauptaugenmerk lag immer auf dem Thronfolger Konstantin."

„Warum besuchst du die Dörfer?", fragt Leon.

„Ich möchte die Gesichter sehen, über die meine Familie herrscht. Ein Königreich ist nichts ohne sein Volk. Außerdem gibt es mir die Gelegenheit, dort zu helfen. Im Schloss gibt es von allem im Überfluss, sodass es nicht auffällt, wenn ich Essen oder Medizin mitnehme und den Armen schenke."

„Das sind gar keine Bestechungsversuche des Königs?", frage ich verwirrt.

Erik lacht auf. „Nein, dem ist es egal, was das Volk denkt. Er kann es kontrollieren, das reicht ihm."

„Ich dachte immer, regelmäßige Besuche in unserem Dorf wären nur Propaganda, um uns unterwürfiger zu machen. Deswegen bin ich auch nie hingegangen", gebe ich ehrlich zu und erinnere mich an die vielen Male, als ich den Prinzen innerlich verflucht habe, während er durch unser Dorf ritt. Ich bin aus Prinzip ferngeblieben, denn ich wollte ihm keine Ehre geben.

Tante Lisa war da anders – sie war froh um jedes kostenlose Lebensmittel, das sie ergattern konnte.

„So würde ich wahrscheinlich auch denken, wenn ich du wäre", meint er und zwinkert mir zu.

„Gut, kommen wir zurück zu den wichtigen Dingen. Wie sieht die Lage aus?", wendet sich Colin an Erik.

Eriks Miene wird ernster und er erklärt: „Mein Vater hat ein Dutzend Suchtrupps losgeschickt, jedoch konnte ich ihn davon überzeugen, erst einmal in Richtung Süden und Osten suchen zu lassen, schließlich sind dort die nächsten Dörfer. Hier, in Richtung Norden gibt es kilometerweit kein

Dorf oder sonst etwas, wo man Schutz findet. Er fand meine Erklärung plausibel und hat die Suchtrupps erst einmal dorthin geschickt. Ein paar Tage wird uns das bringen, aber länger nicht. Wenn die Truppen nicht fündig werden, wird mein Vater weitere aussenden und zwar in alle Himmelsrichtungen."

„Im Moment können wir noch nicht weiterreisen. Ayla ist noch zu schwach", wirft Leon ein und obwohl ich ihm widersprechen will, lasse ich es.

Ich möchte nicht die Schwache sein, aber ich weiß selbst, dass ich in meinem momentanen Zustand nicht weit kommen würde.

„Wir werden das Risiko eingehen müssen und noch mindestens zwei Tage hier ausharren müssen", stimmt Colin ihm zu.

„Ihr seid hier solange willkommen, wie ihr möchtet", sagt Maria und ich werfe ihr einen dankbaren Blick zu.

Ohne sie hätten wir letzte Nacht nicht mehr weitergewusst. Bei diesem Gedanken schaue ich auf meine Hände, um dem Blick ihrer Augen auszuweichen. Die roten Spuren auf meinen Fingern und Handflächen lassen mich scharf die Luft einziehen. Ich habe noch immer Konstantins Blut an meinen Händen. Die anderen unterhalten sich weiter, doch meine Gedanken sind nun auf meine Hände und das Blut fokussiert.

„Gibt es hier eine Dusche?", frage ich völlig zusammenhanglos und ohne hochzusehen. Meine Hände bloß zu waschen, kommt mir viel zu wenig vor.

Ich möchte den ganzen Dreck und das Blut von letzter Nacht von mir abwaschen.

Ich schaue hoch und sehe, dass Leon mich mitfühlend ansieht.

Schnell nehme ich meine Hände vom Tisch und zwinge ein Lächeln auf meine Lippen. Ich möchte nicht, dass sie wissen, wie sehr mir all das an meine Nerven geht. Wenn ich schon körperlich schwach bin, möchte ich wenigstens seelisch stark sein.

„Die Treppe hoch und dann die erste Tür links. Im Schrank findest du Handtücher", sagt Maria und Leon steht auf, um mich aus der Bank herauszulassen.

„Schaffst du das oder brauchst du Hilfe?", fragt er ganz leise, als er sieht, mit welcher Mühe ich mich von der Bank erhebe.

Bei dem Klang seiner Stimme werden meine Knie noch weicher, als sie es sowieso schon sind.

„Du willst mir ja nur helfen, weil du hoffst, mich nackt zu sehen", sage ich neckend. Ich versuche meine Schwäche zu überspielen und bin dankbar, als er darauf einsteigt und sagt: „Einen Versuch ist es doch wert."

Er zwinkert mir zu und mir ist sehr bewusst, dass er weiß, wie sehr ich versuche, mir nichts anmerken zu lassen. Es ist, als könne er durch all meine gespielte Stärke hindurchsehen.

Und doch lässt er mich. Er drängt mir seine Hilfe nicht auf, sondern lässt mich allein und sehr langsam zur Treppe gehen, weil er zu wissen scheint, dass ich das gerade brauche.

Ich brauche es für mich – ich muss mir selbst beweisen, dass ich stark bin und dass ich es auch ohne Hilfe schaffe.

Ein Klopfen an der Tür lässt mich meinen Kopf für einen kurzen Moment anheben.

Die Treppe, das lange Stehen unter der Dusche und die vielen Tränen, die ich vergossen habe, während ich mir all den Schmutz und das Blut vom Körper gewaschen haben, haben mir meine letzte Kraft geraubt. Ich bin förmlich aus der Dusche gestolpert und nachdem ich mich in ein Handtuch gewickelt habe, bin ich einfach zu Boden gerutscht.

Eigentlich wollte ich mich nur ein paar Sekunden ausruhen, ehe ich wieder hinunter in mein Zimmer gehe, aber ich schaffe es nicht, wieder aufzustehen. So sitze ich hier in ein Handtuch gewickelt, mit dem Rücken gegen die Dusche gelehnt, die Beine angezogen und den Kopf auf die Knie gelegt und versuche, meine Kräfte zu bündeln.

Noch immer laufen mir Tränen über die Wangen.

Ich weine wegen meiner Mum, die viel zu früh sterben musste; ich weine wegen Colin und Leon, die beide ihr altes Leben aufgeben mussten; ich weine wegen Konstantin, der nie wieder die Chance haben wird, sein Glück im Leben zu finden.

„Ayla, geht es dir gut?", fragt Leons Stimme von draußen.

„Ja, alles gut", krächze ich zurück.

Eine kurze Pause entsteht, doch ich weiß, dass er noch immer vor der Tür steht.

„Darf ich reinkommen?", fragt er dann.

Mein erster Reflex ist, ihn wegzuschicken, doch der Gedanke an seine Wärme lässt mich stocken.

„Ja", flüstere ich, ohne es meinem Mund erlaubt zu haben.

Ich denke erst, er hat es nicht gehört, weil es so leise war, doch dann öffnet sich langsam die Tür und er kommt herein. Er schließt die Tür hinter sich und setzt sich neben mich. Er gibt keinen Kommentar zu meinem elenden Anblick hier auf dem Boden ab, sondern setzt sich einfach zu mir.

„So sollst du mich doch gar nicht sehen", flüstere ich und lege meinen Kopf auf seine Schulter.

„Weißt du, wann ich mal genauso dasaß wie du jetzt?", fragt er, anstatt auf mein Flüstern einzugehen.

„Wann?"

„Als ich im Krankenhaus war. Sie haben mein Bein operiert und ich bin nach der OP mit nur noch einem Unterschenkel aufgewacht. Ich fühlte mich, als wäre ein Pferd über mich drüber gelaufen. Der Arzt meinte, ich habe großes Glück gehabt, dass ich es überhaupt geschafft habe zu überleben, denn ich habe Unmengen an Blut verloren", erzählt er und ich lausche still.

„Sobald ich wieder einigermaßen fit genug war, um aufzustehen, und wusste, wie man die Prothese befestigt, wollte ich unbedingt etwas alleine machen und mir selbst beweisen, dass ich trotzdem noch unabhängig bin. Ich bin rausgegangen und habe mir ein viel zu großes Stück vorgenommen, sodass ich schließlich aufgeben musste. Mein Bein hat gebrannt und mein Körper war völlig am Ende. Ich konnte einfach nur an einen Baum gelehnt dasitzen und warten."

„Und dann?", frage ich neugierig.

„Irgendwann ist ein Mann auf einem Pferd vorbeigekommen und hat mich gesehen. Er hat mich auf sein Pferd gesetzt und zurückgebracht. Ich hatte das Gefühl gescheitert zu sein und dachte, ich werde nie wieder selbstständig sein", wieder macht er eine kleine Pause.

„Und jetzt sieh dich an. Läufst durch den Wald und trägst schwache Mädchen, als wäre gar nichts passiert", sage ich und hebe den Kopf kurz an, um ihm ein Lächeln zu schenken.

„Und genauso wirst du auch wieder herumlaufen, als wäre gar nichts passiert. Es wird dich für immer begleiten, so wie mich meine Prothese für immer begleiten wird, aber du wirst wieder alles aus eigener Kraft können. Vielleicht noch nicht jetzt, aber bald", versichert er mir.

Seine Worte bedeuten mir viel, aber ich will nicht schon wieder emotional werden, also sage ich stattdessen witzelnd: „Hast du diese Ansprache aus einem Film geklaut?"

Er lacht. „Klar, ich hatte im Krankenhaus so viel Zeit beim Rumliegen, dass ich nur ferngesehen habe und dabei diese Rede vorbereitet habe. Ich dachte mir, irgendwann werde ich sie brauchen können."

Dieses Mal bin ich diejenige, die lacht. „Dachte ich es mir doch."

Tatsächlich sind in den meisten Krankenhäusern Fernseher installiert, während man diese in Privathäusern eher seltener findet. Meistens sind diese Dinge die ersten, die verkauft werden, wenn das Geld fürs Essen fehlt. Deshalb hatten auch wir zu Hause keinen Fernseher.

„Ist dir eigentlich aufgefallen, wie schön dieses Bad ist?", stellt Leon mir eine völlig belanglose Frage.

„Oh ja", sage ich lachend, „ungefähr so würde ich ein Bad einrichten, wenn ich Geld hätte. Obwohl ..., wenn ich ganz viel Geld hätte, wäre es noch größer und ich würde überall Gold hinmachen, einfach nur weil ich es kann."

„Also wenn ich so viel Geld hätte, dass ich mir Gold kaufen könnte, dann würde ich mir lieber einen Fernseher ins Bad hängen, einfach nur weil ich es kann", meint Leon.

„Auch eine gute Idee, dann könnte ich, während ich baden gehe – natürlich gehe ich baden, schließlich habe ich Zeit, denn ich muss dann ja nicht arbeiten – immer Fernsehen schauen", stimme ich ihm zu.

Wir überlegen noch eine ganze Weile, was wir alles machen würden, wenn wir das Geld dazu hätten, doch schließlich fallen mir immer öfter die Augen zu.

Kapitel 15

Die nächsten zwei Tage verbringe ich hauptsächlich mit Schlafen und Essen. Als ich am dritten Tag aufwache, habe ich zum ersten Mal das Gefühl, nicht müde die Augen zu öffnen. Sonst bin ich jedes Mal so müde aufgewacht, dass ich mich gefragt habe, wozu ich überhaupt schlafe, wenn mein Körper sowieso nie genug bekommt.

Doch heute ist es anders. Die Sonnenstrahlen, die durchs Fenster auf mein Gesicht fallen, stören mich nicht.

Ich rolle mich auf den Bauch, sodass ich Leon, der neben mir liegt und noch schläft, betrachten kann. Nachdem er mich vorgestern aus dem Bad ins Bett tragen musste, haben wir nicht mehr darüber gesprochen, ob er bei mir schläft. Er tut es einfach und ich genieße es.

„Hast du vor, mich noch länger anzustarren?", fragt er, wobei er seine Augen nicht öffnet.

„Ich dachte, du schläfst", gebe ich zurück.

„Bei deinem lauten Schnarchen kann doch keiner schlafen", meint er neckend und öffnet seine Augen.

„Ich schnarche gar nicht", widerspreche ich lächelnd.

„Aber früher bin ich manchmal geschlafwandelt", gebe ich zu.

„Echt? Und wohin hat es dich so verschlagen", fragt er interessiert und dreht sich auf die Seite. Den Kopf stützt er mit seiner Hand.

Ein Klopfen an der Tür unterbricht uns.

„Herein", sage ich und im nächsten Moment betritt Maria das Zimmer.

„Ich wollte mal sehen, ob ihr schon wach seid", meint sie und mustert uns so liebevoll, als wären wir ihre Enkelkinder.

„Sind eben aufgewacht."

„Ich wollte mich noch kurz umziehen und dann Frühstück machen. Passt das für euch?", fragt sie weiter und ich bin mal wieder gerührt von ihrer Gastfreundlichkeit.

„Klar, ich kann dir auch gerne helfen", erwidere ich schnell.

„Ist schon in Ordnung, mein Kind"; meint sie und will den Raum wieder verlassen.

„Maria, warte mal kurz", halte ich sie zurück, denn ich habe noch eine Frage an sie.

„Heute Nacht ist mir etwas aufgefallen, was keinen Sinn macht und ich wollte dich fragen, ob du eine Erklärung weist", beginne ich und sie tritt interessiert einen Schritt näher.

„Als ich dem Prinzen im Kerker die Zukunft vorhergesagt habe, habe ich gesehen, dass es für ihn am besten wäre, wenn er seinen Vater stetig schwächt durch falsche Medikamente. Doch ein paar Stunden später war

Prinz Konstantin tot, also war meine Zukunftsvorhersage doch irgendwie … falsch", erkläre ich.

Sie antwortet mir nicht direkt, sondern scheint erst einmal gründlich darüber nachzudenken.

„In der Zeit, in der ich mit deiner Großmutter unterwegs war, hat sie mir viel über eure Gabe erklärt. Wenn ich mich recht erinnere, dann beantwortet ihr mit euren Visionen die Fragen im Inneren eures Gegenübers", beginnt sie und ich nicke. So hat es mir meine Mum auch erklärt.

„Die Frage basiert jedoch auf der Vorstellung, die das Gegenüber von seiner Zukunft hat. Der Prinz ist davon ausgegangen, dass er noch lange lebt und hat seine Frage deswegen auf dieser Prämisse aufgebaut. Jede Frage basiert auf gewissen Prämissen und eure Gabe dient nicht dazu, zu überprüfen, ob diese Prämissen richtig sind. Ihr nehmt die Frage einfach an wie sie ist und übernehmt die Voraussetzungen, von denen euer Gegenüber ausgeht. Verstehst du, was ich meine?"

„Ich denke schon. Es geht darum, dass meine Vision ihm die Antwort seiner Frage gegeben hat, jedoch seine Frage eigentlich unsinnig war, weil es diese Zukunft, in der er noch lebt, nicht gibt", sage ich und dieses Mal ist sie es die nickt.

„Deine Gabe ist echt verstrickter, als ich dachte", wirft Leon ein.

„So ihr beiden, dann sehen wir uns gleich beim Frühstück", meint Maria und verlässt den Raum.

Wir schweigen noch ein paar Sekunden, dann ergreift Leon wieder unser Gespräch von vorhin: „Ich möchte immer noch wissen, wo es dich beim Schlafwandeln so hin verschlagen hat."

Ich lache, denn es ist so absurd, dass er auf diese Antwort pocht, obwohl sie so unwichtig ist. Aber genau das mag ich so an ihm. Er weiß, wann man in all dem Chaos über völlig belanglose Dinge sprechen sollte.

„Oh, ganz verschieden. In heißen Sommernächten bin ich manchmal am nächsten Tag auf dem Sofa auf unserer Veranda aufgewacht. Manchmal habe ich auch Gegenständen im Schlaf ein neues Zuhause gegeben. Mein Kissen in der Dusche oder meine Stofftiere im Kleiderschrank", erzähle ich und erinnere mich mit einem Lächeln daran.

„Meine Mum hat dann immer gesagt: Da hatte wohl jemand einen lebhaften Traum heute Nacht."

Eine Träne rollt meine Wange herab, doch das Lächeln bleibt auf meinen Lippen. Auch wenn ich meine Mum nie wiedersehen werde, sind es trotzdem schöne Erinnerungen, die ich von ihr habe.

„Ich hätte sie gerne kennengelernt", meint er und wischt mir die Tränen von der Wange.

„Sie hätte dich sehr gemocht", flüstere ich.

„Warum glaubst du das?", fragt er und streicht mir eine Haarsträhne hinters Ohr.

„Weil sie dich schon mochte, ohne dich zu kennen", antworte ich, woraufhin er eine Augenbraue hochzieht.

„Ich habe ihr von dir erzählt. Ich wollte wissen, warum ich bei dir keine Visionen habe, wenn ich dich berühre", erkläre ich, bevor er einen Kommentar machen kann.

„Du hast keine Visionen bei mir? Heißt das, ich habe keine Zukunft?", meint er lachend.

„Tja, das erkläre ich dir mal ein anderes Mal", sage ich geheimnisvoll und drehe mich von ihm weg.

„Das ist jetzt aber unfair", protestiert er, doch ich werfe ihm nur ein neckisches Grinsen über die Schulter zu und stehe auf.

Mit neugewonnener Kraft verlasse ich das Zimmer und sehe sofort, dass Erik gerade zur Tür hereinkommt.

„Guten Morgen, Erik. Was machst du denn hier?", begrüße ich ihn überrascht. Er wollte eigentlich frühestens morgen wiederkommen.

„Erik ist da?", kommt Leons Stimme aus dem Zimmer hinter mir. Er scheint ebenfalls aufzustehen, doch ich bekomme gar nicht richtig mit, dass er neben mich tritt - zu sehr zieht Erik, der sich zu mir umdreht, meine Aufmerksamkeit auf sich. Seine harten Gesichtszüge lassen mich sofort zusammenzucken. Irgendetwas stimmt nicht.

„Was ist passiert?", fragt Leon und spricht damit meine Gedanken aus.

„Wir haben ein Problem. Die ersten Truppen sind früher zurückgekommen, als ich gedacht habe, und da sie alle mit leeren Händen zurückkehren, wird mein Vater immer ungeduldiger. Ich habe ein Gespräch belauscht, in dem er mit dem Kommandanten besprochen hat, dass sie Morgen weitere Truppen in alle Richtungen losschicken", erklärt er und mir entweicht die Luft aus den Lungen.

Morgen.

„Ich kann nicht bleiben, um mit euch eure Flucht zu planen, denn ich werde in einer Stunde bei einem Gespräch erwartet, aber ich musste herkommen und euch warnen", sagt er und tritt auf Colin zu.

Die beiden umarmen sich und ich spüre, wie ihnen beiden bewusst ist, dass es wahrscheinlich ein Lebewohl für immer sein wird. Schweigend verabschieden auch Leon und ich uns von Erik und erst, als er schon fast das Haus verlassen hat, bekomme ich meinen Mund auf.

„Danke, Erik. Du bist ein wirklich guter Mensch", sage ich und er nickt mir zu.

Dann ist er weg und ich verfalle in Schock.

Morgen werden sie kommen.

Erik ist weg.

Mein Blick wandert zwischen Leon und Colin hin und her, doch auch sie scheinen einen Moment zu brauchen, um diese Szene zu verarbeiten.

Plötzlich ertönt das Knarzen der Treppe und dann steht Maria im Raum.

„Was ist denn mit euch passiert? Ihr steht hier ja wie drei Salzsäulen", kommentiert sie.

Ihre Worte lassen uns alle gleichzeitig wieder erwachen und wie auf ein Kommando setzen wir uns alle an den Tisch und Colin berichtet Maria, was Erik gesagt hat.

„Ihr müsst sofort los, wenn ihr ihnen entkommen wollt. Ich beginne sofort, euch Essen vorzubereiten", sagt sie, als Colin mit seiner Erklärung fertig ist. Sie erhebt sich und auch Leon scheint mit den Vorbereitungen beginnen zu wollen.

„Stopp!" Meine feste Stimme überrascht sogar mich selbst.

Alle drei halten in ihren Bewegungen inne und schauen mich an.

„Ich werde nicht fliehen", stelle ich klar.

„Wie bitte?", stößt Leon aus und lässt sich zurück auf seinen Stuhl fallen.

„Ich habe in den letzten Tagen viel darüber nachgedacht und mich dagegen entschieden."

„Du redest, als ginge es um die Entscheidung, welche Teesorte du heute zum Frühstück trinkst", wirft Colin verständnislos ein.

Leon wirft ihm einen ungläubigen Blick zu und wendet sich dann wieder mir zu: „Das war unpassend von Colin, aber er hat auch ein bisschen recht. Es ist keine Entscheidung, ob wir weglaufen oder nicht, denn es gibt keine Alternative, wenn wir überleben wollen."

Ich warte ein paar Sekunden, bevor ich antworte, und mustere die beiden. Dann sage ich: „Ich bin mir sehr wohl der Tragweite meiner Entscheidung bewusst. Ich weiß besser als jeder andere, dass es hier nicht um Teesorten geht, denn diese Entscheidungen prägen schon mein ganzes Leben. Mit zehn Jahren musste ich zu meiner Tante ziehen und meine Mum musste mich verlassen. Mit achtzehn musste ich auch von dort fliehen, nur um am Ende doch im Schloss zu landen und dort meiner Mum beim Sterben zuzusehen."

Keiner sagt ein Wort, aber ich bin sowieso noch nicht fertig: „Ich will dieses Spiel nicht mehr spielen. Ich weiß, dass ihr von mir erwartet, dass ich jetzt fliehe, nur um dann irgendwo sesshaft zu werden, dann in zwei Jahren wieder umzuziehen und immer so weiter. Ein Leben auf der Flucht. Und was, wenn ich je Kinder habe? Was, wenn ich eine Tochter bekomme? Möchte ich ihr genau das gleiche Leben zumuten, wie ich es hatte?"

Eine Zeitlang traut sich niemand, mir zu antworten, dann sagt Leon: „Es wäre nicht für immer. Der König wird irgendwann sterben und nachdem Konstantin tot ist, wird Erik König werden. Wenn er regiert, können wir aufatmen und ein normales Leben beginnen."

Ich kann nicht anders, als ein höhnisches Lachen auszustoßen. „Du versuchst mich damit zu trösten, dass ich vielleicht in vierzig Jahren nicht mehr auf der Flucht bin? Der König ist erst fünfzig und die Medizin wird ihn lange am Leben halten. Er weiß, dass Erik ganz andere Werte hat als er selbst, also wird er die Macht nicht abgeben, bevor er stirbt."

„Da hat sie recht. Der König hält nichts von seinem jüngeren Sohn. Er wird alles tun, um dessen Machtzeit möglichst kurz zu halten", stimmt Colin mir zu.

„Und was genau ist dann euer Plan?", fragt Leon, der sich von Colins Aussage offensichtlich in den Rücken gefallen sieht.

Und genau in diesem Augenblick geht mir das Licht auf, auf das ich die ganze Zeit gewartet habe. Ich wusste, dass ich nicht fliehen will und es einen anderen Weg geben muss, aber ich wusste nicht, welcher. Doch jetzt kommt es mir völlig offensichtlich vor.

„Ich muss den König töten."

Die trabenden Schritte im Wald verkünden mir schon Minuten, bevor ich den ersten sehe, dass sie gleich da sein werden.

Mein erster Impuls ist es wegzurennen, doch ich bleibe stehen, als wäre ich am Boden festgeklebt.

Lichter erscheinen im dunklen Wald und als das erste auf mich fällt, ertönen Schreie.

Ich laufe los – keineswegs, so schnell ich kann, aber schnell genug, damit es so aussieht, als würde ich versuchen zu fliehen. Schnell genug, dass es aussieht, als würden sie mich überraschen und nicht, als hätte ich auf sie gewartet.

Die Schritte kommen immer näher und ich mache mich auf den Sturz gefasst. Ein paar Momente später ist es so weit – jemand packt mich von hinten und wirft mich zu Boden.

„Ich habe sie", keucht er und hält meine Hände auf dem Rücken fest. Er fesselt mich und die Seile schneiden in meine Haut. Mein Gesicht liegt im Dreck und ich muss mich konzentrieren, um keine Erde einzuatmen.

Der Mann zieht mich unsanft wieder auf die Füße und ich riskiere einen verstohlenen Blick zur Seite.

Zu der Seite, in dessen Richtung das Haus liegt.

Ich kann es nicht erkennen – natürlich nicht, schließlich bin ich stundenlang durch den Wald gerannt, um in den Suchradius der Wachen zu gelangen, bevor sie in ein paar Stunden, wenn der Morgen anbricht, in alle Himmelsrichtungen ausströmen.

Mein Plan ist riskant, doch ich habe keine andere Wahl.

Colin und Leon konnte ich nach Eriks Besuch zum Glück damit abspeisen, dass wir am nächsten Tag zusammen Richtung Schloss aufbrechen würden.

Sie haben mir wirklich geglaubt, dass ich sie in die Nähe des Schlosses bringen würde. Zwei Männer, die sofort wegen Hochverrats hingerichtet würden.

„Der König wird sich freuen. Wir werden bestimmt eine saftige Belohnung bekommen, sobald wir das Schätzchen abgeben", merkt eine andere männliche Stimme an.

Ich kann niemanden erkennen, denn die Dunkelheit der Nacht wird nur durch die blendenden Lichter ihrer Taschenlampen gebrochen. Doch diese erschweren mir eher die Sicht, als sie mir zu erleichtern.

Unsanft werde ich losgeschoben und leiste auf dem Weg zum Schloss hin und wieder ein wenig Widerstand, um glaubwürdiger zu erscheinen.

Die Wachen loben sich gegenseitig in höchsten Tönen, weil sie diejenigen sind, die mich gefasst haben. Wie ihre Gesichter wohl aussähen, wenn ich ihnen eröffnen würde, dass ich gar nicht versucht habe zu entkommen.

Der Morgen bricht schon langsam an, als ich endlich das Schloss erblicke.

„Nur noch wenige Minuten trennen mich von meiner Beförderung", murmelt der Mann, der mich festhält, als auch er das Schloss zu sehen scheint.

Schließlich verlassen wir den Wald und kommen auf den beleuchteten Weg bis zum Schloss.

„Ist das ... Ist sie das?", fragt einer der Wachposten am Tor und starrt mich an, als wäre ich ein Geist.

„Oh ja, das ist sie." Die Tore werden geöffnet und wir betreten das Gelände, das ich eigentlich niemals betreten wollte. Seit ich ein kleines Mädchen war, wurde mir gesagt, dass niemand wissen darf, was ich kann, und dass ich hoffen soll, niemals ins Schloss zu kommen.

„Wir werden dich in dein altes Zimmer bringen. Der König schläft gerade noch, aber in ein paar Stunden werden wir ihm von deiner Ankunft berichten und dann wird er dich sicher sehen wollen", erklärt mir einer der Wachen.

„Du brauchst gar nicht zu versuchen zu fliehen. Der König hat die Fenster deines Zimmers zumauern lassen und deine Zimmertür wird abgeschlossen und zusätzlich bewacht werden", fügt ein anderer hinzu.

Diese Aussage lässt mich schwer schlucken. Aber gut ...
was habe ich erwartet? Ich habe das Vertrauen des Königs
verspielt und jetzt muss ich dafür bezahlen.

„Wie schön es ist, dich wiederzusehen", begrüßt mich der
König, der mit dem Rücken zu mir steht und aus dem
Fenster schaut.

Eine Wache hat mich zum Büro des Königs gebracht und
schließt nun die Tür hinter uns.

„Ich denke, mein Fluchtversuch hat genug gezeigt, dass
ich nicht allzu erfreut bin, Sie zu sehen", sage ich
emotionslos. Ich weiß, dass ich nicht noch einmal
versuchen muss, mir sein Vertrauen zu erspielen. Es wird
nicht klappen, also bin ich so ehrlich, dass er denkt, er hätte
mich durchschaut.

„Es ist wirklich schade, dass du diese Sache zwischen uns
bringen musstest. Nun bleibt mir nichts anderes übrig, als
dich dauerhaft bewachen und einsperren zu lassen,
schließlich kann unser Königreich deinen Verlust nicht
verkraften. Wir brauchen dich, auch wenn du das selbst
nicht verstehen kannst."

Was wir brauchen, ist ein König, der die sinnlosen Kriege
beendet und sich stattdessen um seine Bürger kümmert!
Das hätte ich ihm am liebsten entgegengeschrien, aber ich
schweige.

„Und genau aus diesem Grund werde ich nun direkt
deine Fähigkeiten in Anspruch nehmen müssen", sagt er
und dreht sich zu mir um. Er geht gekonnt langsam zu den

altbekannten Sesseln und ich spüre seine gefährlich ruhige Art.

Er sagt mir nicht mit Worten, wie sauer er auf mich ist, aber ich bin mir sicher, seine Taten werden es mir mehr als deutlich zeigen.

Zum Glück habe ich nicht vor, das Ganze lange mitzumachen.

„Warum sollte ich ihnen weiterhin Ihre Zukunft vorhersagen?", frage ich, obwohl ich gar nicht vorhabe, mich zu weigern. Trotzdem habe ich das Gefühl, ich sollte ein wenig trotzig sein, um glaubwürdig zu erscheinen.

Der König lacht kalt auf. „Weil du es früher oder später sowieso tun wirst. Entweder du hilfst mir jetzt freiwillig oder ich lasse dich auspeitschen, bis du mich anflehst, dich zu erlösen."

Folter wäre also sein nächstes Mittel der Wahl. Soweit darf ich es auf keinen Fall kommen lassen, denn ich brauche all meine Kraft, um meinen Plan durchziehen zu können.

Ich setze mich zum König und sehe ihn abwartend an. Er stellt mir seine Frage, ich lege die Hände an seinen Arm und gebe ihm eine Antwort.

„Du darfst wieder gehen", sagt der König dann und wir beide erheben uns. Die Wache, die drinnen gewartet hat, hält mir die Tür auf und ich verlasse den Raum.

„Drei Wachen für solch eine kleine Person wie mich", kommentiere ich, als ich sehe, dass draußen zwei weitere Männer stehen.

Sie drehen sich zu mir um und da erkenne ich Henry, meinen Onkel.

„Wir haben die Anweisung, dich besonders stark zu bewachen", sagt einer der Männer, doch mein Blick bleibt an Henry hängen. Was macht er hier? Hat er sich freiwillig für mich einteilen lassen? Kann ich ihm vertrauen?

Er könnte mir bei meinem Plan sehr helfen, denn da ich eingesperrt bin wie Rapunzel, brauche ich einen Boten. Aber kann ich das Risiko eingehen, ihm zu vertrauen? Er hat mich verraten und dadurch bin ich hierhergekommen ... Später hat er uns jedoch geholfen zu fliehen ...

Wir setzen uns in Bewegung, wobei Henry vor mir läuft und die anderen beiden links und rechts von mir.

Den ganzen Weg die Treppe hinunter starre ich auf Henrys Rücken und versuche mich zu entscheiden. Doch mir wird immer klarer, dass ich eigentlich gar keine Wahl habe. Wenn ich diese Gelegenheit nicht nutze und es bei ihm versuche, dann werde ich es nie schaffen, meinen Plan umzusetzen.

Henry als eine meiner Wachen zu haben, ist vielleicht ein Wink des Schicksals, das mir sagen möchte, dass auch ich mal Glück im Leben haben kann.

Wir sind schon fast an meinem Zimmer angekommen, als ich mich schließlich dafür entscheide und mich nach vorne fallen lasse.

Ich lasse es aussehen, als wäre ich gestolpert und deswegen nach vorne auf Henry drauf gefallen. Er fällt natürlich nicht um, bleibt aber abrupt stehe.

Alle drei Wachen erschrecken sich, doch ich flüstere nur schnell: „Mila aus der Küche."

Ich bin mir sicher, dass es nur Henry gehört hat und richte mich wieder auf.

„Oh nein, wie ungeschickt von mir", sage ich dann und steuere weiter auf meine Tür zu.

Mein ursprünglicher Plan hatte beinhaltet zu hoffen, dass Mila mir erneut Essen bringen muss oder dass ich Erik begegne und ihn dazu bringe, Mila zu mir zu schicken. Doch auf diese Weise muss ich nicht warten, sondern kann einfach nur hoffen, dass mein Onkel mich verstanden hat und mir tatsächlich helfen will.

„Es ist ja wirklich kein Gerücht, dass du wieder da bist!"

Schlagartig drehe ich mich um und sehe Mila mit einem Tablett zur Tür hereinkommen.

Die Tür fällt hinter ihr zu und ich höre einen Schlüssel, der im Schloss klickt. Sie sperren mich tatsächlich jedes Mal ein, wenn ich hier drin bin.

„Nein, es ist kein Gerücht", erwidere ich und stehe vom Tisch auf.

Mila kommt durch den Raum, stellt schnell das Tablett ab und nimmt mich dann in den Arm. „Es tut mir so, so leid, dass es nicht geklappt hat. Ich war mir sicher, ihr würdet es schaffen", meint sie in meine Haare hinein und drückt mich noch fester.

„Ist schon okay", entgegne ich und flüstere dann, „ich habe mich freiwillig wieder einfangen lassen."

Sie japst auf und trennt sich so weit von mir, dass sie mir ins Gesicht sehen kann. „Was? Bist du wahnsinnig?"

Ihr Stimme ist ganz ruhig und sie beobachtet mich, als würde sie wirklich davon ausgehen, dass ich vielleicht wahnsinnig bin.

„Ich bin nicht verrückt geworden", meine ich und schenke ihr ein Lächeln.

„Und warum hast du dann ...", beginnt sie, doch ich schneide ihr das Wort ab, indem ich ihr die Hand vor den Mund halte.

„Wenn du nicht ganz leise flüsterst, können sie dich draußen hören", raune ich in ihr Ohr.

„Okay, verstanden."

„Ich habe mich fangen lassen, weil ich einen Plan habe. Ich weiß, das Ganze kommt sehr überraschend für dich, aber ich kann nicht riskieren, dich noch länger hier drin zu haben, ohne dass sie merken, dass wir befreundet sind. Sie müssen weiterhin denken, du seist nur ein normales Küchenmädchen, dessen Namen sie nicht einmal kennen müssen, denn wenn ihnen auffällt, dass wir uns kennen, dann kommen sie am Ende noch darauf, dass du mir hilfst", erkläre ich so schnell ich kann.

„Wobei soll ich dir denn helfen?", fragt sie sofort zurück, ohne noch eine weitere Sekunde zu verschwenden.

So mag ich das. Mila versteht einfach sofort, dass gerade nicht die Zeit ist, um zu reden, sondern um zu handeln.

„Du musst erneut herkommen. Ich bin mir sicher, Prinz Erik wird dich morgen, nachdem ich beim König war, wieder herschicken", flüstere ich.

„Aber dieses Mal hat mich nicht Prinz Erik, sondern ein Wachmann hergeschickt", hakt sie ein.

„Ja, ich weiß, ich habe ihn darum gebeten. Er ist ein Verbündeter."

„Okay."

„Wenn du wieder herkommst, musst du ein Messer aus der Küche mitgehen lassen. Niemand darf es merken. Am besten du versteckt es in deiner Kleidung und nicht auf dem Tablett, damit es sicher niemand mitbekommt", erkläre ich ihr.

„Warum darf es keiner wissen? Was hast du vor?"

„Wenn sie wissen, dass in diesem Zimmer ein Messer ist, werden sie es mir wegnehmen. Sie erlauben mir nicht, scharfe oder gefährliche Gegenstände bei mir zu haben. Ich glaube, der König hat Angst, dass ich mich selbst umbringe, um ihm nicht mehr dienen zu müssen", sage ich.

„Aber du ... du hast doch nicht vor...", sie kann es nicht aussprechen.

„Nein, habe ich nicht. Ich sitze zwar gerade ziemlich in der Patsche, aber ich möchte mich nicht selbst umbringen. Das Messer brauche ich für etwas anderes. Ich kann dir aber nicht sagen, wofür. Du musst mir vertrauen."

Sie atmet einmal tief durch und sagt dann: „Okay, ich tue, was ich kann. Soll ich Prinz Erik noch etwas von dir ausrichten?"

Ich ziehe eine Augenbraue hoch. „Wie willst du denn Prinz Erik etwas ausrichten. Arbeitet er seit neustem auch in der Küche?", frage ich mit Ironie in der Stimme.

Sie lächelt und schaut kurz zu Boden, bevor sie meint: „Er kommt manchmal bei uns in der Küche vorbei – einfach so, um nach dem Rechten zu sehen. Niemand hinterfragt das, schließlich ist er der Prinz, aber es ist eigentlich sehr unüblich für die Königfamilie in die Küche zu kommen. Wenn er kommt, unterhalten wir uns meist kurz. Es ist nicht viel – nur ein bisschen Smalltalk, aber …", weiter spricht sie nicht.

„Aber weil es der Prinz ist, ist es doch irgendwie besonders?", frage ich nach und sie schaut erneut lächelnd zu Boden.

„Ich glaube, ich muss dann mal los", meint sie schnell und wendet sich zum Gehen.

Ich überlege noch weiter nachzufragen, aber entscheide mich dagegen. Sie ist schon viel zu lange in meinem Zimmer und unsere Tarnung darf nicht auffliegen.

„Du musst Erik übrigens nichts ausrichten, ich bin mir sicher, er wird sowieso bald hier vorbeikommen", gebe ich ihr noch kurz eine Antwort auf ihre ursprüngliche Frage und sie nickt mir zu.

Kapitel 16

Am nächsten Tag kommt Mila tatsächlich kurz nach meinem Besuch beim König erneut vorbei und als sich die Tür hinter ihr geschlossen hat, holt sie ein Messer unter ihrem Rock hervor. Es ist ein langes und scharfes Messer, das dennoch die perfekte Größe hat, um es gut verstecken zu können.

Wir reden nicht über das Messer, denn uns beiden ist klar, dass, wenn uns irgendwer hört, wir beide in großen Schwierigkeiten stecken. Stattdessen geht Mila zum Tisch und richtet mein Essen an, während ich zum Bett gehe und das Messer zwischen Lattenrost und Matratze schiebe.

Wir schweigen noch immer, als ein Klopfen an der Tür ertönt.

Ich schlucke, entferne mich einige Meter vom Bett und sage: „Herein."

Der Schlüssel im Schloss ertönt und anschließend betritt Erik den Raum. Er schließt die Tür wieder hinter sich und sucht mit seinen Augen meine.

„Ayla", mehr sagt er nicht, bevor er zu mir kommt und mich umarmt. „Ich wollte früher kommen, aber", er senkt seine Stimme, „mein Vater hätte sonst Verdacht geschöpft."

„Schon gut, mach dir keine Sorgen um mich", erwidere ich und sehe über Eriks Schulter zu Mila. Sie steht etwas verloren am Tisch und betrachtet ehrfürchtig den Rücken des Prinzen.

„Ich wünschte, ihr hättet fliehen können", flüstert Erik mir zu.

„Ayla wollte gar nicht ...", beginnt Mila, wohl ohne nachzudenken, doch ich signalisiere ihr mit einem harten Blick, dass sie schweigen soll.

„Was wollte Ayla gar nicht?", fragt Erik, löst sich von mir und wendet sich Mila zu.

Ich schüttle hinter Eriks Rücken den Kopf und bedeute ihr damit, ihm nichts zu sagen.

Es ist nicht so, als würde ich Erik nicht vertrauen, aber er ist immer noch der Sohn des Königs und ich weiß nicht, ob er unbedingt einverstanden sein wird mit dem, was ich vorhabe.

Meine Gedanken wandern zu dem Messer, dass nur einige Meter weiter versteckt ist und von dem Erik absolut keine Ahnung hat.

„Ach nichts", sagt Mila schnell.

„Du bist doch das Mädchen, das ich immer in der Küche treffe, oder?", meint er und geht einen Schritt auf sie zu.

„Ja, das stimmt."

„Mila ist dein Name, habe ich recht? Du warst auch eine der potenziellen Zukunftsseherinnen", spricht er weiter.

„Du erkennst sie wieder?", frage ich und trete neben ihn.

Die meiste Wachen scheinen Mila nicht wiederzuerkennen, schließlich war sie nur eine von Vieren und damals trug sie schöne Kleider, während sie jetzt eine Schürze und einen unordentlichen Pferdeschwanz trägt. Außerdem sieht sie, da sie völlig ungeschminkt ist, viel jünger aus.

„Natürlich erkenne ich sie wieder. Deswegen habe ich sie doch mit der Aufgabe betraut, dir immer das Essen zu bringen. Ich habe gehofft, dass dir ein vertrautes Gesicht guttut", meint Erik und spricht dieses Mal zu mir.

„Oh ... und ich dachte, es wäre Zufall", gebe ich zurück, denn diese Erkenntnis hat mich überrascht.

„Deswegen hast du mich ausgesucht ... ich habe mich die ganze Zeit gefragt, warum ich und nicht eine von den Erfahreneren", meint Mila und zieht damit die Aufmerksamkeit wieder auf sich.

„Ich konnte es dir nicht erklären, ich wollte möglichst unauffällig bleiben", meint Erik und wendet sich wieder mir zu.

„Und was machen wir jetzt mit dir?"

„Ich glaube, erst einmal muss sich die Lage wieder etwas entspannen und dann können wir weitersehen", sage ich möglichst ruhig.

Er mustert mich einen Augenblick.

„Du weißt, dass mir aufgefallen ist, dass du allein hier eingeliefert wurdest", meint er dann und ich schlucke.

Er ahnt, dass etwas nicht stimmt. Er weiß, dass Colin und Leon auch hier wären, wenn wir überrascht worden wären.

„Ich weiß auch, wo du gefasst wurdest", fügt er hinzu.

Ich schaue ihm weiter in die Augen und versuche, mir nichts anmerken zu lassen.

„Ich muss weiter", sagt er, machte jedoch keine Anstalten sich zu bewegen.

Wir schauen uns schweigend an, bis Mila sich räuspert. „Ich gehe dann mal zurück in die Küche."

„Ich begleite dich", meint Erik und reißt endlich den Blick von mir los. Er geht mit Mila zur Tür, dabei liegt seine Hand auf ihrem Rücken. Kurz bevor er das Zimmer verlässt, dreht er sich noch einmal zu mir um. „Pass auf dich auf, Ayla."

Ich schaue ihn verdutzt an und bleibe reglos stehen, bis die beiden das Zimmer verlassen habe.

Dann weiche ich langsam zurück, bis ich mich mit dem Rücken aufs Bett fallen lassen kann.

Zwanzig Zentimeter unter mir liegt das Messer.

Ich hoffe inständig, Mila kann ihren Mund halten. Erik ist definitiv auf der richtigen Fährte, aber er hat mich nicht nach meinem Plan gefragt. Er scheint sich bewusst zu sein, dass ich ihn in diesen Plan nicht mit einbeziehen kann. Ich würde gerne – keine Frage. Aber ich kann das Risiko nicht eingehen. Ich weiß nicht, ob Erik doch noch einen Rest Liebe zu seinem Vater in sich trägt und mich von meinem Vorhaben abhalten würde, wenn er wüsste, was ich plane.

Er würde mich vielleicht zu einem anderen Plan überreden, der eine weitere Flucht mit sich zieht, aber das will ich nicht.

Eine ganze Weile liege ich nur auf dem Bett und starre die Decke an.

Erst als ein Klicken an der Tür ertönt, hebe ich den Kopf. Werde ich jetzt schon zum Essen geholt? Dafür ist es doch eigentlich noch viel zu früh.

„Der König möchte dich erneut sprechen", kommt eine Stimme von der Tür und innerhalb einer Millisekunde sitze ich kerzengerade im Bett.

„Wie bitte?", stoße ich aus und drehe mich zu dem Wachmann.

„Der König hat darum gebeten, dich erneut zu sprechen", wiederholt er geduldig.

„Aber ich war doch heute schon da", sage ich.

„Der König wird außerplanmäßig morgen verreisen und möchte deswegen davor noch einmal mit dir sprechen", erklärt er und ich stehe langsam vom Bett auf.

„Der König wird verreisen? Wie lange denn?" Ich versuche, mir nichts anmerken zu lassen, doch all meine Muskeln spannen sich an und meine Stimme beginnt zu zittern.

„Das ist noch nicht klar und, soweit ich weiß, auch keine Angelegenheit, die dich betrifft."

Und wie mich das betrifft ...

„Ich brauche noch eine Sekunde ... ich muss ... nochmal kurz ins Bad", sage ich dann, um mir ein paar Momente allein zu verschaffen.

„Klopf an die Tür, wenn du fertig bist."

Mit diesem Worten verlässt er den Raum und sperrt die Tür zu.

Schnell gehe ich zur Badtür und öffne und schließe sie möglichst laut. Dann schleiche ich zurück zum Bett und ziehe das Messer hervor.

Heute trage ich einen langen Rock und eine Bluse, die im Rock steckt. Unter den Rock wurde mir eine Strumpfhose gezogen, für die ich jetzt mehr als dankbar bin. Ich schiebe die Klinge des Messers unter den Strumpfhosenbund bis zu meinem Oberschenkel. Die Bluse stecke ich über den Schaft in den Rock und überprüfe im Spiegel, ob man irgendetwas sieht.

Ich dachte, ich hätte noch bis morgen Zeit, aber jetzt muss ich spontan sein und das Ganze heute über die Bühne bringen.

Ich klopfe an die Tür und kurz danach schwingt sie auf. Draußen erwarten mich drei Wachen und zusätzlich Geräusche, mit denen ich gar nicht gerechnet habe.

Ich schaue mich um, weil es so klingt, als wären viele Menschen hier in der Nähe und würden sich sammeln und unterhalten.

„Wo kommt der Lärm her?", frage ich, doch keiner der Wachen antwortet mir.

Schweigend gehen sie los und ich folge ihnen. Wir kommen an einem Fenster vorbei und ich erhasche einen Blick in den Hofgarten.

Er ist nicht leer wie sonst, sondern voller Menschen. Sie laufen durcheinander, unterhalten sich und scheinen dort auf etwas zu warten. Mehr kann ich nicht sehen, bevor wir an dem Fenster vorbei sind und zur Treppe gehen.

Eine böse Vorahnung treibt mich schneller voran. Ich weiß nicht warum, aber ich habe das Gefühl, es geht bei meinem Gespräch mit dem König nicht nur um eine Vorhersage seiner Zukunft.

Als ich das Büro des Königs betrete, sitzt dieser an seinem massiven Holztisch.

Ich gehe davon aus, dass er sich erheben und zu den Sesseln gehen wird, also schlage ich direkt diese Richtung ein. Er fackelt meistens nicht lange, sondern kommt direkt zur Sache.

„Ich habe dich nicht herbeordert, um mir die Antwort einer Frage von dir zu holen", meint er jedoch und ich bleibe stehen. „Setz dich hier an meinen Tisch. Wir müssen etwas besprechen."

Ich ändere die Richtung und als ich mich auf den Stuhl sinken lasse, der dem König gegenübersteht, spüre ich die Metallklinge an meiner Seite. Sie drückt unangenehm in meine Haut, aber ich hüte mich, dort hinzufassen.

Wenn wir so sitzenbleiben, habe ich keine Möglichkeit, nahe genug an ihn heranzukommen. Der breite Tisch trennt uns.

Mein einziger Vorteil wäre ein Überraschungsmoment gewesen, wenn ich mitten in einer Vision die Klinge gezogen hätte, aber so ...

„Wieso bin ich hier?"

„Weil du mich zu etwas begleiten sollst. Meine Männer haben heute Morgen zwei Verräter ins Schloss gebracht und ich habe mich dazu entschieden, dem Ganzen sofort ein Ende zu setzen", beginnt er und ich atme schneller.

„Normalerweise dauert es einige Wochen bis zur Hinrichtung, doch diese beiden liegen mir besonders am Herzen. Ich möchte ein Exempel an ihnen statuieren und habe deswegen eine Hinrichtung für fünfzehn Uhr planen lassen", erklärt er weiter.

Ich bin völlig sprachlos. Das Blut rauscht durch meine Adern, jeder Muskel in meinem Körper verspannt sich und ich greife panisch an die Sitzfläche meines Stuhls.

Zwei Verräter.

Zwei Männer, die den König so wütend gemacht haben, dass sie sofort sterben sollen.

Zwei Männer, die eigentlich nur Leon und Colin sein können.

„Du wirst mich als Ehrengast zu dieser Hinrichtung begleiten. Ich möchte, dass du direkt neben mir sitzt, wenn ich den Befehl zur Hinrichtung erteile", führt er fort und ich verstehe, was er mir damit sagen will.

Er will mich seelisch foltern und mich auf die Seite derjenigen zwingen, die andere zum Tod verurteilen. Ich werde neben ihm sitzen müssen, während Leon und Colin vor meinen Augen sterben.

Mein Blick fliegt zu der großen Wanduhr.

14.50 Uhr.

„Das ist in zehn Minuten", stoße ich krächzend aus.

„Da hast du recht. Deswegen wollen wir jetzt auch aufbrechen. Wir wollen ja schließlich nicht zu spät kommen."

Begleitet von einem Dutzend Wachmännern werden der König und ich aus dem Schloss und in den Hofgarten gebracht. Wir kommen an ein Podium und mir ist inzwischen so übel, dass ich fast umkippe.

Eine Stufe nach der andern steige ich zum Podium empor. Der König geht vor mir und lässt sich auf seinen Thron sinken. Prinz Erik sitzt bereits auf seinem Platz.

Auf der linken Seite steht ein weiterer Stuhl, der für mich gedacht ist.

Es wird aussehen, als wäre ich Teil von all dem.

Langsam gehe ich am Prinzen vorbei und werfe ihm einen flehenden Blick zu.

Er schaut mich erst eindringlich an und wendet dann den Blick ab.

Alles an ihm schreit mir entgegen: „Ich kann nichts tun. Mein Vater hat die höchste Befehlsgewalt."

Ich gehe weiter und lasse mich auf meinen Platz sinken. Sofort fallen mir all die Wachen auf, die ums Podium herum und zwischen all den Menschen stehen. Die Menschenmasse, die ich vor einigen Minuten durchs

Fenster gesehen habe, steht jetzt zwischen Podium und Galgen.

Die Kirchenglocken schlagen drei Uhr und auf einen Schlag wird es totenstill.

Alle drehen ihre Köpfe nach rechts, also wende auch ich meinen Blick in diese Richtung.

Sechs Wachen begleiten zwei Männer einen Weg entlang. Die Männer sind an Händen und Füßen gefesselt und werden von den Wachen vorwärtsgeschoben.

Sie kommen näher und ich halte die Luft an.

Schließlich kann ich es nicht mehr leugnen und muss mir eingestehen, dass es tatsächlich Leon und Colin sind.

Sie kommen am Podium der Galgen an und steigen die Treppen hoch, wobei sowohl Colin als auch Leon sehr geschwächt die Treppen humpelnd hochsteigen.

Leon dreht seinen Kopf zum Podium und ich schrecke zurück. Seine Lippe ist aufgeplatzt und seine Wange blutverschmiert.

Sie kommen an und bleiben stehen. Unsanft werden die beiden so postiert, dass sie die Menschenmenge und damit auch uns anschauen.

Ihre Kleidung ist beschmutzt und blutig und auch Colin sieht kein Stück besser aus als Leon.

Die Menge wird immer lauter und beschimpft die beiden.

Reflexartig springe ich auf, doch eine Wache ist sofort bei mir und drückt mich zurück auf meinen Stuhl.

„Ich würde dir raten, sitzen zu bleiben", sagt der König, ohne mich anzusehen.

Er betrachtet zufrieden das Schauspiel vor sich.

Nach einigen Minuten betritt ein Mann die Bühne, tritt zwischen Colin und Leon und bringt die Menge zum Schweigen.

Er hält zwei Blätter hoch und beginnt die Verbrechen vorzulesen, die den beiden vorgeworfen werden.

Bei Leon ist es Hochverrat am Königshaus mit zusätzlicher Flucht aus dem Kerker.

Bei Colin ist es Hochverrat am Königshaus, Hochverrat gegen den militärischen Eid und Hilfe zur Flucht eines Kerkerinsassen.

Der König erhebt sich. „Ich verurteile beide unmittelbar zum Tode", sagt er mit lauter Stimme und sogleich bricht die Menge in Jubel aus.

Im nächsten Moment werden Leon und Colin von den Wachen zu den Galgen geführt und dieser Anblick lässt bei mir endgültig alle Sicherungen durchbrennen.

Ich kann nicht mehr logisch handeln, denn meine Instinkte übernehmen. Unauffällig ziehe ich meine Bluse aus dem Rock und greife darunter.

Mein kompletter Fokus liegt auf dem König, der wieder zurücktritt und sich auf seinem Thron niederlassen will.

Und genau in dem Moment schnelle ich vor, ziehe das Messer aus meinem Rock und steche zu.

Der König schreit auf und sackt zurück auf seinen Thron.

Ich weiß nicht, ob ich sein Herz getroffen habe und ich werde es wohl auch erst einmal nicht herausfinden, denn eine Millisekunde nach dem Einstich packen mich bereits Arme von hinten.

Ein Wachmann reißt mich zurück und schleudert mich zu Boden. Ich pralle mit dem Kinn auf und will mich umdrehen, doch ein Knie landet auf meinem Rücken und drückt mich zu Boden.

Immer mehr Menschen schreien auf und ich sehe aus dem Augenwinkel, wie Panik in der Menschenmenge ausbricht. Die Menschen laufen ungeordnet durcheinander und die Wachen schaffen es nicht, sie zu beruhigen.

„Ist dir klar, was du da gerade getan hast?", zischt mir ein Mann ins Ohr und der Druck auf meinem Rücken verstärkt sich erneut.

„Richte sie auf", kommt ein Befehl von der anderen Seite des Podiums.

Der Mann greift nach meinem Nacken und zieht mich hoch. Zwei weitere kommen und halten meine Arme fest, doch ich versuche gar nicht erst zu fliehen. Hier sind überall Wachen, ich würde es niemals hier wegschaffen.

Mein Blick fliegt zum Thron. Den König sehe ich nicht, denn eine Horde an Krankenschwestern und Wachmännern steht um ihn herum.

Mein nächster Blick geht Richtung Galgen. Auch dort herrscht absolutes Chaos. Menschen laufen über das Podium, Wachmänner versuchen, Ordnung zu schaffen, und Leon und Colin wurden jeweils an einen Holzpfahl gebunden.

„Ein Angriff auf den König hat die unmittelbare Hinrichtung zur Folge", ruft der Wachmann, der eben den Befehl gegeben hat, mich aufzurichten. Er steht ungefähr zwei Meter von mir entfernt und hält eine Pistole hoch.

Er zielt auf mein Herz.

Ich werde sterben.

Damit habe ich gerechnet. Natürlich habe ich gehofft, dass ich es abwenden kann, aber mir war klar, wie hoch das Risiko ist, wenn ich einen Angriff auf den König starte. Doch das ist mein Leben mir wert gewesen. Das Land von diesem Tyrannen zu befreien, ist es wert zu sterben. Wenn Erik König ist, wird wieder mehr Ruhe im Land einkehren. Ich bin mir sicher, dass er sich um schnelle Friedensverhandlungen bemühen wird. Der Krieg wird enden, die Probleme im Inneren unseres Landes werden wieder mehr Aufmerksamkeit bekommen. Meine Cousinen und Cousins werden nicht im Krieg sterben, die Menschen in meinem Dorf werden ihre Männer zurückbekommen. Vielleicht wird sogar die Lebensmittelversorgung wieder besser und die hohe Kindersterblichkeit kann langsam bekämpft werde. Wer weiß… Auf jeden Fall bin ich bereit dafür zu sterben. Mein Leben für all die Leben, die ich retten kann.

Doch Colins und Leons Leben?

Ich wollte sie hier raushalten und ihnen ein Leben in Frieden ermöglichen. Natürlich dachte ich mir schon, dass die beiden versuchen werden, mich zu befreien, aber ich wollte alles so schnell über die Bühne bringen, dass sowohl der König, als auch ich schon tot sind, bevor Leon und Colin überhaupt einen fertigen Plan haben.

„Letzte Worte?", fragt der Mann und zieht den Abzug.

Ich schließe die Augen und mache mich bereit, doch es kommt kein Knall.

„Waffe runter", ertönt plötzlich Eriks Stimme.

Er tritt aus dem Pulk rund um den König heraus und verkündet. „Der König ist tot. Ich bin der rechtmäßige Thronerbe und hiermit begnadige ich Ayla!"

„Aber sie hat den König getötet!", erwidert der Wachmann verständnislos.

„Widersprich deinem König nicht", erwidert Erik scharf und dreht sich zu mir um.

„Lasst sie los und kümmert euch um die panische Menge", befiehlt er und die vielen Hände, die mich festgehalten haben, lassen nacheinander los.

„Komm mit mir", weist er mich an und geht in Richtung Treppe. Ich folge ihm, denn ich weiß, dass er meine einzige Chance ist, um nicht in den nächsten Minuten zu sterben.

Wir bahnen uns einen Weg durch die Menge und kommen schließlich an der Bühne an.

Leon so nah zu sehen, lässt mich an Erik vorbeistürmen. Ich renne die Treppe hoch und will mich auf ihn werfen, doch sogleich werde ich von hinten gepackt und zurückgehalten.

„Das lassen wir! Du wirst sterben und zwar jetzt und hier!", sagt eine feste Stimme hinter mir.

„Nein, wird sie nicht. Weder sie noch einer dieser Männer. Ich, der neue König, begnadige sie und befehle, sie sofort frei zu lassen", weist Erik an.

Alle Wachen, die auf und um die Bühne herumstehen, drehen sich zu ihm um und brauchen einen Moment, um zu verstehen, was er gerade gesagt hat. Dann setzen sie sich in Bewegung und binden Leon und Colin los. Auch ich werde losgelassen und stürme sofort auf Leon zu.

Um uns herum herrscht immer noch Chaos und die meisten der Wachen hier im Schlossgarten denken noch immer, dass sie mich unverzüglich töten sollten. Aber all das ist vergessen in dem Moment, in dem Leons Arme sich um mich schließen.

„Ihr solltet doch fliehen", schluchze ich und kann die Tränen nicht mehr zurückhalten. „Ich hatte solche Angst um dich!"

Er küsst mich auf den Scheitel und flüstert mir ins Ohr: „Glaub mir, ich bin tausend Tode gestorben, als ich dein leeres Bett gesehen habe. Wir wollten dir helfen hier rauszukommen, doch wir wurden geschnappt."

Ich lehne mich so weit nach hinten, dass ich ihm in die Augen sehen kann. „Ihr wärt fast gestorben. Du wärst fast gestorben! Du hättest mich allein gelassen!"

„Vielleicht sollten wir uns darauf einigen, dass wir beide den anderen fast verloren hätten", erwidert er und gibt mir einen Kuss.

„Ich kann dich nicht verlieren", sagt er dann. „Ich liebe dich, Ayla. Das hätte ich dir schon viel früher sagen sollen.

Als ich dein leeres Bett gesehen habe, dachte ich schon, ich hätte all meine Chancen vertan und könnte es dir nie sagen. Ich liebe dich. Ich habe mich schon in dich verliebt, als ich dich an diesem Hang gefunden habe und du dir nicht helfen lassen wolltest. Du hast mich so beeindruckt mit deiner Stärke."

Einige Momente schaue ich ihn nur an und Tränen laufen meine Wangen hinab. Keine Tränen der Trauer, sondern solche des Glücks.

„Ich liebe dich auch. Ich weiß gar nicht, wie ich so jemand wie dich in meinem Leben verdient habe, aber eines ist sicher: Ich lasse dich mit Sicherheit nie wieder gehen."

Epilog

1 Jahr später

„Habe ich dir eigentlich je erzählt, warum ich keine Visionen habe, wenn ich dich berühre?", frage ich und sehe zu Leon rüber.

„Nein, da hast du dich immer in Schweigen gehüllt", meint er neckisch und schaut kurz zu mir, bevor er sich wieder dem Ausblick widmet. Wir sitzen nebeneinander auf einem der Hügel neben unserem Dorf und schauen über die Dächer.

„Meine Mum hat mir damals erklärt, warum es bei dir so ist. Sie hat mir erklärt, dass sie es selbst einmal erlebt hat – bei meinem Dad. Es ist schwer zu erklären, aber es geht darum, dass dir mein Wohl wichtiger ist als deine Zukunft. Du nimmst lieber eine schlechte Wendung in deiner Zukunft in Kauf, als mich leiden zu sehen, und deswegen stellt dein Unterbewusstsein auch keine Frage an mich. So etwas existiert nur zwischen Mutter und Tochter. Oder ..., wenn man genau den Richtigen trifft", erkläre ich und er sieht mich fasziniert an.

„Das heißt, da es vorbestimmt war, dass ich mich in dich verlieben werde, hat mein Unterbewusstsein von Anfang an keine Fragen an dich gestellt", schließt er und ich nicke.

Er lächelt zufrieden und gibt mir einen Kuss. Dann wendet er sich wieder den Häusern zu.

Ich sehe unser Haus und auch Leons Haus. Dort habe ich in den letzten Monaten viel Zeit verbracht und konnte seine Familie kennenlernen. Außerdem konnte ich an ihnen, wie auch an meiner eigenen Familie, sehen, wie viel sich schon zum Besseren gewendet hat. König Erik hat als eine seiner ersten Amtshandlungen alle Kriege beendet und sich in Verhandlungen zu Friedensabkommen gestürzt. Nach und nach sind immer mehr Männer zurückgekommen. Sie sind alle schwer vom Krieg gezeichnet, aber sie machen trotzdem einen großen Unterschied.

Die Schulen beginnen langsam wieder sich zu füllen, weil nicht mehr so viele Kinder auf den Feldern arbeiten müssen. Die Lebensmittelpreise sinken stetig und die dauerhaft gute Versorgung, die durch das Königshaus unterstützt wird, tut unserem Dorf, wie auch allen anderen Dörfern, unglaublich gut.

Es ist noch ein langer Weg vor uns, aber wir können langsam wieder etwas aufatmen.

„Fragst du dich manchmal, wie es gewesen wäre, wenn wir Eriks Angebot damals nicht ausgeschlagen hätten?", fragt Leon. Erik hat uns vor einem Jahr, nachdem er König geworden ist, angeboten, mit unseren Familien auf den Hof zu ziehen. Ich hatte nach meinem Mordanschlag auf seinen Vater höchstens mit Begnadigung und einem Lebewohl für immer gerechnet, doch Erik nahm mir den Mord an seinem Vater nicht übel. Er meinte, er verstünde, warum ich das tun musste und auch wenn er um seinen Vater trauern würde, würde er mich nicht verstoßen.

Er wollte uns davon überzeugen, auf den Hof zu ziehen, doch Leon und ich waren uns einig, dass wir zurück zu unseren Familien in unser altes Dorf wollten.

Hier leben schließlich all die Menschen, die das gleiche Armutsschicksal teilen wie wir und wir wollten beim Wiederaufbau dabei sein. Dass sich die Lage so schnell verbessern würde, hätten wir alle nicht gedacht.

„Ja, natürlich habe ich darüber nachgedacht, aber ich bin froh, dass wir hierher zurückgekommen sind. So konnte ich erleben, wie meine Cousinen und Cousins regelmäßig in die Schule gehen und wie meine Tante wieder neue Träume hat. Die Stadt hat sich verändert, seit Erik König ist. Die Menschen haben wieder Hoffnung."

Leon grinst. „Apropos Erik, er und Mila wollen dieses Wochenende zu Besuch kommen. Sie wollen unser Dorf besuchen und dann bei meiner Familie zu Mittag essen. Colin kommt vielleicht auch, er weiß nur noch nicht, ob er seine Männer schon allein lassen kann – er geht richtig auf in seiner neuen Stellung als Kommandant. Möchtest du auch kommen?"

„Oh ja!", stimme ich sofort zu. Ich habe Erik und Mila schon viel zu lange nicht mehr gesehen. Immer mal wieder fahren Leon und ich zum Schloss oder die beiden kommen in unser Dorf und ich genieße es jedes Mal. Und jedes Mal bin ich wieder fasziniert davon, wie sich das mit Mila und Erik ergeben hat. Nachdem Leon und ich weg waren, hat

Erik Mila in seinen persönlichen Dienst beordert. Er kannte sie und meinte, sie hätte irgendetwas an sich, das er gerne um sich hätte. So haben die beiden viel Zeit miteinander verbracht und schließlich ist aus dem Küchenmädchen die Verlobte des Königs geworden.

Es gab bestimmt einen großen Aufschrei, weil sie nicht aus einem bürgerlichen Haus kommt, aber Regeln haben Erik ja noch nie interessiert. Er ist eher der Typ, der Regeln bricht, um neue zu schreiben.

So hat er auch die Regel gebrochen, dass ein guter König eine Zukunftsseherin braucht. Stattdessen hat er neue Regeln geschrieben, die besagen, dass Zukunftsseherinnen nie wieder verfolgt werden dürfen. Er hat mir und meinen Nachfahren ewige Freiheit geschworen und hat mir so die Möglichkeit gegeben, wieder träumen zu können.

All die Träume von eigenen Kindern, die ich immer verdrängt habe, kann ich jetzt haben, ohne mir Sorgen machen zu müssen.

Er hat mir eine Zukunft gegeben und zum ersten Mal in meinem Leben habe ich nicht mehr das Gefühl, nur zu existieren, um anderen ihre Zukunft zu offenbaren, sondern um tatsächlich eine eigene Zukunft zu leben.

Ende

Weitere Bücher der Autorin

Oceanblue-Trilogie

Oceanblue -Tochter der Sirenen (Oceanblue-Trilogie 1)

Für die 16-jährige Kaisy gibt es nichts Schöneres, als in ihrer Band zu singen. Abgesehen davon, führt sie ein ganz durchschnittliches Teenagerleben ... Jedenfalls bis zu dem Tag, an dem sich ihre Sirenen-Stimme zeigt und damit ihr größter Albtraum wahr wird: Sie muss ihr altes Leben aufgeben und an einen Ort gehen, den sie nur aus Erzählungen kennt ...

Oceanblue – Stimmen der Feinde (Oceanblue-Trilogie 2)

Oceanblue – Lügen der Rettung (Oceanblue-Trilogie 3)

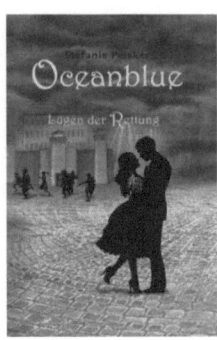

Danksagung

Mein größter Dank gilt Gott, der mich auf dem Weg zu diesem Buch begleitet hat. Er hat mir immer wieder Motivation, Ideen und Kraft gegeben und mir all die tollen Menschen in mein Leben gestellt, die immer für mich da sind.

Hier gilt mein erster Dank meinen Eltern und meiner Schwester Karina, die mich immer unterstützt haben.

Ein weiterer Dank gilt meinem Bruder Tim und meinen Freunden, die mir immer den Rücken stärken.

Des Weiteren danke ich meinen Testleserinnen Céline Frey, Jana Jeschke, Alina Keller, Isabell Krehbiel, Eva Schierlinger und Ramona Vizcaino Montalvan.

Außerdem danke ich meiner Lektorin von Mentorium und Giusy Ame von Magicalcover, die das Cover für dieses Buch gestaltet hat.

Und natürlich ein Dank an alle Leser, denn für euch habe ich dieses Buch geschrieben.